시대정신과 인문비평

박찬일

시대정신과 인문비평

초판 인쇄 · 2017년 1월 10일
초판 발행 · 2017년 1월 15일

지은이 · 박찬일
펴낸이 · 한봉숙
펴낸곳 · 푸른사상사

주간 · 맹문재 | 편집 · 지순이, 홍은표 | 교정 · 김수란
등록 · 1999년 7월 8일 제2-2876호
주소 · 경기도 파주시 회동길 337-16 푸른사상사 B/D
        서울시 중구 을지로 148 중앙데코플라자 803호(서울사무실)
대표전화 · 031) 955-9111~2 | 팩시밀리 · 031) 955-9114
이메일 · prun21c@hanmail.net
홈페이지 · http://www.prun21c.com

이 도서의 국립중앙도서관 출판예정도서목록(CIP)은 서지정보유통지원시스템
홈페이지(http://seoji.nl.go.kr)와 국가자료공동목록시스템(http://www.nl.go.kr/
kolisnet)에서 이용하실 수 있습니다.(CIP제어번호 : CIP2017000254)

본 연구는 2016학년도 추계예술대학교 특별연구비 지원에 의한 것입니다.

이론과비평총서 **20**

박찬일

시대정신과 인문비평

Zeitgeist and Humanistic Criticism

푸른사상
PRUNSASANG

불편함이 진리로 정당화되기를

1

시대와 정신의 합으로서 시대정신(ZeitGeist)을 담으려고 한다. 시대정신(혹은 '시대정신비판')은 시대정신에 관한 고찰이고, 특히 '시대정신에 대한 비판적 고찰'이다. ['비판'을 칸트적 의미에서 얘기할 때 이것은 의도되는 것을 보다 명확하게 하기 위한 '수사적 방법'을 지시한다. 순수이성을 명확하게 하려고 한 것이 『순수이성비판』이었고, 실천이성을 보다 명확하게 하려고 한 것이 『실천이성비판』이었다] '시대정신과 인문비평'은 시대정신에 대한 인문학적 고찰이다. 시대정신 비판과 '시대정신과 인문비평'이 동전의 앞뒷면이다. 인문비평의 다른 말이 비판이다. 비판이 인문학적 비판이다.

우선 권두비평 「관찰의 예술―인식의 예술」이 '시대정신과 인문비평'을 간접적으로 드러낸다. 『시대정신과 인문비평』은 2부로 구성되어 있다. 1부 및 2부 상위 제목이 각각 '양자역학과 인문학' 및 '비평 및 담론'이다. 1부는 시대정신으로서 양자역학에 관해서이다. 제목 그대로 양자역학(혹은 양자물리학)에 대한 인문학적 고찰이다. 그동안 양자역학에 관해 이론물리학자들에 의한 연구서들이 꽤 있었으나, 인문학자들에 의한 연구서는 거의 없었다. 본 연구서의 1부 '양자역학과 인문학'은 인문학자에 의한 양자역학 연구 시도로서, 『시대정신과 인문비평』이 가장 역점을 둔 사업이다. 양자역학이 곧 시대정신이라고 할 수 있을 만큼, 양자역학은 인문학적 주요 질문들에 대해 양자역학적 관점에서 적극적인 대답을 시도해왔던 것으로 보인다. 이른바 '우리는 어디에서 왔으며, 우리는 누구이며, 우리는 어디로 가는가?'라는 종교적–철학적–문학·예술적 질문에 대해 양자역학은 그동안 적극적 대답을 시도했다. 양자역학에 의할 때, 우리는 별에서 왔으며, 우리는 별의 폭발로 인한 수소–탄소–질소–산소–인–황–철 등의 소산이며, 우리는 다시 별로 돌아가는 존재다. 2부 '비평과 담론'에 포함된 각 장들 또한 시대정신을 담으려고 했다. 세월호 사건에 대한 고찰(『세월호의 비명』이라는 비극작품에 관하여) 및 '신경숙 사태'로 촉발된 문학권력에 관한 고찰(『자립적 존재:몰락하는 시대의 문학[賞]』)이 대표적 예다. 2부 각각의 장들의 상위개념을 정확히 '시대비평'–'문화비평'–'정치비평'–'심리비평'으로 나눌 수 있다. 2부 각 장들이 시대정신과 얼마나 부합할지의 판단은 온전히 독자의 몫이다. 1부의 양자역학(혹은 양자물리학)에 관한 두 꼭지의 글들이 시대정신을 얼마나 대표하는지의 평가 역시 온전히 독자의 몫이다. 양자역학을 인문학에 포함시켜야 한다는 것이 필자의 생각이다.

2

1부의 양자역학을 내용으로 하는 글들은 양자역학 자체에 관한 고찰이라기보다 '시대정신으로서 양자역학'의 인문학적 의미에 관한 고찰이다. 빅뱅이론, 우주표준모형, 특수/일반상대성원리, 자연상수[우주상수] 등을 인문학과 연결시키는 단초를 만들려는 시도이다.

특수/일반상대성원리가 물리학을 넘어 인문학에서 유의미한 계기가 된 것 중의 하나가, '상대성이론' 이래, 서로 다른 영역의 것들을 당대의 실증주의적 접촉 여부와 무관하게 말 그대로 상대적으로 고찰할 수 있게 한 점이다. 상대적 고찰의 하위개념으로 간학문적 고찰, 탈경계적 고찰, 융합적 고찰 등이 있다.

각론의 내용은 '거대담론 그 자체'라기보다 미시담론에 가깝다. 양자역학 분야에서도 미시담론적 글쓰기를 시도하였다(미시담론적 글쓰기가 모여 각각의 거대담론을 형성할 때 이것은 이 책의 부수적 성과가 될 것이다). 각론들에서[1부와 2부의 각각의 글들에서] '전체로서 부분', 즉 전체를 담지한 '부분'을 말할 수 있다. 각론이 이른바 단자로서, 각론 상호 간에 소통하지 않는 것을 말할 수 있다. 전체로서 부분에는, 즉 '극단으로서 단자'에는 창문이 없기 때문이다. 그렇더라도 여섯 개의 별[꼭지] 각각이, 혹은 여섯 개의 별이 거느린 행성들 각각이 가시적으로 보여주는 것으로서, 여섯 개의 별로 구성된 별자리(권두비평을 포함하면 일곱 개의 별들로 구성된 별자리)가 가시적으로 보여주는 것으로서,

'불편함'을 말할 수 있다. 북두칠성 일곱 개 별의 알레고리가 국자라면, 일곱 개 꼭지의 알레고리가 불편함이다.

　　일곱 개 꼭지의 알레고리가 불편함이라면 이것은 성좌의 원리, 곧 우연성의 원리가 말하는 것으로서, 북두칠성의 알레고리가 '국자'인 것과 비동질적 유비이다. 불편함 아닌 글 있으랴? 불편함이 모여 더 큰 불편함을 보여주지 않는 글 있으랴? 극단으로서 별·별들이, 극단 중의 극단인 별자리들이 일제히 몰락을 우주적 알레고리로 얘기하는 것이 일반적이다. 별자리들이, 극단 중의 극단으로서, 몰락의 세계사─몰락의 자연사─몰락의 인류사를 진리로 정당화시키는 것과 같이, 한편으로 일곱 개의 글이 모인 글자리들이 지상의 극단으로서, '불편함'(혹은 거북함)을 진리로 정당화시킨다. 정당화시키기를 바란다.

2016년 盛夏 이병주문학관에서

박 찬 일

차례

0
권두비평

1
양자역학과 인문학

2
비평과 담론

0

권두비평

관찰의 예술-인식의 예술

1

최초의 예술은 관찰예술이었다. '비극예술이 인간의 삶을 정당화시키는 것'을 말할 때, 그것은 관찰에 의한 것이었다. [최고의 예술로서 비극예술을 말할 때 이 또한 관찰예술에 관해서이다]

무더운 날. 원고물을 무릎에 얹고
나는 정자 안에 앉아 있다. 녹의(綠衣)의 보트가
버드나무를 뚫고 오는 게 보인다. 고물엔
두꺼운 옷을 입은 뚱뚱한 수녀, 그녀 앞에는
수영복을 입은 나이 든 남자, 아마도 신부(神父)인 듯.
노 젓는 자리에는, 있는 힘을 다해 노 젓는
한 아이 한 명. 옛날과 똑같다! 나는 생각한다
옛날과 똑같아!

　　　　　　　　　　　— 브레히트(1898~1956), 「무더운 날」

[무대 전면 "옛날과 똑같아!" 부르짖는, '오케스트라 합창단'에 의한 디오니소스적 장면(혹은 디오니소스적 관찰)이 있고, 무대 후면 "두꺼운 옷을 입은 뚱뚱한 수녀"와 "수영복을 입은 … 신부(神父)", "노젓는/한 아이"에 의한 아폴론적 장면(혹은 그들에 대한 아폴론적 관찰)이 있다]

관객과 연출자가 하나인 [원시 디오니소스-제전의] 디오니소스 송가로 거슬러 올라가더라도, 광란의 주신 찬가 〈디티람보스(Dithyrambus)〉를 고려하더라도, 특히 [그리스]비극예술의 알파요 오메가인 '가무합창단'을 고려하더라도('비극예술은 원래가 합창[음악]이었고 합창예술[음악] 이외 아무것도 아니었다'), 즉 비극예술에서 '자체 발광(發光)하는 삶'이 예술인 점을, '삶 자체가 예술인 점/예술 자체가 삶인 점'을 말할 수 있더라도, 비극예술이 스스로 놀라움을 말하는 점에서[비극예술이 놀라게 하는 '스스로 놀라운 예술'인 점에서] 비극예술은 관찰예술이다.

관찰이 먼저 가고, 놀라움이 그 뒤를 따른다. 놀라움의 조건이 관찰이다. '음악예술로서 비극예술'을 고려해야만 하므로 시각-청각 모두를 고려한 관찰예술이다. 음악예술의 절정인 가무합창단이 시각적 관찰예술 및 청각적 관찰예술의 모범적 예이다. [놀라움의 조건인 관찰을 말할 때 이것은 우선 디티람보스가 원형인 '가무합창단=비극예술'에 관해서이다] 물론 배우예술-무대예술로서 비극예술 또한 말하지 않을 수 없다. ('가무합창단으로서 비극예술' 물론 무대예술이다. 무대 전면에 오케스트라[가무합창단 자리]가 있고, 무대 후면에 배우 무대가 있다. 저간

'배우 무대로서 무대예술'이 일반적으로 '무대예술로서 비극예술'을 통칭했다.)
가무합창단으로서 비극예술이 먼저 가고, 배우 무대로서 비극예술
이 그 뒤를 따른다. '배우예술로서 비극예술' 역시 관찰예술이다. 주
인공에 의한 무대예술이 [관객에 의한] 관찰예술로서, 여기에서 '시청
각 예술=관찰예술' 또한 드러나는 점을 말해야 한다. 주인공에 의한
무대예술 또한 [시각예술이면서] '청각예술'인 점이 강조되어야 한다.
무대 주인공의 대사에 나타나는 '아름다운' 억양-템포-선율들에서
청각예술로서 음악예술을 안 말하기가 곤란하다. 물론 본래적 의미의
아폴론적 꿈-예술을 강조할 때 그것은 [아름답게 변용된] 시각예술에
관해서이다. 본래적 의미의 관찰예술로서 시각예술에 관해서이다.

2

　　　문제는 디오니소스적 합창예술과 아폴론적 배우예술이다. 디
오니소스적 무대예술, 곧 합창예술로서 디오니소스적 도취예술은 광
포한 세계상에 대한 광포한 반주이고, 아폴론적 무대예술, 곧 배우예
술로서 아폴론적 꿈-예술은 광포한 세계상에 대한 잔잔한 반주이다.
아폴론과 디오니소스 모두 광포한 세계상에 대한 응답예술이다. '반
주'예술로서 응답예술이다. 광포한 세계상이 말을 걸어왔고 디오니
소스적 예술가가 거기에 응답해서 '광포하게' 받아 적었고, 광포한 세
계상이 말을 걸어왔고 아폴론적 예술가가 거기에 응답해서 잔잔하게
받아 적었다. 아폴론적 응답에서 잔잔한 변용을 말할 수 있고, 디오니
소스적 응답에서 광포한 세계상에 대한 광포한 대응으로서 [A를 A로

대응하는 방식에 의한] 변용을 말할 수 있다. 광포한 세계상에 대한 광포한 대응 방식이라고 해도 [세계에 대한] 미적(aesthetic) 반주가 아닌 것은 아니다.

'세계 현존은 미적 가상에 의해서만 정당화된다.' 미적 가상에는 아폴론적 미적 가상뿐만 아니라, 디오니소스적 미적 가상 또한 포함된다. 디오니소스적 예술이 아폴론적 예술보다 '삶 그 자체'를 더 많이 얘기하는 점이 물론 강조되어야 한다. '물자체'로서 예술에 더 근접해 있는 점이 강조되어야 한다. 니체가 디오니소스를 '차라투스트라 유형'으로, 혹은 차라투스트라를 디오니소스 유형으로 얘기할 때 이것은 '자발적 몰락 의지'에 충만한 명정(酩酊)-열락의 '디오니소스'에 관해서이다. 자발적 몰락 의지에 충만한 '디오니소스'에서 구제 형이상학을 '많이' 말할 수 있다.

광포한 세계상에 대한 미적 변용 그 자체인 아폴론도 구제 형이상학을 많이 말한다. 아폴론을 통한 미적 변용이 없는 '날것 그대로의 광포한 인생'을 겪어야 하는 인생이란 도대체 어떤 인생이란 말인가? 아폴론적 예술가가 묻는다. 광포한 인생을 살 만한 것으로-견딜 만한 것으로 '가려서' 보여주는 아폴론적 꿈-예술이 없다면 그 인생은 도대체 뭐란 말인가? 아폴론적 예술가가 계속 묻는다.

> 어느 이른 새벽 닭이 울기 오래전
> 휘파람 소리에 잠이 깨어 창문으로 갔다.
> 내 버찌나무 위에—여명이 정원에 깃들어 있었다—
> 기운 바지를 입은 한 젊은이가 앉아서,
> 신나서 내 버찌를 따는 거였다. 나를 보고

그는 고개를 주억거렸고, 두 손으로
버찌들을 가지에서부터 그의 주머니로 옮기는 거였다.
내가 다시 침대에 눕고도 한참 동안
그의 짧고 흥겨운 휘파람 노래를 들었다.

— 브레히트, 「버찌 도둑」

'도둑질'도 지켜볼 만하다 ; 인생에 대해 화낼 일 없다고 인생을 옹호한다. '인생'의 인간을 옹호한다. 견딜 만하지 않은 인생이란 없다. 무대 너머 인생은, 혹은 '무대 너머'를 관찰하는 인생은 인생을 대체로 살 만한 것으로 말한다. 이른바 **예술 형이상학이다. 예술가 형이상학**(Artisten-Metaphysik)이다 ; 아폴론적 꿈-예술의 예술 형이상학을 소위 '마야의 베일(Schleier der Maja)'이 잘 설명한다. "아무렇게 던져 논 밧줄인 줄 알았으나 똬리를 틀고 있던 뱀이었구나/똬리를 틀고 있는 뱀인 줄 알았으나 아무렇게 던져논 밧줄이었구나."(쇼펜하우어, 『의지와 표상으로서 세계』, 3장) ; 마야의 베일 속에서 꿈과 생시가 구별되지 않고, 무엇보다 생과 사가 분별되지 않는다. 마야의 베일의 다른 말이 '아폴론적 착각'(니체, 『비극의 탄생』, 24장)이다.

3

'오, 저럴 수가!' 오, 저럴 수가! 관객을 탄식(혹은 영탄)하게 하는 것은 올림포스 산과 비극예술[음악예술]에 공통적인 것으로서 관찰 때문이다. 탄식-영탄은 관찰에 의한 것이다. 올림포스 신화의 제작자와 관찰자가 같고, 또한 비극예술의 제작자와 관찰자가 같은 것을 말할 때 그것은 '관중 일반으로서 그리스인'에 관해서이다. 관찰자로서 그리스인이 올림포스 산과 비극예술을 만들었고, 역시 관찰자[관람자]로서 그리스인이 올림포스 산과 비극예술을 향유했다. 그리스인이 우선 관찰한 것은 인생의 잔혹함이었고, 자연의 그에 대한 무관심이었다. 첫 번째 관찰에 의한 것이 '비자연적 방법으로서 올림포스 산과 비극예술'이다. 자연이 아무것도 안 하고 손 놓고 있을 때 '인간'이 손수 나섰고 그 결과가 올림포스 산과 비극예술이었다. 올림포스 산과 비극예술이 구제 형이상학적 성격을 띠게 되는 이유이다.

> 모든 사상은 앞으로 향해 있네, 마치 깃발과 삼각기들처럼.
> 슬퍼하는 자들만이 뒤를 돌아보며 서 있네, 돛대 옆에.
>
> — 괴테(1749~1832), 「알렉시스와 도라」 부분

> 여기 바람이 분다면
> 나는 돛을 세울 수 있으련만.
> 돛이 없다면
> 막대기와 거적으로라도 만들 텐데.
>
> — 브레히트, 『부코 비가』의 모토'

[변증법은 "앞"을 보고 간다. 비록 나폴레옹에서, 그리고 프로이센에서 세계정신이 구현된 '국가(Politeia)'를 보기도 했지만, 변증법이 '날카로운 낙관주의'인 것은 분명하다. '괴테'에서 "슬퍼하는 자들"은 인생에 민감한, 생의 잔혹함을 겪는, 예술가 일반에 관해서이다. 수동적–소극적 비가가 아닌, 능동적–적극적 의미의 비가를 부를 줄

아는 예술가를 말할 때 이것은 브레히트-예술가에 관해서이다. 『부코 비가』의 모토'는 괴테의 「알렉시스와 도라」의 [인용]패러디이다. "바람"이 '꼭' 부는 바람이라면, 바람에 '대응'-응답하는 것에 관해 말할 수 있다. "돛"을 세우면 된다, 돛으로 바람을 조종하면 된다. 문제는 돛이 없으면? 자연이 아무것도 해주지 않는다면?(이것은 필자가 본고의 논의를 의식해서 하는 말) ; '자연'(혹은 현실)이 아무것도 해주지 않는다고 가만히 당할 수는 없다. 인위적 방법에 의한 것으로서, "막대기"로 돛대를 만들고, "거적"으로 돛을 만들어, '잔혹한 현실'에서 빠져나간다—인생을 살 만하고 견딜 만한 것으로 만든다. 문제는 인간의 힘에 의해 난경을 돌파하는 점이다. 그리스인들이 인생의 잔혹성이라는 난경을 의식하게 되었을 때, 자연이 이에 대해 아무 대답도 주지 않았을 때, 그리스인들은 '비자연적 방법 자체'인 올림포스 산과 비극예술을 만들었다. '막대기'와 '거적'으로 만든 돛이 말하는 바와 올림포스 산과 비극예술이 말하는 바가 모두 비자연적 방법에 의해 인생을 살 만하고 견딜 만한 것으로 만드는 것에 관해서이다. '막대기와 거적으로 만든 돛'에서 '현존재는 오로지 미적 가상에 의해서만 정당화된다'를 말할 수 없는 것도 아니다 ; '없으면 만들라'주의(主義)가 브레히트 예술의 핵심에 접근한다. '마르크스주의자 브레히트'가 모더니즘의 주요 기법들'(이를테면 '넓은 의미의 인용')을 수용한 것도 그의 이런 '열린 태도' 때문이다.

그리스인에서 두 번째 관찰을 말할 수 있는 것이 바로 관객에 의한 관찰로서 올림포스 산과 비극[예술]의 관찰-관람이다. 올림포스 산과 비극예술이, 인생의 잔혹함을 관찰한 결과물로서, 비자연적 방법 그 자체이므로 올림포스 산과 비극예술의 관찰이 말하는 것이 이제 인생을 살 만하게, 무엇보다 견딜 만하게 만드는 것에 관해서이다. 미적 가상으로서 올림포스 산이 인간의 삶을 정당화시킨다, 신(神)들의 삶이 인간의 삶을 정당화시킨다. 미적 가상으로서 비극예술이 인간의 삶을 정당화시킨다. 물론 비극예술 전에 '호메로스'가 있었다.

> 우리들 가엾은 인간 종자에게는
> 어떠한 죽음도 고약하지만
> 굶어 죽는 것이 제일로 처참한 법 그러니
> 태양신의 가장 탐나는 암소들을 몰아
> 드넓은 하늘에 계시는 제신들의 이름으로
> 그들을 도살하는 게 어떻겠습니까.
> …(중략)…
> 무인도에서 서서히 폐사하느니 차라리
> 왕창 바닷물을 들이켜고 죽어버리겠습니다.
>
> — 호메로스, 『오디세이아』, 12권

『오디세이아』는 오디세우스의 부장 에우릴로코스의 말을 통해 '인간 일반'을 정당화시킨다. "인간 종자"에 의한 '도둑질'("태양신의 가장 탐나는 암소들"을 훔치는 것)은 무죄이다. "굶어 죽는 것이 제일로 처참한 법"이기 때문이다. 에우릴로코스의 행위를 통해 인간의 일을 정당화시키는 한편, ['올림포스 산의 경우'와 마찬가지로] 신들이 인간의 삶을 정당화시키는 것을 요청의 수준에서 말한다. "드넓은 하늘에 계시는 제신(諸神)들의 이름으로/그들을 도살하는 게 어떻겠어요."『오디세이아』가 종국적으로 말하는 것 또한 '인간이 무죄이다'이다. 굶어 죽는 것이 무죄이고, 도둑질이 무죄인 것이다. 자립적 인간 또한 드러났다. 에우릴로코스의 대사 "무인도에서 서서히 폐사하느니 차라리/ 왕창 바닷물을 들이켜고 죽어버리겠습니다"가 인간에 의한 인간의 정당화가 아닐 리 없다 ; '바닷물을 들이켜고'에서 활력주의 또한 나타난다. 죽음 또한 활력주의에 의할 때 '즐겨야 할[왕창 들이켜야 할]' 인생의 한 부분인 듯, 긍정의 대상이다.

4

　　[정당화는 아폴론적 미적 가상에 의해서이거나, 디오니소스적 미적 가상에 의해서이거나이다] 인생을 정당화시키는 것이 없을 때 그 인생은 대체 어떤 인생이란 말인가?―정당화시키는 방법이 없을 때, 아니 정당화시키는 방법을 '자연'이 가르쳐주지 않을 때, 방안이 인간에 의한 것으로서, 비자연적 방법에 의한, 즉 올림포스 산과 비극 예술에 의한, 구체적으로 말해 미적 가상 그 자체에 의한 정당화였다. 인간 삶[인생]의 잔혹함에 대한 최소한도의 정당화 없는 삶이 도대체 어떤 삶이란 말인가? 제작자로서 그리스인[첫번째 관찰자였던 그리스인]과 관객 관찰자로서 그리스인[두 번째 관극자인 그리스인]이 계속 묻는다. 잔혹성―잔인성―난폭성을 시인시키는 것이 없다면 그 인생은 얼마나 쓸쓸할 텐가? 난폭하게 시인시키면 디오니소스 도취예술에 의한 것이고, 잔잔하게 시인시키면 아폴론 꿈―예술에 의한 것이다. 이를테면 시(詩)에 의한 것으로서, 미적 가상에 의한 인생의 정당

화를 말할 수 있을 듯.

> 호숫가 나무 아래 작은 집
> 지붕에서 연기가 올라간다.
> 연기가 없다면—
> 집과 나무와 호수가
> 얼마나 사무칠까[쓸쓸할까].
>
> — 브레히트, 「연기」

'움직임으로서 연기'가 비자연적 방법(시 「연기」 자체) 내(內)의 '비자연적 방법'으로서, 인간 삶의 정당화에 기여한다? 미적 가상으로서 정당화, 즉 '연기'에 의한 정당화가 없을 때 '인간–삶은 얼마나 쓸쓸할 것인가?'[집과 나무와 호수가/얼마나 사무칠까(wie trostlos)] ; '움직임으로서 연기'에서 움직임을 주목할 때 이것이 디오니소스적 도취예술을 가리키고, '연기'(煙氣, 혹은 演技)에 주목할 때 이것이 아폴론적 꿈–예술을 가리킨다.

> 나는 길 비탈에 앉아 있고
> 운전사는 바퀴를 갈아 끼운다
> 나는 떠나온 곳이 마음에 들지 않는다
> 나는 떠나갈 곳도 마음에 들지 않는다
> 왜 나는 바퀴 갈아 끼우는 것을
> 초조하게 바라보는가?
>
> — 브레히트, 「바퀴 갈아 끼우기」

「바퀴 갈아 끼우기」를 사회적 운동의 강조로 읽을 수 있고, 혹은 생명적[존재론적] 운동의 강조로도 읽을 수 있다(시 「연기」 또한 이렇게 읽을 수 있다). 이른바 '망설임'("초조하게 바라보는가?")이 구원으로서, "나"를 관찰하게 하고, 존재를 관찰하게 한다. 관찰이 구원을 말할 때 그것은 인식과 밀접하게 관계하며, 동시에 인식에 도달하는 과정과 밀접하게 관계한다. 인식의 예술로서 변증법적 예술의 다른 말이 '성찰의 예술'이다. 관찰이 먼저 가고, 성찰이 그 뒤를 따른다.

5

'신비스러운 삼위일체', 생부 살해–생모 혼인, 그리고 '스핑크스[신(神)] 수수께끼' 해독에서 놀라는 것은 그것이 관찰의 대상이었기 때문이다. 놀라움은 관찰에 의해서이다. 몰입이 말하는 것과 관찰이 말하는 것이 다르다. 놀라움이 몰입의 영토가 아니다. 몰입과 놀라움은 불연속적인 관계, 비정합적인 관계에 있다. 비극의 예술이 몰입의 예술이 아니고, 관찰의 예술인 것은 비극예술이 '비극적 신화(Tragischer Mythus)'로서 신화를 내용으로 하기 때문이다. 신화는 '잘 알려진 신화'로서, 비극이 잘 알려진 신화를 내용으로 하기 때문이다.

몰입의 영토에—이른바 아리스토텔레스적 환상극이 말하는 것으로서—연민과 공포가 있다. 몰입이 연민과 공포를 낳고, 관찰이 놀라움을 낳는다. '아리스토텔레스적 몰입'(환상예술)의 목표가 격정(연민과 공포)의 야기이고, 아리스토텔레스적 몰입[환상예술]의 '목적'이 격정의 해소, 곧 격정의 배설이다. 관찰예술의 목표가 놀라움이고, 관찰예술의 목적이 인식이다. 놀라움의 다른 말로 흥미를 말할 수 있다. 흥미가 '아름다움'을 대신하는 흥미일 때 이는 '추의 미학'에 관해서이다. [흥미와 추의 미학, 그리고 아름다움과 '미[아름다움]의 미학'이 상호 비례관계에 있다. '소포클레스'의 생부 살해−생모 혼인, 스핑크스 수수께끼 해독이 놀라움으로서 흥미와 관계할 때 이는 추의 미학에 관해서이다] 흥미가 인식으로 이어진다. **오이디푸스도 죄를 짓는구나, 영웅도 몰락하는구나, 신들도 몰락하는구나, 신들도 죄를 짓는구나, [놀라움이 변증법적 인식에 손을 뻗친다] 이른바 미적 현상들에 의한 인간−삶의 정당화이다.** 미적 가상에 의한 세계 현존의 정당화를 말할 때 이것은 예술 형이상학에 관해서이다.

6

　　아리스토텔레스적 환상예술에서 최초의 예술 형이상학을 말할 수 있는 것은 환상극의 목적이 격정의 배설이기 때문이다. 환상극의 최종 목적이 격정(연민과 공포)의 배설로서 이것이 일상을 제대로 영위하게 하는 데 기여하기 때문이다. 간단히, 격정의 배설이 '일상을 제대로 영위하는 데 방해가 되는 격정'의 배설이기 때문이다 ; 일상을 제대로 영위하게 해주는 것을 말할 때 이것은 벌써 스토아(stoa)로서 평정(apatheia)에 관해서이다. 아리스토텔레스적 환상예술이 생산 미학(격정의 야기)과 영향 미학(격정의 해소)이 상호 변증하는 작시술(Dichtkunst)을 통해 최종적으로 도달하는 곳이 평정일 때, 이것은 이미 구제 형이상학으로서 예술 형이상학에 관해서이다. 이후 평정을 예술의 최종 목표로 제시하고, 특히 이것이 음악과 '음악이 전부인 비극예술'에서 구현되는 것을 확고하게 언급했을 때 이것은 '쇼펜하우어'에 관해서이고, 무엇보다 그의 『의지와 표상으로서 세계』(특히 52장)에서 개진된 음악 형이상학에 관해서이다. **쇼펜하우어에 의해 평정의 형이상학, 특히 평정의 형이상학으로서 음악 형이상학이 정립된 것을 말해야 한다.** 쇼펜하우어는 시문학(詩文學)의 형이상학 또한 '문학의 음악 종속성'인 점에서 가능하다고 본다.

7

　　두 개의 예술이 가능하다. 일반적 의미의 예술로서 이를테면 환상예술이 있다. 환상예술은 '보여지는 예술(Schauspielkunst)'이다. 또 하나의 예술이 '보는(혹은 구경하는) 예술(Zuschaukunst)'로서 이른바 '관찰예술'이다. 보는 예술, 즉 관찰예술의 목표가 놀라움이고 최종 목적이 인식이다. 삶의 잔인성–잔혹성–난폭성에 관한 인식이고, 삶의 부조리에 관한 인식이다. '인식의 장(場)'에 인식된 것을 넘어가게 하는 것이 포함된다. 삶의 부조리에 관한 인식은 삶의 부조리를 넘어가는 '것'을 포함한다. '사회적 인과관계의 복합체'에 관한 인식을 말할 때 이는 이른바 구조적 인식으로서 사회의 부조리에 관한 인식이다. 부조리를 실존적 구역질이 그 표상인 실존적 부조리와 사회적 구역질이 그 표상인 사회적 부조리로 나눌 때, 후자에 관계하는 것이 사회적 문학으로서 목적문학이고, 전자에 관계하는 것이 존재적 문학으로서 목적문학이다. 둘 다 요청이므로 '요청의 형이상학'이다. '가장 혜택 받지 못한 자'와 관계하는 문학이 도덕 형이상학으로서 구원과 관계있고, '존재의 가장 깊은 곳'과 관계하는 문학이 존재론적, 혹은 탈-존적(ex-istenzial) 형이상학으로서 구원과 무관하지 않다. 신의 죽음-신의 부재에 의한 것으로서 '진정한 의미의 존재론'이 요청되었다. 존재-신-론(Onto-Theo-Logie)이 아닌, 말 그대로의 의미로서 '존재론(Ontologie)'이 요청되었다. 진정한 의미의 존재론의 개시가, 가장 시급한-긴박한 문제로서 '신 없는 지역'-'신 없는 시대'의 구원이 가능한가? '가능하면 어떻게 가능한가?' 물을 때, 이는 2,000년~2,500년 만의 '일'로서 이른바 '최고 존재자 없는 삶'에 관한 것, '일반 존재자가 전부인 삶'에 관한 것이다. ['신 없는(gottlos)' 세계에 의한 '진정한 존재론의 개시'가 의미하는 것이 참 많다. 본질철학[동일자철학]의 해체에 가시적으로 도달하였다. 최고 심급의 부인(否認)에 의한 것으로서 '도덕 형이상학'의 위기 또한 찾아왔다] 브레히트 문학에서 관찰예술을 말할 때, 시집『가정기도서』의 여러 시편들이 '신 없는 시대의 예술'(존재론적 인식의 예술)에 의한 것으로서 자기 구원을 모색했고, 망명기의 시집『스벤보르 시편』의 많은 시편들이 사회적 인식의 예술에 의한 것으로서 사회 구원을 모색했다. 사회적 인식의 예술에서 사회 구원을 말할 때 이는 또한 자기 구원에 관해서이기도 하다.

8

'브레히트'에서 계속 강조되어야 할 것이 관찰이 먼저 가고, 혹은 관찰과 놀라움이 먼저 가고, 인식이 그 뒤를 따르는 점이다. 인식은 '극복된 인식'을 포함한다. 인식이 '인식된 것'을 넘어서는 것을 포함할 때, 인식의 예술에서 대개 목적문학을 말하게 된다. 인식이 사회적 인식과 존재론적 인식을 아우르는 점에서 대개의 문학은 목적문학이다. 사실 구원이 문학예술의 목적일 때 모든 문학에서 목적을 말하지 않기가 곤란하다 ; 인식 대신에 '깨달음'을 말할 수 있다. 많은 경우 인식은 '깨달음에 관해서'이다.

> 내 방 한쪽 벽면에 일본 목각 제품 한 개가 걸려 있다,
> 금색 칠을 한, 악마 형상의 가면이다.
> 이마에 툭 불거진 힘줄을
> 감전된 듯 나는 본다, 그것은
> 악한 것도 얼마나 힘든 일인지를 보여준다.
> — 브레히트, 「악한 형상의 가면」

> 악한 자들은 너의 발톱을 무서워했다.
> 선한 자들은 너의 우아함을 기뻐했다.
> 내 시에 관해
> 이런 말 듣는 것을
> 나는 좋아했다,
> — 브레히트, 「차나무 뿌리로 만든 중국 사자상」

두 편의 시 모두에서 '관찰—놀라움이 먼저 가고, 인식이 그 뒤를 따라간다.' 「악한 형상의 가면」에서 "악한 형상의 가면"—"툭 불거진 힘줄"이 관찰에 관해서이고, "감전된 듯"이 놀라움에 관해서이고, "악한 일도 얼마나 힘든 일인지"가 인식(혹은 깨달음)에 관해서이다.

선/악의 문제를 얘기할 때 이것은 초월적 인식과 내재적 인식을 함께 (혹은 동시에) 가리킨다. 망명기 브레히트의 정치적 입장을 고려할 때 '선악'은 내재적 의미의, 즉 정치적 의미의 선/악에 가까워 보인다. 다음은 서정적 현실과 정치적 현실 사이에서 갈등하는 모범적 예이다. 역시 관찰이 먼저 가고, 그 뒤를 인식[깨달음]이 바싹 따라붙는 것을 본다. 관찰은 '갈등하게 하는 현실'에 관해서이다.

> [내게는] 어부들의 찢어진 어망만이 눈에 보일 뿐이다.
> 왜 나는 나이 마흔의 소작인 처가
> 벌써 허리가 굽은 채 걷는 것에 대해서만 이야기하는가?
> 처녀들의 젖가슴은
> 예나 이제나 따스한데.
>
> 내가 시에 운을 맞춘다면
> 내게 그것은 오만이나 다름없다.
>
> 꽃 피는 사과나무에 대한 감동과
> 칠장이의 연설에 대한 경악이
> 나의 가슴속에서 다투고 있다.
> 그러나 바로 이 두 번째 것만이
> 나를 책상으로 몬다.
>
> —— 브레히트, 「서정시를 쓰기 힘든 시대」(1939) 부분

갈등하는 현실이 나타났지만, 깨달음이 그를 한쪽으로 결단하게 했다. 갈등은 "꽃 피는 사과나무에 대한 감동"과 "칠장이[히틀러]

의 연설에 대한 경악" 사이의 갈등이고, 결단은 '칠장이의 연설에 대한 경악'이 "책상으로" 모는 것에 관해서이다. "내가 시에 운을 맞춘다면/내게 그것은 오만이나 다름없다"가 깨달음의 정수를 나타내는 표현으로서, '서정시를 쓰기 힘든 시대'를 강력하게 지시한다. [브레히트의 '서정시를 쓰기 힘든 시대'를 아도르노의 '유명한' 말로 풀이하면 "아우슈비츠 이후 시를 쓰는 것은 야만적이다"가 된다. '브레히트'와 '아도르노'는 이 점에 관한 한 상호텍스트성의 관계에 있다. 아도르노의 온전한 문장은 다음과 같다. "아우슈비츠 이후 시를 쓰는 것은 야만적이다. 그리고 이것은 오늘날 시를 쓰는 것이 왜 불가능해졌는지를 표명하는 인식 또한 갉아먹고 있다." 1949년에 쓰고 1951년에 발표된 「문화비판과 사회」라는 사회학 논문에서 했던 아도르노의 말이다(Theodor Adorno, "Kulturkritik und Gesellschaft", in : *Prismen*, München 1963, 26쪽). 아도르노의 후반부 문장이 의미하는 것은 아우슈비츠 이후 시를 쓰는 것이 야만적이라고 하는 인식이 오늘날 시 쓰기를 불가능하게 만드는 다.른 이유들에 관해 성찰하는 것을 방해하고 있다는 것이다(오늘날 시 쓰기가 불가능한 이유는 '아우슈비츠' 말고 또 있을 것이다). 혹은 '아우슈비츠'가 오늘날 시 쓰기를 불가능하게 만드는 절대적 이유로 자리잡았다는 것이다. 어쨌거나 브레히트가 먼저 가고(1939) 그 뒤를 아도르노가 따랐다(1949)]

1

양자역학과 인문학

양자역학
—보편자철학의 와해

자연학

물리학은 '자연[이라는 단어]'에서 왔다. 최초의 물리학자들은 탈레스를 필두로 한 그리스의 자연철학자들이었다. 마르크스, 니체, 프로이트들을 자연학자—'물리학자'라고 말하지 못할 이유가 없다. 넓은 의미의 자연의 본성에는 인간의 본성이 포함된다. 우주가 먼저이고 그 뒤를 지구가 따른다. 지구가 먼저이고 그 뒤를 인류 생명이 따른다. [자연(自然)이 먼저이고 인간이 나중이다] **자연과학과 인문과학, 특히 자연과학과 '문학'의 적대적 공생 관계는 청산되어야 한다.** 일찍이 스노우(Charles Percy Snow)는 1955년『두 개의 문화 : 문학적 지성과 자연과학적 지성*Die zwei Kulturen : Literarische und Naturwissenschaftliche Intelligenz*』에서 자연과학적 지식인들과 문학적 지식인들의 적대적 관계를 설파한 적이 있다. "나는 전체 서구 사회의 정신적 삶이 두 개의 대척적(diametral) 그룹으로 갈라지고 있다고 생각한다. …(중략)…

한편으로 문학적 교양인들이 있고, …(중략)… 다른 한편으로 물리학자들로 대변되는 자연과학자들이 있다. 이 둘 사이에는, 문학인들과 물리학자들 사이에는 상호 몰이해의 틈이, 많은 경우, 적대감과 혐오감이, 우선적으로 그러나 이해 부족이 존재한다."

■　20세기 이후 자연에 관한 이론을 일반화시켜 말할 때 그것은 상대성이론과 양자이론에 관해서이다. 상대성이론과 양자이론의 결정적 차이 중 하나가 시간관이다. 슈뢰딩거의 고양이에서 보듯 양자역학에서는 두 개 이상의 시간[시계]이 동시에 존재할 가능성을 말한다 ; 상대성이론에서는 중력장(혹은 넓은 의미의 블랙홀)이 말하는 바 시간에 시작이 있고 끝이 있다. 중력[장]이 무한대인 지점에 대한 명명인 블랙홀[특이점]은 시간의 종말과 시간의 시작을 포함한다. [빅뱅 이론이 시간의 종말과 시간의 시작을 포함하는 것과 같다] 일반적 의미의 중력장에 의한 것으로서 곡선 우주를 말할 때 이것은 빛의 곡선화, 곧 시간의 곡선화 때문이다. 빛[시간]은 [중력장에 포섭되므로] '무한성으로서 직선'이 아니다. 일반상대성이론에 의할 때 우주는 무한하지 않다. 다만 경계가 없을 뿐이다.

■　다음은 파인만(Richard Feynman)의 목소리이다. "왜 시인들은 목성을 의인화시키면서도 목성이 메탄과 암모니아로 구성된 하나의 회전체라는 사실은 말하지 않는가? 한정된 소재만 다루는 시인들은 대체 뭐하는 사람들인가? 물리학자들이 별의 구조를 해체시켜 별로부터 아름다움을 빼앗아갔다고?" [파인만은 별 자체에서 아름다움과 경이를 느끼는 것이 아니라, 별의 구조에서 아름다움과 경이를 느끼는 것으로 보인다]

오컴에 의한 양자역학

1　감각지각 경험만으로 접근 가능한 것들이 유일한 실재이다. 감각지각한 것에 대해 '실재성[상위법칙]'을 요구하기가 곤란하다. 기본입자 중의 기본입자인 쿼크는 왜 양성자와 중성자를 구성하는가? 양성자와 중성자를 구성하는 쿼크들에 질량을 부여하는 것은 글루온[장]이다. 양성자와 중성자는 원자 질량의 99퍼센트를 차지한다. **왜 양성자와 중성자가 원자 질량의 99퍼센트를 차지해야 하는가? 기본입자 중의 기본입자 18개의 쿼크는 왜 그 질량이고 그 전하인가? 답을 내놓지 못하고 있다. 현재의 입자 표준 모형도가 잠정적이 될 확률이 높다.** [쿼크는 맛깔별로 6개, 색상별로 3개 총 18개 종류이다. 경입자 렙톤(lepton)이라는 이름으로 알려진 [음전하를 띤] 전자, 뮤온(muon), 타우(tau)와 이에 각각 대응하는 [전기적으로 중성인] 뉴트리노까지(렙톤은 그러므로 6개이다) 합하면 총 24개의 [페르미온] 입자가 있다. 24개의 페르미온 입자에 각각의 반(反)입자 24개를 합하면 48개의 입자가 된다. 여기에 장(場)입자들인 광자, 그리고 2003년에 발견한 [약한 핵력을 매개하는 입자들인] W^+, W^-, Z^0, 그리고 역시 8개의 장입자 글루온까지 합하면 60개의 입자가 된다. 2012년에 확인된 장입자―'신의 입자(God particle)' 힉스를 합하면 61개가 된다. **왜 61개인가? 답을 내놓기가 곤란하다. '지각 가능한 입자들이 61개이다.' 왜 '십계명'인가?[왜 10개의 계명들인가?] 왜 십계명에 '그것들'인가?** 신의 전능성은 선의 전능성뿐만 아니라, 악의 전능성을 포함한다. 적어도 오컴에 의하면 그렇고, 오컴의 충실한 계승자 루터에 의하면 그렇

다. '교회의 명령이 아니라, 신의 명령이 절대적이다.' 사회적 명령은 신의 명령에 의해 추풍낙엽이다. 신이 선하다고 할 때, 그것들이 비록 악이더라도 선한 것이고, 신이 악하다고 할 때, 그것들이 비록 선이더라도 악한 것이다. **신은 전능한 존재이지, 균형 잡힌 실재가 아니다.**

로고스에 관한 다른 해석이 가능하다 ; "태초에 로고스가, 즉 신의 말씀이 있었다."(『요한복음』 1장 1절) 신에 의한 명명일 뿐이다. 창조주에 의한 임의적 명명일 뿐이다. 아담의 언어도 마찬가지다. 아담에 의한 명명일 뿐이다. 로고스가 진리가 아니란 말인가? 로고스가 진리가 아니라는 것은 신이 실재[진리]가 아니라는 것과 같다. 태초에 로고스가 있었던 것이 아니라, 이름이 있었다. '빛이 있으라.' 빛이라는 이름이 있었다. 아담이 붙인 이름이 많이 있었다.

2   개별적인 것에 앞서 일반적인 것이 존재한다는 것은 그러므로 무시해야 한다. 일반적인 것도 장입자들인 글루온과 힉스(Higgs Boson)의 경우에서 확인되듯이 그 자체 개별자인 것이다. 보편자나 개념적 실재는 존재하지 않는다. 최고 존재자는 존재하지 않는다.

3   존재론적 신 증명이나 인과론적 신 증명 역시 우리의 지각에서 벗어난 것이다. '최종원인(causa sui)'이 우리의 지각에서 벗어나 있고, 완전성 개념이 우리의 지각 안에 있지 않다. 최종이론은 존재하지 않는다.

4   최종원인이나 최종이론을 기대하는 것은 자연적 지식의 원천

에 최고 존재자 신(神)을 둔 중세 스콜라 철학의 판박이이다. 최종이론은 존재하지 않는다. '그랜드 디자인'은 존재하지 않는다. '신은 주사위 놀이를 하지 않는다'고 말하지 않는 게 낫다. 보편자 논쟁을 상기할 필요가 있다. 보편자(universal), 혹은 개념적 실재는 존재하지 않는다. 이름만이 존재할 뿐이다. 아담이 명명한 언어도 이름언어(Namensprache)일 뿐이다(명목론). 실재가 부정되고 이름만이 강조되는 점에서 유물론적 명목론(nominalism)이다.

■　　양자역학의 역사는 입자물리학의 역사이고, 양자장이론(QFT)에서 절정을 맞는다. 입자물리학, 혹은 입자 표준 모형을 말할 때 이것은 양자장이론에 관해서이다. 표준 모형에는 3세대에 걸친 물질 입자들이 등장한다. 입자 표준 모형은 렙톤(전자와 뉴트리노)과 쿼크에 관해서이고, 또한 상호작용을 일으키는 광자, W, Z, 글루온 등 매개입자에 관해서이다. [중력자(graviton)는 표준 모형에 아직 합류하지 못하고 있다. 입자표준모형에 합류하지 못한 것을 말할 때 그것은 또한 중성미자(뉴트리노)의 질량에 관해서이다. 입자 표준 모형에 암흑물질 역시 제외되어 있다]

■　　톱 · 바텀 · 참 · 스트레인지라는 네 종류의 쿼크와 뮤온 · 타우, 뮤온 중성미자 · 타우 중성미자로 불리는 네 종류의 렙톤은 빅뱅 우주에서 만들어졌고, 지금은 남아 있지 않다.

■　　양자역학은 대체로 입자 표준 모형과 빅뱅이론에 의한 것이다.

물리적 법칙

우리는 우주 내 제 물질들을 단지 바라보는 것이 아닐까? 바라본 것을 법칙이라고 한 것이 아닐까? 이것은 '신'을 느꼈던 순간들과 일치한다. 바라본 것을 물질적 법칙이라고 하는 것은 세상과 물리현상의 합동을 말한다. [물리학이 곧 세상이다] 태양의 주위를 행성들이 서로 부딪치지 않고 도는 것은 물리학의 제법칙들이 대저 세상을 도는 것과 같다. 물리적 법칙이 제왕이라고 하는 것이 아니다. 숲에 있는 나무들을 보고 그에 대해 묘사하는 것일 뿐이다.

세상에 대한 모든 근대적 개념은 이른바 자연현상들에 관한 설명인 자연법칙이라는 신기루를 기초로 하고 있다. 오늘날의 사람들은 자연의 법칙 앞에 서서 마치 손댈 수 없는 대단한 것처럼 다룬다. 마치 과거에 신과 운명에 대해 그랬던 것처럼.

다음은 비트겐슈타인의 『논리철학논고』 일부이다. **신에 관해 설명할 수 있는 최종이론이 존재하지 않은 것처럼 물리학 역시 우주를 설명하는 최종법칙에 도달하지 못할 운명이다. 현존하는 물리적 법칙들은 우리가 본 것을 그대로 말한 것일 뿐이다.**

> 세계의 의미는 세계 바깥에 놓여 있어야 한다. 세계 속에서 모든 것은 있는 그대로이며, 그리고 모든 것은 일어나는 그대로이다 ; 세계 '속'에 가치가 존재하지 않는다—가치가 존재한다 하더라도 그 가치는 아무 가치도 없을 것이다.
>
> —『논리철학논고』, 6.41

가치를 가진 어떤 가치가 존재한다고 할 때, 그 가치는 모든 [일어나는] 사건 바깥에, 그러니까 '어떤 식으로든 존재하는 것(So-Sein[s])' 바깥에 놓여 있어야 한다. 그럴 것이 모든 사건과 '어떤 식으로든 존재하는 것'은 우연적이기 때문이다.

— 같은 곳

공간과 시간 속 삶의 수수께끼에 대한 해답은 공간과 시간 '바깥에' 놓여 있다.

— 같은 곳, 6.4312

"의미"와 "해답"이 '공간과 시간 바깥에 있다'고 한 것이 주목된다. 본 것은 본 것이고, 일어난 일은 일어난 것일 뿐("그리고 모든 것은 일어나는 그대로다") 그에 대한 최종적 가치 평가 또한 불가능하다고 한 것이 주목된다. 세상의 모든 일이 "우연"히 깃든 것이라고 한 것이 주목된다. **세계-내-존재인 인간에 의한 최종법칙은 불가능하다.**

관측 조건과 경험적 실체

독수리라는 눈이 있고 고양이라는 눈이 있고 올빼미라는 눈이 있다. 인간이라는 눈이 있고 스핑크스라는 눈이 있다. '자연의 실체를 인지하는 것은 불가능하다.' 관측 조건[관측 장비와 질문의 특성]에 따라 달라지는 경험적 실체를 인식할 수 있을 뿐이다.

칸트의 도덕 이념

신 이념, 영혼 이념, 우주 이념은 경험을 통하지 않기 때문에 사변이성에 의해서는 증명 불가능성으로 귀착된다. 칸트에 의해 '신 증명'은 차례로 논박된다. 인과론적 신 증명은 무한한 후퇴를 부정하는 점에서 부정된다. 사유 또한 독립적인 실체를 꼭 담보하지 않는 것으로 해서 존재론적 신 증명 또한 부정의 대상이다. 완전성은 꼭 그 표상을 요구하지 않는다. 우리 경험은 자유의지나 영혼불멸에 대해 필연적 근거를 제공하지 못한다.

문제는 정언명령에 의한 도덕 이념이다. 칸트에게 도덕 이념은 수학적 진리만큼 보편타당하고 필연적인 법칙성을 함의하는 선험적 진리로 간주된다. 실천이성이 사변이성보다 우위에 있다고 보는 것은 증명 불가능성으로 결론 난 것을 요청에 의해 다시 되살려냈기 때문이다. 실천이성에 의해 사변이성이 놓친 형이상학적 진리에 도달할 수 있게 되었다. 물론 실천이성 자체가 형이상학이다, '요청에 의한 형이상학'이다. 정언명령으로서 요청(Postulat)에 의한 형이상학이 다시 요청에 의해 형이상학적 진리를 부르는 식이다. 첫째, 실천이성은 '요청에 의한 것으로서' 자유의지를 요청한다. 도덕법칙은 자유의지를 조건으로 할 때에만 의미를 갖기 때문이다. 둘째, 실천이성은 영혼불멸을 요청한다. '**최고선**으로서 도덕법칙'은 무한히 앞서나갈 것을, 즉 무한한 진보를 조건으로 하기 때문이다. 셋째, 실천이성은 신의 존재를 요청한다. 도덕법칙들이 신[성]에 의한 보증을 요구하기 때문이다. 사변이성에 의해 불가능으로 판명났던 '자유의지'-'영혼불멸'–'신(神) 존재'가 실천이성에 의해 우리 곁에 있게 되었다. 물론 요청 수준이지만 말이다. 시작이 정언명령이다. **형이상학은 모두 요청의 형이상학 아닌가. 유일신교[계시종교]를 빼고 말하더라도 말이다.**

■   안셀무스(11세기)–데카르트(17세기)의 존재론적 신 증명(ontological argument)에 대해("신은 완전성의 표상이므로 거기에는 가시적 '존재자'를 포함한다") 18세기 칸트는 신은 생각으로 존재한다고 해서 조금도 불완전한 것이 아니라고 반증했다(『순수이성비판』의 '초월적 변증론') ; 신은 완전하므로 존재[자]하지 않은 것으로 존재할 수 있다 ; 칸트에게 신은 증명의 대상이 되는 것이 아니라, 인간의 도덕적 정언명령을 정당화시키는 것으로 요청의 대상이다. **신은 도덕적 정언명령을 정당화시키는 존재로 존재한다**(『실천이성비판』).

비트겐슈타인의 칸트 비판

다음은 칸트의 영혼불멸에 대한 비트겐슈타인의 입장이다. 영혼 이념의 증명 불가능성을 얘기한 『순수이성비판』의 '초월적 변증론'을 의식할 때 이것은 칸트에 대한 옹호이고, 도덕 이념을 시인시키기 위해 다시 신(神) 이념–영혼 이념을 불러들인 『순수이성비판』의 '초월적 방법론' 및 『실천이성비판』을 의식할 때 이것은 '칸트'에 대한 부정이다.

인간영혼의 시간적 불멸성, 그러니까 죽음 이후에도 인간영혼이 영원한 지속적 삶을 갖는다는 생각은 어떤 방식으로든 보증받지 못한다. 뿐만 아니라 이러한 가정은 무엇보다도 그 가정을 통해 도달하고자 했던 것을 전혀 실현하지 못한다. 내가 영원히 산다고 수수께끼가 풀리는가? 영원한 삶이란 도대체 현재의 삶과 마찬가지로 수수께끼 아닌가?

—『논리철학논고』, 6.4312

인용 중반부, 특히 "이러한 가정은 무엇보다도 그 가정을 통해 도달하고자 했던 것을 전혀 실현하지 못한다"라고 했을 때 이것은 분명 도덕 이념의 완성을 위해 영혼불멸을 요청한 칸트를 의식한 말로 보인다. 물론 비판적 '의식'이다. 인용 전반(全般)은 도덕 이념의 보증을 위해 신을 다시 불러들인 '칸트'에 관해서이기도 하다.

주체는 세계의 한계이다 — 최종이론의 불가능성

"우리가 이 세계의 일부인 이상 우리는 이 세계를 객체화할 수 없다." 우리가 우리를 객체화할 수 없다는 말이다. 비트겐슈타인이 "세계의 의미는 세계 바깥에 놓여 있어야 한다"(『논리철학논고』, 6.41)고 말하고 또한 "'나의 언어의 한계'가 나의 세계의 한계를 의미한다"(같은 곳, 5.6)라고 말한 이유이다. 특히 "주체는 세계의 일부가 아니라, 세계의 한 한계이다"(같은 곳, 5.632)라고 말한 까닭이다. [나는] 나를 객관적으로 마주할 수 없다. 비트겐슈타인은 '나'를 눈에 비유했다. 눈이 시야를 확보하지만 눈 자체는 확보할 수 없다. 내가 나를 확보할 수는 없다. 다음이 비트겐슈타인의 말이다.

세계 '안' 어디에서 형이상학적 주체를 볼 수 있는가?

그대는 말한다, 여기서 관계는 눈과 시각장(혹은 시야)의 관계와 전적으로 일치한다고. 그러나 그 눈을 그대는 실제로는 보지 못한다. 그리고 '시각장(Gesichtsfeld)에 있는' 어떤 것도 그것을 하나의 눈이 보고 있다는 추론을 허용하지 않고 있다.

— 같은 곳, 5.633

'주체'와 '세계'의 관계는 '눈과 시각장의 관계'와 같다. 눈이 눈을 못 보는 것처럼 주체가 주체를 보지 못한다. 주체가 보는 것 중에 [주체의 '시각장' 중에] 실상 주체는 제외되어 있다. '주체가 제외된 세계'를 보는 것은 온전한 세계를 보지 못하는 것과 같다. 우리가 이 "세계 '안'"에 있는 한 우리는 온전한 세계와 마주할 수 없다. 비트겐슈타인이 "주체는 세계의 일부가 아니라, 세계의 한 한계이다"라고 말한 이유이다.

데이비드 흄

'나'라는 고정된 실체는 존재하지 않는다. 흄은 『인간본성론A Treatise of Human Nature』에서 자아(ego)를 부인했다. 흄의 말이다.

내가 가장 가까이 나 자신이라고 부르는 곳으로 접근했을 때, 나는 항상 뜨거움이나 차가움, 사랑이나 증오, 고통이나 희열 등 어떤 특별한 자각이나 다른 것을 만나곤 했다. 나는 이런 자각 없이는 결코 언제라도 나 스스로를 알아차릴 수 없었고 자각하는 것 말고는 아무것도 바라볼 수 없었다.

흄에 의할 때 '나'는 그때그때 다른, 특별히 "자각하는" 느낌과 마주할 뿐이다. 이를테면 데카르트를 비틀어 수용하거나 흄을 곧이곧 대로 수용할 때 순간적인, 나라고 부를 수 있는 순간적 자아가 있으나 '지속적 자아(enduring self)'(혹은 정체성을 가진 자아)는 없다. 하이데거는 다른 생각이다. 불안 의식—죽음 의식이 지속적 자아를 만들 수 있다. 세인(世人)이 아닌, 본래적 자아와 만나는 것이 가능하다.

고정된 자아

20세기 영미철학자들인 데릭 파핏(Derek Parfit), 피터 스트로슨 (Peter Frederick Strawson), 토머스 네이글(Thomas Nagel)은 흄의 적자로서 자신(das Selbst)으로서의 고정된 자아[나(ego)]를 부정한다. '동일한 나' 는 불가능하다. '고정된 자신(自身)'을 부정한 것은 새롭지 않다. 후기 구조주의의 금과옥조가 주체 부정이기 때문이다. '저자의 죽음'(바르트), '저자란 무엇인가'(푸코), '모든 사람은 다르게 읽는다'(수용미학), 나아가 상호텍스트성—대화성(크리스테바—바흐친)이 표상하는 것이 '확고한 주체'에 대한 확고한 부정이다.

세계의 운명 — 인간의 운명

세계의 운명을 얘기할 수 없다, 소멸 빼고는. "모든 것은 상대적이고, 상대적인 모든 것은 움직이고, 움직이는 모든 것은 소멸한다." 일반상대성원리의 전언이다. '확실한 소멸과 불확실한 소멸 시간의 모순'을 말할 때 이것은 주로 인간의 운명에 관한 것이었다. 우리가 우리의 운명을, 소멸 시간을, 확실하게 얘기할 수 없다.

　　물리학에서 최종 지점을 말할 수 없는 것은 인간의 최종 운명(혹은 최종 운명 시간)을 말할 수 없는 것과 유비이다. 물리학 법칙들이 한계적 인간에 의한 그림이라고 할 때 그 그림은 '철회'가 운명인지 모른다. 최종이론은커녕 현존하는 물리법칙 또한 철회가 운명일지 모른다. 공간의 법칙─시간의 법칙─인과율의 법칙이 철회가 운명이었던 것처럼. 기계론적 물리학으로 표상되던 뉴턴 역학은 제한적으로 운용될 뿐이다. 아직 그려지지 않은 것에 먼저 그려진 것이 맞지 않을 수 있다. 아직 파악되지 않은 것에 현존하는 물리법칙이 부응할 것이라고 장담하지 못한다. 『논리철학논고』의 마지막 명제 "말할 수 없는 것에 관해서는 침묵하지 않으면 안 된다"(7)가 '그릴 수 있는 것만 말하라'("명제는 현실의 그림이다." 4.01)를 지시하는 것일 때 이것은 최종적인 '어떤 것'에 대한 확고한 부정이었다. 비트겐슈타인의 혁명성은 '말의 힘'을 구축한 데 있지 않고, 분석철학의 확고한 토대를 구축한 데 있지 않고, 오히려 형이상학적 회의주의를 강화시킨 데에 있다. 비트겐슈타인은 말할 수 없는 것에 대해 침묵하지 않았다. 두 번째 저서 『철학적 탐구』에서 비트겐슈타인이 보다 유연한 '언어철학'을 보여주었더라도 『논리철학논고』의 '이' 혁명성에 비할 바 못 된다. 『논리철학논고』 말미에서 주지하다시피 비트겐슈타인은 회의주의적 형이상학을 여러 개로 나누어 확고하게 토설했다.

　　물리학자들의 최종이론(혹은 대통일장이론)의 조건으로서 비트겐슈타인이 '신비한 것들'의 해소를 말하는 것이 아니다. 인간은 영원하지 않다. 우주 이념과 인간 이념[영혼 이념]의 관계가 상위 체계와 하위 체계의 관계이다. 우주는 우주 안에 있는 생명체보다 먼저 존재했다. 인간은 우주의 소산이다. 하위 체계가 상위 체계에 올라탈 수 없다. 최종이론은 진화론적 성찰 및 일반상대성이론을 성찰할 때 이미 나와 있는 것인지 모른다. '모든 것은 상대적이고 상대적인 모든 것은 움직이고 움직이는 모든 것은 소멸한다.' '인간이라는 종은 고정된 것도 아니고, 더구나 영원한 것도 아니다.' 후자가 진화론의 금과옥조이고, 전자가 알다시피 일반상대성이론의 금과옥조이다. **최종이론이 있더라도 최종이론에 앞서서 인류가 퇴장당해야 한다면 인류의 몰락이 최종이론이다. 몰락이 최종이론의 형식이라고 할 때 이것은 또한 최종이론의 내용이 몰락이라는 것을 포함한다.** '지성적 우주 관찰자'의 몰락이 '무가 아니고 왜 유인가?'라는 질문이 도달한 비선형적─비정합적 최종 지점이라고 할 때 이것이 말하는 것은 지성적 관찰자의 유가 [우주의] 유를 말하고, 지성적 관찰자의 무가 우주의 무를 말하는 것에 관해서이다. 최종적으로 은하수가 무이고, 우주 전체가 무인 것이다. 관찰자를 우주의 유/무의 조건으로 말할 때 이것은 양자(量子)의 조건을 관찰자의 유/무로 말하는 것과 유비이다 ; 관찰자가 양자를 정당화시키는 것을 말하기보다 '양자가 관찰자를 정당화시킨다'라고 말한다. 관찰자가 우주를 정당화시키는 것을 말하기보다 우주가 관찰자를 정당화시키는 것을 말한다. 인류는 양자에 의해, 그리고 우주에 의해 정당화되는, 양자와 우주의 소산으로 정당화되는 존재이다. 잠깐 유로 있다 영원히 무로 가는 존재이다. 인간에게 무는 필연적이다. [양자 우주가 먼저이고, 인간이 나중이었다] ; '우주는 오로지 인간에 의해서만 정당화된다.' 인류 원리이다, 인류중심주의가 아닐 리 없다 ; 인류 원리, 혹은 인류중심주의를 말하기보다 "우주 현존은 오로지 인간이라는 드라마(drama), 그 미적 가상에 의해서 정당화된다"(니체, 『비극의 탄생』), 이렇게 말하는 것이 더 낫다.

인류 원리

인류중심주의의 다른 말이 인류 원리(anthropic principle). 왜 세계는 존재하는가? 왜 이렇게 존재하는가? 둘 중 어느 것이 큰 질문인가? 다음은 비트겐슈타인의 대답이다. '신비―시리즈물' 중 하나다.

신비스러운 것은 세계가 어떻게 있느냐가 아니라, 세계가 있는 '것'
이다.

— 『논리철학논고』, 6.44

다음을 참고할 것 : "세계가 '어떻게' 있느냐는 것은 높은 존재에게는 '어떻든 상관없는(vollkommen gleichgültig)' 일이다. 신은 스스로를 세계 '안'에 드러내지 않는다."(『논리철학논고』, 6.432) ; '신은 스스로를 세계 '안'에 드러내지 않는다'는 것은 있는 그대로 볼 때 [인간에 의한] 최종이론에 대한 명백한 부인이다. 최종적으로는 '인류 원리'에 대한 부인이기도 하다.

최종이론 — 지독한 관념론

플라톤의 이데아론이 그 자체 존재로서 세계를 설명한다면, 즉 이데아론이 먼저 가고, 세계가 그 뒤를 따르는 것이라면, 최종이론[궁극의 법칙—수학적 법칙]이 먼저 가고, 공간—시간—물질이 그 뒤를 따르는 것인 줄 모른다. 최종이론은 이때 이데아론이다. 기독교 형이상학과 유비이다. 기독교에서도 로고스가 먼저 가고, 공간—시간—물질이 그 뒤를 따르는 것으로 설명한다. 문제는, 플라톤 형이상학이나 기독교 형이상학에도 두루 해당하는 것이지만, 최종이론이 제작자 데미우르고스(demiurge;demiourgos) 역할까지 맡을 때이다. 지독한 관념론 아닌가? 기독교[창세기]야말로 최첨단 관념론 아니었던가?

세계는 왜 존재하는가

우리가 그 일부인 자연을 증명할 수 없다. 이것은 화폭 속의 인물이 화폭 위의 전체 모습에 관해 설명할 수 없는 것과 같다. 화폭의 의미는 그 속의 인간[세계—내—존재]에 있지 않고 화폭 바깥에 있다. [세계의 의미는 세계 밖에 있다] [혹은] 화폭 속의 인간은 세계를 증명하기 전에 강제로 퇴장당하는 것이 운명이기 때문이다. 인간은 세계의 의미를 묻기 전에 이미 세계에 던져진, 즉 강제적으로 세계에 편입된 세계—내—존재이다. 세계의 의미를 숙고한 후 세계의 문을 노크하고 세계에 입장한 존재가 아니다. 입장권 없이 들어온 현존재이다. 태어난 것이 불법이다. 불법으로 태어났다.

불법으로 태어났다. 하면 대개 그렇고 그런 경우인가.

불법으로 태어났다. 하면 안 되는 건가.

나는 불법으로 태어났고, 너도 불법으로 태어났고,

불법으로 태어났으니 불법으로 죽는 거.

죽는 것이 불법이고.

사실 누구의 불법이 아니다. 비극적 존재 인식에 의한 것으로서 불법을 말하기보다는, 역시 비극적 존재 인식에 의한 것으로서 던져져서 '이미 세상에 편입된 존재'를 말하는 것이 낫다. 인간은 생존에 대부분의 에너지를 써야 하는 생물학적 존재자로 인생을 시작한다. 인간은 생물학적 존재자로 인생 대부분을 살아가게 된다. 생존이 본질에 앞선다. 생존을 묻는 일이 본질을 묻는 일보다 앞에 있다. [생존이 앞에 가고 본질이 그 뒤를 따른다] 에너지를 생존에 유리한 방향으로만 쓰지 않는 경우가 있는데 '던져진 존재로서' 이미 세계-내-존재라는 자각 너머, 본인의 의사와 상관없이 세계 밖으로 던져질 거라는 의식이 엄습할 때이다. 에너지를 자율신경계 및 변연계로 표상되는 직접적 생존 에너지로만 쓰지 않고, [에너지를] 대뇌피질 및 전두엽으로 표상되는 대상화하는 의식이나 자의식에 쓰는 경우이다. 이를테면 '왜 차라리 무가 아닌가?(Warum gibt es eher etwas als nichts?)'라고 질문하는 데 쓰는 경우이다. 이른바 세인(The Man)이나 퇴락(Verfall)의 삶이 아닌, 결단[선구적 결의]에 의한 삶을 사는 경우이다. '세계는 왜 존재하는가?(Why does the world exist?)' [세계가] 왜 이런 모양으로 생겼는가?

우리가 화폭의 일부라면

우리가 만약 가상 세계에 살고 있다면 가상 세계의 우리가 그 일부인 관계로 가상 세계에 관해 말할 수 없다. 우리가 만약 우주에 살고 있다면 우주의 우리가 그 일부인 관계로 우주에 대해 말할 수 없다. 우리가 가상 세계 바깥쪽에 관해 말하기가 곤란하다. 우주에 대해 말한다는 것을 우주 바깥쪽을 말하는 것을 포함한다. 우리가 우주 바깥쪽에 관해 말하기가 곤란하다. 하위 체계가 상위 체계에 관해 말하는 것이 쉬운 일이 아니다. [화투가 화투놀이에 관해 말하는 것이 쉬운 일이 아니다]

무제

왜 차라리 무가 아닌가? 물었을 때 즉 [세상은] 무가 아니고 유인가? 물었을 때 이것은 '유'에서 물은 것이다. 유에서 물은 점에서 이 질문은 답하기 곤란한 질문이다. '질문 자체'가 설명되어야 할 유의 일부이기 때문이다.

■　유가 이미 세계-내-존재로서, '존재'의 본질을 물을 게 아니라, '실존' 자체를 문제 삼아야 한다.

부조리로서 우주 존재론

부조리적 존재는 인간에게도 해당되고 우주에게도 해당된다. 현존재 인간은 자기 의사와 상관없이 던져진 존재로서 우연한 존재이며, 그러므로 부조리한 존재이다. 우연이 필연이 되는 것도 마찬가지이다. 이 역시 '조리에 맞지 않은 그물'을 피할 길이 없다. 인간은 던져진 존재로서 이미 현존하며, 이미 현존재이다. 세계-내-존재의 다른 말이 현존재이다. 세계에 대해 묻고 태어난 것이 아닌, 이미 현존재, 즉 세계 안에 들어와버린, 실존에 관해 물어야 하는, 세계-내-존재인 것이다. [인간 대신 우주를 넣으면 우주에 관한 설명이 된다. 우주는 던져진 존재로서 이미 현존하며, 이미 현존재이다. 세계-내-존재의 다른 말이 현존재이다. 세계에 대해 묻고 태어난 것이 아닌, 이미 현존재, 즉 세계 안에 들어와버린, 실존에 관해 물어야 하는, 세계-내-존재인 것이다]

인간의 미래에서 '부조리'는 분명해진다. 인간은 떠날 때도 자기 의사를 물음 받지 않고, 아니, 여기서는 의사를 물음 받지 않고가 아니라, 본인의 의사와 상관없이, 대개는, 본인의 의사에 반해서 세상을 떠날 것을, 세계-밖-존재가 될 것을 강요받는다. '세상이 부조리하다'고 할 때 이것은 보통 '세상을 떠야 하는 인간'에 관해서이다. 우주 또한 같은 부조리에 참여한다. 인간과 똑같이 부조리한 상황에 처한 우주를 말할 수 있다. 우주 본인의 의사와 상관없이 이 세계에서 떠날 것을 강요받는 우주, 우주의 종말에 관해 생각한다. 우주는 부조리한 세계에 살고 있다. 우주 존재론이다.

청춘

'실존은 본질에 앞선다.'(사르트르) ; '사는 것이 목적이다.'(이반
곤자로프) ; '사는 것'이 '왜 사는가'라는 문제에 앞선다. 생존 욕구에
자신의 대부분의 에너지를 쏟아야 하는 것이—생물학적 진화론에 충
실한 것으로서—올바른 길이다. 나는 우연히 태어나 '있는' 존재이
다. 그러나 우연을 필연으로 관철시켜야 하는 존재이다. '무의미한 존
재의 나락'에 떨어지도록 나 자신을 방치해서는 안 될 일이다. 우주는
어떤가? 우주에 자의식이 있는가? 우주가 스스로를 방치하지 않을
수 있는가?

존재론적 다중우주 증명 ①

우주는 '모든 것이 있는(everything there is)' 우주(宇宙)이므로 모
든 것이 있는 우주는 실제로 존재해야 한다. 이른바 존재론적 다중우
주 증명이다 ; 신은 완전한 존재이다. 완전한 존재에는 실재가 포함된
다. 그러므로 신은 실재한다—안셀무스와 데카르트에 시도된 존재론
적 신 증명이다 ; 칸트의 반박이 다시 들린다. '생각만으로 존재시킬
수 있는 것 아닌가.'

모든 것이 있는 우주를 생각만으로 존재시킬 수 있지 않은가?
전능한 신을 생각만으로 존재시킬 수 있는 것처럼.

존재론적 다중우주 증명 ②

우주가 무한하다면 생각할 수 있는 것은 다 실재한다. 우주의 한계는 인간 생각의 한계다.

■ 평행우주론이 말하는 것은 이미 다르다. 관측 조건이 달라질 때마다 다른 관측 결과가 미래적으로 생겨나오는 것이 아니라, 양자적 관측 그때그때마다 중첩된 다양한 상태가 분리되어 이미 존재하고 있는 무한한 평행우주 중 하나의 평행우주에 [과거적으로] 편입된다.

■ [관찰자에 의한 과거 확보] 관찰자에 의한 소립자 확보가 시사하는 바가 많다. 실증주의적 해석이 아닌, 관점주의적 [역사] 해석과 유비로서, 과거 또한 관찰자에 의해 확보되는데 무수히 많은 관찰자에 의해 무수히 많은 서로 다른 과거 또한 가능하게 되기 때문이다. [일반상대성 원리는 모든 관찰자에 동등한 자격을 부여한다] 문제는 괜찮은 관찰자이다. [상대적으로] 가장 제대로 된 질문을 한 관찰자가 [상대적으로] 가장 제대로 된 과거를 확보한다. 문제는 절대적 과거의 거부이다. 심란하게 만드는 것은 과거에 존재했던 고전적 세계들이 마구 섞여서 '지금'의 세계가 될 수도 있다는 점이다. 공룡의 뼈가 발견되었다고 '공룡 시대'가 있었다고 단정할 수 없다.

물질의 정신화/정신의 물질화

물질이 먼저인가, 정신이 먼저인가. [양자]물질이 먼저이다. 양자 과정에서 정신이 깨어난다. 요컨대 물질의 정신화이다. 정신은 물질 중에서 가장 뛰어난 물질이다. 왕중왕을 얘기할 때 그것은 두뇌 물질이라는 정신에 관해서이다. 문제는 정신화된 물질에 의한 물리적 세상의 인식이다. '물질에서 나온 정신'이 '물질로서 세계'를 인지하는 기적에 관해 말해야 한다. 대상화의 기적이 일어난 것에 관해 말해야 한다. '보다 높은' 상위 체계가 발생할 수 있었던 것. 양자 과정으로서 '물질의 정신화'가 신비스럽다 ; 양자에 물론 정신이 있을 리 없다. [양자에 목적이 없다] 양자화된 물질에 목적이 없다. 플랑크 상수에 목적이 없고, 작용 양자에 목적이 없다. 위치에너지[퍼텐셜]의 응집(물질 원자 수준 및 분자 수준 및 세포 수준)에서 목적을 말할 수 있게 된다. 스핑크스 눈, 뱀 눈, 고양이 눈, 독수리 눈에서 목적을 말할 수 있게 된다 ; 정신의 물질화를 못 말할 까닭이 없다. '정신이 먼저 가고 물질이 그 뒤를 따른다.' 정신을 양자 과정의 그림자로 보는 것이 아니라, 플라톤의 동굴의 비유―침대의 비유―선분의 비유를 떠올리며 양자 과정을 정신의 그림자, 정신의 소산으로 볼 수 있다. 에네르기아―엔텔레케이아의 정신 말이다. 플라톤이 말하는 궁극적 진실로서 '에피스테메'는 모든 개물의 원형인 이데아에 관한 지식을 말한다. 물리적 세상은 이데아의 그림자일 뿐이다. 이데아는 최고 존재자로서, 기독교 형이상학의 최고 존재자와 실체로서[실재로서] 유비이다.

■　수리물리학자 로저 펜로즈(Roger Penrose)는 두뇌세포의 전기적 활동을, 요컨대 정신을, 양자 과정에 의해 만들어지는 그림자로 설명한다. '정신은 양자 과정의 그림자이다.' 우리를 동굴 밖 실체 세계의 그림자로 보는 것과 비동질적 유비이다(플라톤, 『국가』, 516a). 또한 펜로즈는 수학적 세계와 정신적 세계를 구분한다. [플라톤에서 수학적 세계와 정신적 세

계는 같다. 선분의 비유가 말하는 바 플라톤에게 수학적 세계와 정신적 세계가 합쳐져 에피스테메가 된다[『국가』, 511d-e)]

■　펜로즈에게 플라톤의 수학적 세상이 최고 존재자이다. 정신적 세상과 물리적 세상은 마치 플라톤이 '침대의 비유'에서 진리(침대의 이데아)에서 각각 한 걸음 두 걸음 떨어져 있는 가상의 세계(침대), 가상의 가상의 세계(침대 그림)를 말한 것처럼 실체가 아닌 대상이었다. 대상의 다른 말이 그림자[가상]이다 ; 개물(個物)은 수학이 구체화된 존재이다. 이른바 수학적 개물이다. 개물과 수학의 관계와 [피타고라스 학파의] 물리적 세상과 수(數)[수리수학]의 관계가 상호 유비이다.

태양의 비유

플라톤의 동굴의 비유-침대의 비유-선분의 비유들, 이 비유들 모두 관념론적 비유가 아니고, 유물론적 비유인 것이, 정확하게 말하면 유물론적 변증인 것이 이들을 모두 포함하는 태양의 비유 때문이다. **태양이 개물들의 최종적 이데아이다. 태양이 개물들을 비춰 개물들에 생명을 부여하고 개물들을 존재하게 하기 때문이며, 나아가 개물들의 그림자까지 산출하기 때문이다**(『국가』, 508b). 플라톤은 태양을 '사물들에게 존재성을 부여하는 선의 형상'으로 이해한다.

> 태양이 시각은 아니지만 그것의 원인이며 바로 그 시각으로부터 보여지는 것이라네 …(중략)… 바로 태양이 내가 선의 아들이라고 이해한 것이라네, 선이 제 자신과 비슷한 형상으로 생겨나게 한 것 말이야.(508b)

인용 앞부분은 선의 유물론적 성격을 약화시키는 것이 아니라, 선(善)의 유물론적 성격을 강화시킨다. 시각을 존재하게 하는 건 태양이지만, 정작 태양을 보게 하는 것은 "시각"이다. 플라톤은 또한 태양을 "선이 제 자신과 비슷한 형상으로 생겨나게 한 것"으로 이해한다. 태양을 "선의 아들(Sprößling des Guten)"이라고 했을 때 이것은 태양에 의해 보여지는 것 또한 선의 아들(혹은 선의 아들의 아들들)이라고 한 것이다—유물론적 보편자철학이다.

에너지의 양자화

1900년 12월 14일 독일물리학회 정기학술회의장에서 양자혁명이 시작되었다. '에너지가 양자화되어 있다'는 발상이 처음 도입됐다. 막스 플랑크(Max Planck)가 '에너지는 분명한 값을 갖는 아주 작은 덩어리'라고 선언했다. 아주 작은 덩어리는 플랑크 공식에 의할 때 진동수로서 '흑체를 구성하는 원자 속에서 크게 들뜬 전자'를 지칭한다. [흑체는 모든 파장의 빛을 흡수하고 방출한다] 정확히 말하면 에너지는 진동자(oscillator)의 진동수와 관련되어 있다. 진동수는 진동자의 진동수이고, 에너지는 진동자의 에너지이다.

$E = h \times v$

플랑크의 양자 공식이다. 플랑크 상수 h는 $E=mc^2$(혹은 $E=c^2m$)의 c^2처럼 비례상수이다. $E=c^2m$에서 에너지는 질량에 비례하고, $E=hv$에서 에너지(E)는 진동수(v)에 비례한다. 에너지의 최소 단위는 플랑크 상수에 진동수를 곱한 양과 같다. [모든 에너지는 h×v의 정수배로 표현된다] 플랑크 상수는 '물체'의 길이, 질량, 온도, 시간 단위를 결정하는 기본 상수로서 플랑크의 명명에 의하면 기본 양자 작용(elementary quantum action) 혹은 작용 요소(element of action)이다. [작용 요소가 더 적당한 말로 보인다] 플랑크 상수는 빛의 속도와 뉴턴의 중력상수와 함께 물리학의 가장 기본적인 관측 단위인 자연 상수가 되었다.

■　　빛은 다양한 진동수를 갖는다. 진동수의 다른 말이 주파수이다. 파장과 진동수는 상호 반비례의 관계에 있다. 고에너지 감마선−X선−자외선들은 짧은 파장과 높은 진동수를 가지며 저에너지 가시광선 이하 적외선(infrared)−전파들은 상대적으로 긴 파장과 낮은 진동수를 가진다. 가시광선이나 극초단파 등 저에너지의 빛을 금속에 쪼였을 때 [말 그대로 에너지가 낮은 관계로] 전자가 튀어나오지 않고, 감마선, X선, 자외선(ultraviolet) 등 고에너지의 빛을 금속에 쪼였을 때 전자가 튀어나온다. 저에너지의 빛은 말 그대로 에너지가 낮은 입자들의 모임이고, 고에너지의 빛은 말 그대로 에너지가 높은 입자들의 모임이다. '빛은 파동이면서 입자이다'라고 할 때 이를 설명하는 본보기가 '파동의 입자화' 및 '입자의 파동화'라는 말이다. 진동수가 높고 파장이 짧은 고에너지 빛[줄기]에서 빛은 파동보다 입자에 가깝다. 고에너지 빛이 전자 입자를 튀어나오게 했을 때 이것은 고에너지 빛 입자가 그렇게 한 것이다. 이른바 파동의 입자화이다 ; 진동수가 낮고 파장이 긴 저에너지 빛[줄기]에서 빛은 입자보다 파동의 성질을 갖는다. 저에너지 빛이 전자 입자를 튀어나오게 할 수 없을 때 이것은 저에너지 빛 입자 때문이다. [저에너지 빛 입자가 전자를 튀어나오게 할 수 없었다] 이른바 입자의 파동화이다. 요

컨대 진동수가 높아지면 관측기기에 진동하는 주체의 입자적 성질이 주로 관측되고, 반대로 진동수가 낮아지면 관측기기에 '진동하는 주체'의 파동적 성질이 주로 관측된다. [X선의 진동수는 초당 10의 18제곱이고, 감마선의 진동수는 초당 10의 21제곱이다]

■　　빛의 에너지는 양자 덩어리의 형태로 존재한다. 빛의 양자 이름이 지금의 광[양]자(photon)이다. 빛을 구성하는 입자로서, 그리고 전하 없는 입자로서, 광자는 전하를 띤 입자들 모두와 결합한다. 광자는 전자기를 매개하는 입자이다.

니체와 최종이론

니체에게 '모든 것의 이론', 즉 최종이론은 존재하지 않는다. 사실이란 존재하지 않는다. 무수한 해석이 있을 뿐이다.

> '세계가치'가 우리의 해석에 놓인 점(단순한 인간적 해석 이외 다른 해석들도 아마 어디선가 가능한 점) 지금까지 해석들이 관점주의적 평가들로서 우리가 인생에서, 즉 힘에의 의지 속에서, 힘의 증대를 보존해온 점 …(중략)…
> ― 니체,『유고 단편들. 1885 가을~1887 가을』, Ⅷ-1, 112 [1]

---

[1] 이하 니체 인용은 Giorgio Colli-Mazzino Montinari가 편집한 니체 전집 *Nietzsche Werke: Kritische Gesamtausgabe*, Berlin-Newyork 1967ff.(KGA)에서의 인용이다. 로마자가 권수이고, 아라비아 숫자가 면수이다.

관점주의는 원근법의 다른 말로서 이미 복수를 전제한다. 복수의 원근법의 가장 알기 쉬운 예가 르네상스 이후의 대개의 풍경화들일 것이다. 복수의 풍경화들이 있는 수만큼 복수의 원근법이 존재하는 셈이다. 세상을 풍경하는 눈의 수만큼 원근법이 존재하고 관점주의가 존재한다. 세상을 해석하는 수만큼 관점주의가 존재한다. 니체에게 관점주의는 "관점주의적 평가들로서 …(중략)… 힘의 증대"와 관계있다. 니체의 생 철학이다—관점주의적 가치 평가가 힘의 증대에 기여한다. 니체 인용문의 의의는 그러나 첫 구절과 괄호 속 구절에 있다. "'세계가치'가 우리의 해석에 놓인 점"을 쉽게 말하면 세계가치가 우리의 해석에 달려 있다고 한 것이다. 해석 또한 관점주의 및 원근법의 다른 말로서 복수의 해석에 관해서이다. 이런 해석이 가능하고 저런 해석이 가능하다. 괄호 속의 "단순한 인간적 해석 이외 다른 해석들도 아마 어디선가 가능한 점"은 인간중심주의의 부인을 넘어, 우주를 바라보는 유일한 지적 생명체를 강조하는 인류중심주의에 대한 단호한 부인이다.

관찰하는 인류라는 객석이 없으면 관찰당하는 우주라는 무대가 없고, 관찰당하는 우주라는 무대가 없으면 우주 자체가 없는 것과 마찬가지다.

인류중심주의이다. 니체의 "단순한 인간적 해석 이외 다른 해석들도 아마 어디선가 가능한 점"은 이러한 인류중심주의에 대한 단호한 부인이다. 그렇다고 '단순한 인간적 해석 이외 다른 해석들도 아마 어디선가 가능한 점'으로부터 외계 생명체를 끌어내기가 곤란하다. '단순한 인간적 해석'은 니체의 [복수의 관점주의를 고려할 때] 편협한 인간적 해석에 관해서이다.

> 기린이라는 모가지가 있고
> 모기라는 소리가 있고
> 뱀이라는 몸이 있고
> 사자 아가리가 있고
> 올빼미원숭이라는 초음파가 있다.
> 인간이라는 전두엽이 있고

이렇게 해석하는 것이 낫다. "초음파"로 해석하는 종이 있고, "전두엽"으로 해석하는 종이 있을 뿐이다 ; 같은 곳에서 니체는 다음과 같이 말한다, 복수의 원근법, 복수의 관점주의, 복수의 해석이 가능한 이유를 단순 명쾌하게 천명한다. 단순 명쾌하지만 해머 같은 소리이다.

> '우리가 관계하는' 세계는 거짓이고, 사실 상황이 아니다. [세계는] 수척한 관찰들의 총합으로 말미암은 하나의 안출이고 마무름이다 ; 세계는 '흘러가는 강 속에' 있다. 생성되는 것으로서, 늘 새롭게 연기되는 환영 같은 것으로서, 결코 진리에 접근할 수 없다 : 그럴 것이 진리란 존재하지 않기 때문이다.
>
> — 니체, 같은 곳

첫 문장은 일반상대성원리의 멜로디를 넘어 소멸과 생성을 우주 천지에서 반복하는 양자들의 세계, 그러니까 양자역학의 세계를 간단히 요약한다. "'우리가 관계하는' 세계는 거짓이고, 사실 상황이 아니다." 물질은 소립자로 환원되나 소립자에는 그 물질이 없다(소위 물질론적 환원주의의 부인이다). 소립자가 핵반응을 거쳐 원소가 되고 분자가 되고 세포가 되어 생명활동을 하게 되는 것을 말할 수 있으나, 아주 드물게 유기체 활동에 들어가는 것을 말할 수 있으나 유기체에서 소립자 각각의 자성을 말할 수 없다. 유기체에서 전자, 양전자, 쿼크, 뉴트리노, 광자 등 각각의 소립자의 자성을 말할 수 없다. 수소, 탄소, 산소, 질소, 황, 인, 철 등 원소 수준에서 자성을 말할 수 있다. 유기체에서 소립자에서 일어나는 운동량 보존과 질량 보존, 전하 보존을 말하기 곤란하다. 유기체에서 소립자의 운동량, 소립자의 질량, 소립자의 전하를 말하기 곤란하다. 유기체에서 [쌍소멸되는] 플러스 전하 마이너스 전하의 소립자를 말할 수 없다.

이어지는 니체의 말 "[세계는] 수척한 관찰들의 총합으로 말미암은 하나의 안출(Ausdichtung)이고 마무름(Rundung)이다 ; 세계는 '흘러가는 강 속에' 있다. 생성되는 것으로서, 늘 새롭게 연기되는 환영 같은 것으로서, 결코 진리에 접근할 수 없다"는 복수의 원근법, 복수의 관점주의, 그리고 해석의 다양성에 관한 견해의 연장선에서, "진리"를 "생성"과 "환영" 같은 것으로서, 그러므로 진리를 영원히 연기되는 것으로서 말한다. 의미가 계속 정박을 미루는 것을 말한 롤랑 바르트, 마찬가지로 의미가 계속 연기되는 '차연(différance)'을 해체철학의 주요 용어로 말한 자크 데리다 등 후기구조주의 철학의 중요한 선취이다.

가장 중요한 니체의 결론은 인용 마지막 문장 "그럴 것이 진리란 존재하지 않기 때문이다"이다. 복수의 원근법, 복수의 관점주의, 그리고 해석의 다양성의 원인으로 진리 부재를 말하고 있다. "세계"가 "거짓"이고, "안출(案出)"이고, 요컨대 '세계가 "사실 상황이 아니다"'의 결정적 원인으로 진리 부재를 말하고 있다. "세계는 흘러가는 강 속에 있다." 즉 흘러가는 강 속에 있는 세계에서 진리를 얘기하는 것은 난센스이다. 흘러가는 강 속에 있는 세계에서 **최종이론, 혹은 모든 것의 이론**을 얘기하는 것은 난센스이다.

동일한 것의 영원한 회귀

'동일한 것의 영원한 회귀'[영원회귀]는 구체들[천체들], 이를테면 태양, 지구, 달 등으로 설명 가능하다. [농구공 축구공 탁구공으로 설명 가능하다] 천체가 구체인 것은 중력이 각 방향으로 똑같이 작용하기 때문이다. 반지름이 각 방향으로 똑같은 것과 같은 이유이다 ; 중력 또한 '동일한 것의 영원한(!) 반복'을 내용으로 갖는 점에서 영원회귀와 비동일적 상호 유비이다. 중력 중의 중력, 그러니까 현우주를 발생하게 한 중력, 이른바 특이점이라고 하는 중력 지점에서 영원회귀를 말할 수 있다. 대폭발 이론에 의할 때 폭발력[척력]이 무한하게 작용하지 않고 중력이 척력을 이길 경우, 우주는 다시 '특이점'을 구성한다. 이른바 우주론(cosmology) 차원에서의 동일한 것의 영원한 반복[영원회귀]이다. 동일한 것의 영원한 회귀[영원회귀]를 농구공, 축구공, 탁구공 등으로 설명 가능하다. 농구공의 한 점에서 점선으로 똑바로 계속 가면 한 바퀴 돌아 제자리로 돌아온다. 같은 길을 계속 반복해서 돌 수 있다. [유클리드 기하학에서 원을 무한한 직선으로 이해했던 이유이다] 다음은 『차라투스트라는 이렇게 말했다』(이하 『차라투스트라』)「환영과 수수께끼」장(章) 2절에 나오는 것으로서 등장인물 난장이의 말이다. "원"에 관해 말한다.

> 모든 직선은 속인다 …(중략)… 모든 진리는 굽어 있다. 시간 자체가 하나의 원[환]이다.
>
> — 니체, Ⅵ-1, 196

일반상대성이론의 선취이다. [중력]장(場)에서 빛은 곡선이다. 평행선은 늘 만난다. [빛이] 직선이 아니므로 우주는 유한하다, 경계를 말할 수 없을 뿐이다. 이른바 곡선 우주론이다. 인용문은 곡선 우주론-탈경계우주론의 선취이다. 물론 곡선론적 시간관을 말하고 있다. 곡선론적 시간관의 다른 말이 순환론적 시간관이다. 영원회귀론은 빛이 휘어서 가는 것을 말하는 일반상대성원리에 많은 빚을 진다. 요컨대 빛이 다시 돌아오는 것을 말하는 일반상대성원리에 많은 빚을 진다. 1915년의 일반상대성원리와 1885년의 『차라투스트라』완간을 감안할 때, 차라투스트라가 30년 먼저인 것을 감안할 때, 영원회귀론은 일반상대성원리의 인문학적 선취이다. **영원회귀 사상은 '빛이 휘어서 가는 것'과 '빛이 다시 돌아오는 것'이 말하는 곡선 우주론-탈경계우주론, 무엇보다 순환론적 시간관에 관해서이다.**

니체의 영원회귀론에서 강조해야 할 것이 원이, 유클리드 기하학에서와 달리, 직선으로 이해되지(직선론적 시간관) 않고, 곡선으로 이해되는(곡선론적 시간관) 점이다. 강조해야 할 것이 곡선론적 시간관의 다른 말인 순환론적 시간관이다. 동일한 원의 길이 영원히 반복되기 때문이다. 동일한 것의 영원한 회귀는 '많은 원주'-'많은 원'을 포함하는 구체에서 또한 마찬가지이다. [동일한 원의 길이 영원히 반복되기 때문이다] 혹은 같은 구체의 무한한 수의 원주가 또한 같은[동일한] 길이를 갖기 때문이다. 모든 천체들에서, 특히 지구를 포함하는 모든 천체들에서 동일한 것의 영원한 회귀를 말한다. 지구에서 영원한 회귀를 말하고, 지구인들에게서 영원한 회귀를 말한다.

니체는 원[원주]에서의 동일한 회귀를 『비극의 탄생』에서 "원주(Peripherie des Kreises)"(Ⅲ-1, 97) 및 "마법의 원(magischer Kreis)"(61)이라는 표현을 통해 이미 암시했었다. 원이(혹은 원주圓周가) '마법'인 것은 원 위의 모든 점들이 원의 중심에서 같은 거리에 있고, 또한 원주 그자체가 완결된 것의 상징으로서 '경계 없음'('직선으로서 곡선') 및 영원성을 드러내기 때문이다. 다음 인용은 니체가 『비극의 탄생』(1872) 단계에서 "이론적 낙천주의자의 원형"(96)으로 표상되는 소크라테스의 "학문의 낙천주의"가 낙마하고, 그 자리에 비극적 [세계]인식의 '대왕(大王)'으로서 영원회귀 사상이 등극하게 될 것을 간접적으로 예고한 점에서 매우 큰 의미를 지닌다.

> …(중략)… 학문의 낙천주의는 좌초하게 되어 있다. 그럴 것이 '학문의 원주(Peripherie des Kreises der Wissenschaft) 위에는 무한히 많은 점들이 있기 때문이며 …(중략)… 그러기에 고귀하고 재능 있는 인간이 존재의 중반에 이르기도 전에 불가피하게 '원주의 그런 한계점

(solche Grenzpunkte der Peripherie)'에 이르게 되고, 여기에서 해명 불가능한 것을 응시하게 되기 때문이다. 그는 여기에서 논리(die Logik)가 그것을 둘러싼 한계점들에서 자기 주위를 빙빙 돌다가 결국은 [자기] 꼬리를 입으로 무는 것을 깜짝 놀라며 목도하게 된다. 이때 새로운 인식의 형태로서 '비극적 세계인식'이 터져 나온다. 비극적 세계인식은 순전히 [삶을] 견딜 만하게 하기 위해 예술이라는 보호 장치 및 치료 수단을 필요로 한다.(97)

"그는 여기에서 논리(die Logik)가 그것을 둘러싼 한계점들에서 자기 주위를 빙빙 돌다가 결국은 [자기] 꼬리를 입으로 무는 것을 깜짝 놀라며 목도하게 된다"는 분명 [무시무시한] 영원회귀에 관해서이다. 한계점은 '원주 위의 한계점'이다. 한계는 "[자기] 꼬리를 입으로 무는 것"으로 표상된다. 동일한 것의 영원한 되풀이로 표상된다.『비극의 탄생』에서 영원회귀 사상을 말하기는 너무 이르다.『비극의 탄생』단계에서 "깜짝 놀라며 목도하게" 되는 "'비극적 세계인식'"은 "예술이라는 보호 장치 및 치료 수단"으로 입막음되어야 할 것으로 간주됐다. [끔찍한] 비극적 세계 인식이 영원회귀 사상으로 입막음되는 곳이『차라투스트라』에서이다. 영원회귀에 관한 본격적 논의는 니체의『차라투스트라』를 중심으로 전개됐다. 특히 총 4부로 구성된『차라투스트라』의 3부, 즉 '영원회귀의 3부'에 많은 빚을 진다.

양이 질을 선도한다

개량은 유물론적 개량이고 개선은 관념론적 개선이다. 물건 ·

물질, 즉 하부구조 품목들을 수선하는 것이 개량이고, 제도, 여건 등 상부구조 목록 등을 수선하는 것이 개선이다. 니체에서 유물론을 말할 수 있을 때 그것은 양으로서 질을 통제하는 방안이다. 하부구조 품목들을 수선해서 상부구조를 변경시키는 일이다. 유물론적 자산으로서, 계량화(計量化)된 니힐리즘 사상, 초인간 사상, 영원회귀 사상들을 들 수 있다. 양(量)으로서 여러 관점주의들 자체가 유물론을 발언한다. 니체의 여러 사상들은 양으로써 질을, 분명하게 말하면, 양으로써 절대적 무의 상황=죽음상황을 돌파하는 방안에 관해서이다. 인생은 초인간 사상, 영원회귀 사상 등 여러 관점주의 및 화려한 언표들(이를테면, 『차라투스트라』「환영과 수수께끼」1절 끝의 "이것이 인생이었더냐! 좋다! 한 번 더!")에 의해 개량된다. 개량되어야 개선될 수 있다. 개선은 절대 무에 처한 인생의 개선에 관해서이다. 적확히 말하면 삶의 질의 개선이다. 양이 질을 선도한다. [그럴 것이 진리란 존재하지 않기 때문이다']

■　마르크스는 『정치경제학비판』(1859) 서문에서 유물론의 범례를 제시했다. "[사회의] 경제적 토대가 변화할 때, (정치, 법률 등) 모든 거대 상부구조가 천천히 혹은 급격히 바뀌게 된다." 이른바 토대(Bau)에 의한 상부구조(Überbau) 결정이다. 토대에 의한 상부구조 결정과 양에 의한 질의 결정은 상호 유비이다. '존재에 의한 의식 결정(Sein bestimmt Bewusstsein)'과도 상호 유비이다.

몰락에 관하여 ①

138억 년에서 몰락을 말할 수 없다. 제행무상(혹은 일반상대성원리의 격률, '모든 것은 움직이고 움직이는 모든 것은 사라진다')을 138억 년에서 말하기가 쉽지 않다. 138억 년은 몰락, 그리고 몰락이 함의하는 제행무상(諸行無常), 혹은 '무상한 인생'을 벗어난 범위이다. 무상을 말할 때 그것은 소크라테스−붓다 시절부터 21세기 현재까지 정도의 몰락에 대해서이다. 솔직하게 말해 할아버지의 몰락, 아버지의 몰락, 손주 세대 손주의 손주 세대의 몰락 정도에 대해서이다. ['헛되고 헛되니 그러므로 모든 것이 헛되고 헛되도다'가 감당할 수 있는 것은[견딜 수 있는 것은] 몇 세대의 몰락 정도이다] 붓다 이후의 2,500년간의 몰락, 붓다 이후의 2,500년의 역사를 감안하는 것으로서, 현재부터 2,500년 이후까지의 몰락 정도에 대해서이다. 몰락, 그리고 제행무상(혹은 존재의 무상)을 '그 이상' 잡아서 말하기가 곤란하다. 60세 인생 100세 인생, 할아버지 아버지, 나, 손주 손주의 손주들에서 무상을 말할 수 있지, 1억 6,000만 년 번성하다가 6,600만 년 전에 갑자기 멸종한 공룡·익룡·어룡들에서, 그리고 대략 700만 년 역사를 갖고 있는 인간(호미니드에서 호모 사피엔스 사피엔스까지)의 역사에서 생명의 무상, 인생의 무상을 말할 수 없다—말하기가 쉽지 않다. '인생이 무상하다'고 말하기가 곤란하다. 138억 년 우주의 역사, 46억 년 지구의 역사, 1억 6,000만 년 공룡의 역사, 700만 년 '인간'의 역사, 100억 년 후의 태양 붕괴까지(혹은 은하 M31이 초속 110km로 우리 은하에 접근, 대략 40억 년 후 우리 은하와 충돌할 때까지) 이 모든 것이 '영원'의 영토이지 '몰락'이 함의하는 무상(無常)의 영토가 아니다. 몰락이 야금야금 찾아올 때, 몰락을 몰락이라고 한다.

몰락은 야금야금 찾아옵니다

1년이 지나 138억 년이 되었어도

다시 1년씩 지나 138억 년×2가 차근차근 됩니다

인류세라는 말에 동의합니다

예수세 마호메트세 소크라테스세 장자세

우리 할아버지, 나의 할아버지가 사셨습니다

붓다세, 붓다의 제행무상에 동의합니다

헛되고 헛되니 그러므로 모든 것이 헛되고 헛되도다, 전도서
에 동의합니다.

[물론] 138억 년 몰락의 역사가 우리 인간의 몰락을 정당화시
키고, 46억 년의 몰락의 역사, 1억 6,000만 년의 몰락의 역사, 700만
년의 몰락의 역사가 우리 인간의 몰락을 정당화시킨다. 요컨대 영원
에 가까운, 영원의 역사가 인간의 몰락을 정당화시킨다. [구제 형이상
학에 관해서이다] 구제 형이상학이 발휘될 때 그것은 극단으로서 역
사(간단히 말하면 '영원으로서 역사')에 의해서이다. 할아버지의 몰락이 몰
락을 정당화시키기가 쉽지 않다. 더구나 아버지의 죽음이 몰락을 정
당화시키기가 쉽지 않다.

아버지가 구원이다. 아버지가 죽으면 다 죽은 거다. 나도 죽은
거다.

이렇게 말하기가 쉽지 않다. 아버지의 죽음, 할아버지의 죽음

은 우선 애도의 대상이다. 믿을 수 없는 몰락으로서 인생의 무상함을 말하게 한다. 할아버지 아버지의 몰락에서 구제 형이상학을 말하기 곤란하다. 할아버지 아버지의 몰락에 구제 형이상학이 없고, 700만 년, 1억 6,000만 년, 46억 년, 138억 년에 구제 형이상학이 있다. ['극단으로서 영원'의 역사에서 구제 형이상학을 말할 수 있다] 극단 그 자체인 별의 몰락에서 또한 구제 형이상학을 말한다. 별은 '극단으로서 시간'의 역사를 포함하고, 또한 극단으로서 크기 및 질량을 포함한다. [별을 자립적 존재로 말할 때 그 또한 극단에 관해서이다]

[별의 몰락이 몰락의 세계사—몰락의 자연사—몰락의 인류사를 정당화시킨다. 이렇게 말할 수 있는 것은 별이 시공간적 극단의 표상이기 때문이다. 극단으로서 별의 몰락이 구제 형이상학으로서 인간의 몰락을 정당화시킨다. '많음으로서 별'의 몰락 또한 몰락을 진리로 시인시킨다. 이렇게 말할 때 이 또한 별들의 구제 형이상학에 관해서이다. '별의 형이상학'은 모두 극단과 관계있다. 시간적 극단, 공간적 극단, 많음의 극단이다]

몰락에 관하여 ②

세상의 역사 138억 년이 무엇보다 의미 있는 것이 우주의 나이, 그리고 여기에서 파생된 별들의 나이, 생명의 기원, 인류의 발생이 아니라, 138억 년이 지나간 점이다. 138억 년이라는, 이를테면 상상할 수 없는 아주 큰 천체가 '획' 지나가버린 점이다. 실감나게 말하면 138억 년이 '더' 지나갈 수 있는 가능성이다. 요컨대 가능성을 가능으로 놔두지 않고 실현시킨 점이다. 그보다 더 큰 것도 발현 가능한 것이라고 생각하게 한 점이다. 138억 년이 지나갔다는 것은, 138억 년이라는 그 무한성으로 해서, 우리에게 '커다란' 역사철학적 고찰을 가능하게 한다. 철기시대 청동기시대 석기시대를 단숨에 넘어가게 한다. 우주의 모든 천체들이 138억 년에 대한 실증적 자료들이다. '인류는 고정된 것도 아니고 영원한 것도 아니다.' 진화론(『종의 기원』)에서 가장 유의미한 곳이 여기이다. 인류는 복이 많다, 이 많은 실증적 자료들 앞에 있으니, 그것들을 검색하려고 하니. 지금 심심해할 틈이 없는 인류이다.

시간의 양자화

시공간(시공간spacetime은 늘 4차원적 시공간에 관해서이다)의 거품(foam)이 말하는 것이 양자적 요동으로 가득찬 혼돈의 시공간이라도, '거품'이 말하는 바, '거의 없는 시공간'에 관해서이다. 양자중력이론(혹은 양자[기하]역학)의 용어로 이른바 플랑크 길이와 플랑크 시간이다. 플랑크 길이와 플랑크 시간보다 더 작은 길이(워낙 작아 공간이란 말 대신에 길이length를 쓴다)와 공간은 존재하지 않는다(양자역학에서 특이점은 부피가 '제로 상태'이고 밀도가 무한대인 것에 관해서이다). 플랑크 길이와 플랑크 시간은 물리학의 기본 상수인 중력상수 G, 플랑크 상수 h(혹은 플랑크 상수를 2π로 나눈 값인 환산플랑크 상수 에이치 바h bar), 빛의 속도 c를 이용해 계산한다. 각각 뉴턴 물리학과 양자역학, 그리고 일반상대성이론을 대변하는 기본 상수들이다, 플랑크 시간은 10의 −43제곱초이다. 플랑크 시간은 빛이 플랑크 길이만큼 전진하는 시간으로서 플랑크 길이를 빛의 속도 c로 나눈 값이다. [플랑크 길이는 10의 −35제곱 미터이다. 플랑크 길이와 플랑크 시간보다 더 **짧은** 길이와 더 **짧은** 시간은 없다. 양자 개념을 막스 플랑크(Max Planck)가 처음 도입했다]

모든 면적을 플랑크 길이의 제곱에 해당하는 기본 양자들의 집합으로 간주해야 한다. 모든 부피를 플랑크 길이의 세제곱에 해당하는 기본 양자들의 집합으로 간주해야 한다. 플랑크 길이는 주지하다시피 워낙 작은 양이라 이것은 세제곱한 부피 양자도 작다. 하나의 양성자 안에 10의 65제곱의 부피 양자가 들어갈 수 있다, 면적 차원에서 면적 양자보다 작은 면적은 존재하지 않는다. 부피 차원에서 부피 양자보다 작은 부피는 존재하지 않는다. 특수/일반상대성원리에 따라 시간과 공간이 같이 취급되는 것을 고려할 때 '시간' 역시 플랑크 시간에 의해 결정된다. [양자화된] 시간 양자 단위가 말하는 바이다. 강조하면, 플랑크 규모가 시간과 공간의 최소 단위이다.

광명이라는 젊은 아씨

특수상대성원리에서부터 일반상대성원리에 이르기까지 공히 말하는 것이 19세기 인과법칙들의 폐기였다. 1905년『물리학 연감 *Annalen der Physik*』에 특수상대성이론 얘기가 실렸다. 빛의 속도는 어느 관측자가 보아도 동일하다(광속 불변의 법칙). 서로 다른 속도로 가는 두 기차의 한쪽 시간은 빨리 가고, 한쪽 시간은 느리게 간다(보편적 시간 개념의 폐기) ; 시간과 공간이 [광속을 매개로 한] 상대적 존재인 것

은 일반상대성논리의 '중력장이론'에서 분명해졌다. 절대적 인과관계
가 아닌 상대적 인과관계라는 말이 가능하다.

> 빛보다 더 빨리 움직이는
> 광명(光明)이라고 하는
> 젊은 아씨가 있었네.
> 상대적 방법으로
> 그는 어느 날 낮에 출발하여
> 그 전날 밤에 왔다네.
>
> ― Alan J. Fiedman and Carol C. Donley, *Einstein as Myth and*
> *Muse*, Cambridge University Press, 1985, 11[강조는 필자]

달리면 시간이 느리게 간다. 더 빨리 달리면 시간이 정지한다.
더 빨리 달리면 시간이 뒤로 간다.

대폭발 이론

우리는 흘러간 시간을 인식할 수 있다. 인간에게 그러나 공간
인지 기능은 존재하나 시간 인지 기능은 존재하지 않는다. **대폭발 이**
론[빅뱅 이론]의 가장 큰 철학적 함의는 별들 간의 상호 공간이 멀어
지는 것에 비례해서 시간 또한 흘러갔다는 사실이고, 따라서 138억
년의 시간(엄격히 말하면 시공간)이 흘러갔다는 사실이다. 멀리 있는 별
일수록 더 빨리 멀어지는 관계로(1929년 허블이 관측했다) '지금 거기에
서' 시간은 상대적으로 천천히 흐른다. 공간이 경험−관찰로 인지되

고, 시간은 추론으로 인지된다(시간 물론 측정 가능하다). 후자가 공헌한 것이 일반상대성이론이고, 전자가 공헌한 것이 빅뱅 이론[대폭발 이론]이다. 물론 시간이 상대적으로 천천히 흐른 것에 일반상대성이론이 공헌한 것을 말해도 된다. 멀리 있는 별일수록 더 빨리 멀어지는 것에 대폭발 이론이 공헌한 것을 말해도 된다. 빅뱅 이론[대폭발 이론]의 확실한 증거 중의 하나가 또한 우주배경복사이다. 관측된 우주배경복사 데이터에 의하면 우주 나이는 137억 년~138억 년이다. 빅뱅 이후 온도가 내려가면서 우주 공간에 골고루 퍼진 빅뱅의 잔해, 즉 얼어붙은 '마이크로파 우주배경복사(cosmic microwave background radiation, CMB)'의 온도가 측정됐다.

■　'급팽창 이론(inflationary theory/inflationary expansion)'='우주인플레이션 이론'은 추측 단계이다. 우주의 기원과 관계해서 신빙성 있는 유일한 이론은 빅뱅 모델이다. 일반상대성이론과 입자 표준 모형은 우주의 모습을 가시화시키는 데, 특히 초기 우주의 모습을 가시화시키는 데 성공했다. [암흑 물질과 암흑 에너지 등 아직 파악되지 않은 것이 많다]

■　온도가 높은 태초의 대기는 음전자와 핵자[양성자]가 분리된 플라즈마 상태였다. [온도가 높은 별의 내부도 원자핵과 음전자가 분리된 플라즈마 상태로 존재한다. 온도가 상대적으로 낮은 별의 표면에서 원자핵과 전자가 결합된 중성원자가 존재한다] 태초의 고온 환경에서 파장이 짧고 주파수[진동수]가 높은 고에너지 빛이 [가벼운] 음전자와 반응했다. 대폭발 후 약 40만 년이 지나 온도가 낮아졌을 때, 즉 파장이 길고

진동수가 낮은 저에너지 빛이 만연하게 되었을 때 비로소 음전자는 원자핵과 결합할 수 있었다. 원자의 탄생이었다.

■   [적색편이와 청색편이] 스펙트럼 선의 적색편이(red schift)는 빛의 파장이 길어져서 일어나는 현상에 관해서이다. 대부분의 빛을 내는 물체는 멀어져가면서 파장이 길어진다. 다시 말하지만 대부분의 별이 적색편이를 보이는데 이는 대폭발 이론의 유력한 증거이다. 안드로메다 은하가 청색편이(blue shift)를 일으키는 것은 안드로메다 은하가 우리 은하에 접근해오기 때문이다. 안드로메다 은하와 우리 은하는 240만~250만 광년 떨어져 있다. 안드로메다 은하와 우리 은하는 충돌하게 돼 있다.

■   복사에너지는 열에너지로서 이미 '처음'이 소멸된 에너지에 관해서이다. 물질과 반물질의 결합은 상호 소멸을 낳고 이들 에너지는 복사에너지로서 우주에 지문처럼 새겨진다. [복사에너지는 그림자에너지이다. 열역학 제1법칙은 유효하다] 빅뱅이 방출한 복사파[극초단파]는 1965년 아르노 펜지어스(Arno Penzias)와 로버트 윌슨(Robert W. Wilson)에 의해 확인되었다. 이른바 '우주배경복사'로서 전(全) 우주의 복사열은 예측된 영하 270.42도였다. 빅뱅 후 수십억 년 동안 팽창하면서 식고 일정해진 온도였다. 우주배경복사의 확인은 빅뱅 이론의 중요한 증거 중의 하나이다. 또 하나의 중요한 증거가 별과 은하, 은하단들의 팽창이다. 정확히 말하면 공간의 팽창이다.

■   [적색편이 현상 또한 공간팽창 이론, 즉 빅뱅 이론(big bang hypothesis)을 보증한다] 파동의 파장 길이에 따라 빛의 색깔이 달라진다. 파장이 길수록 파장의 끝에 적색쏠림 현상[적색편이 현상]이 나타난다 ; 별이 서로 멀어지는 것은 공간의 팽창 때문이다. 보다 멀리 있는 별일수록

멀어지는 속도가 빨라지는데 이는 멀리 있는 별일수록 그 공간이 더 빨리 팽창하기 때문이다. 공간이 팽창하는 것은 빛의 파동, 곧 파장에도 영향을 끼쳐 파장의 길이 또한 늘어나게 한다. 멀리 있는 공간이 붉은색을 띠는 것은 공간 팽창에 따른 것으로 빛의 파장 또한 늘어났기 때문이다. [우주 공간이 팽창할수록 파동의 파장이 늘어난다. 파동의 파장이 늘어날수록 파장 끝의 적색쏠림 현상은 심해진다] '적색편이의 정도'와 공간의 팽창거리는 상호 비례 관계이다.

대폭발 이론의 유의미

빅뱅[대폭발] 이후의 138억 년이 유의미한 것은 양자 요동—양성자 생성/중성자 생성—핵융합 종료(최초의 3분)—자유전자에 의한 빛 산란—최초의 빛—우주배경복사(최초의 30만 년~40만 년) 및 수소 생성/헬륨 생성의 과정을 설명해주고, 또한 항성들 간의 거리가 지속적으로 팽창하는 것을 말해주기 때문이다. 문제는 중력이 우주를 계속 팽창시키는 힘인 '암흑 에너지'에 반(返)하여 팽창을 멈추게 할 때이다. 우주가 팽창을 멈추고 수축하는 과정을 밟을 때, 수소-헬륨이 붕괴하고, 핵자가 붕괴하고, 양성자와 중성자가 붕괴하는 시나리오 또한 가능하다. 양성자/중성자가 양성자/중성자의 구성 요소들인 위쿼크/아래쿼크[up쿼크/down쿼크] 등으로 붕괴한다니! 138억 년보다 훨씬 더 많은 세월이 소요된다. 양압 팽창에 200억 년이 걸린다면 음압 수축에도 200억 년이 걸릴 것이기 때문이다. 아직 별들이 멀어지고 있고(엄격히 말하면 공간이 팽창하고 있고), 따라서 양성자/중성자 붕괴까지는 너무나 요원한 세월이 소요될 것이기 때문이다. 물론 '암흑 에너지'의 양압치가 중력의 음압을 이겨 우주 공간을 영원히 팽창시킬 수 있다. 엔트로피 100(혹은 엔트로피 0)의 상태로 만들어놓을 수 있다. 138억 년의 첫번째 의의는 138억 년이 후다닥(?) 지나갔다는 점에 관해서이다.

■　초창기 우주는 고온-고압-고밀도에 의한 초미시 구조였을 것이므로 초창기 우주를 규명하는 것은 양자역학이다. 양자중력이론으로 표상되는 양자우주론이 적용되어야 한다. 문제는 양자중력역학(quantum gravidynamics)이 표상하는 양자중력이론 방정식[양자 파동방정식]이다. 1925년 슈뢰딩거가 이미 수소 원자의 양자이론에 일반상대성이론을 적용했었다.

■　특이점이라는 시공간에 우주 전체 물질이 담긴 것을 중력이론[일반상대성이론]으로는 설명이 가능하나, 양자이론, 특히 불확정성 원리에 의할 때 [특이점은] 설명 불가능하다. 양자이론에서 중력이 가능한가? 불확정성 원리에서 중력이 가능한가? 중력에 관해 양자이론은 어떤 입장인가, 특히 양자역학과 중력을 합한 이론이 필요한가? 그것이 최종 이론인가? [양자중력이론(quantum theory of gravity)은 양자이론과 일반상대성이론을 연결하려는 시도이다]

빛에 관하여

460억 년 광년까지 관측 가능하다는 것은 우주 탄생 138억 년을 고려할 때(혹은 137억 년을 고려할 때) 멀리 있는 별들이 빛보다 더 빠르게 팽창해갔다는 것을 의미한다. [우주 공간이 팽창하고 있다. 빛이 팽창하는 공간으로 인해(혹은 멀어지는 별에 의해) 속도가 한층 빨라진다. 빛이 빛의 속도로 진행하면서 동시에 팽창하는 공간의 등에 업혀 가는 것을 상상할 수 있다. 광자가 최대 3배까지 빨라진다] 460억 년 관측 가능성은 그 거리만큼 떨어져 있는 별빛이 아니라, 우주지평선, 그러니까 가장 멀리 떨어져 있는 우주 공간에 관해서이다. 우주 반지름이라고 하면 더 좋다. 다시 강조하면, 460억 광년의 공간이 가능했던 것은 공간이 빛의 속도 이상으로 팽창했기 때문이다 ; 460억 광년의 우주 반지름, 그 사이에서 태초의 빛을 찾을 수 있을까? 138억 광년 전의 빛, 태초의 빛을 볼 수 있을까?라는 질문이다. 2008년 미국 천문학자들은 120억 광년 떨어진 나선은하를 발견했다고 보고했다. 우리가 태양을 보는 것은 주지하다시피 빛의 속도를 감안할 때 8분 전의 태양을 보는 것이고, 120억 광년 떨어진 은하를 보는 것은 120억 년 전의 은하를 보는 것이다. 138억 년 전, 태초의 빛이 출발하는 순간도 볼 수 있을까? 물론 138억 년 후이긴 하지만. 138억 년 떨어진 곳까지 평등(?)하게 존재하는 것이 적색편이 현상이다. 그리고 우주배경복사의 최종 지점으로서 '극초단파(microwave)'이다. 복사는 가시광선과 적외선을 지나 극초단파가 되었다. 빅뱅 30만 년~40만 년 후 전자와 핵이 결합하던 시기, 곧 최초의 원자가 생성되던 시기를 만나게 되는데, 비로소 광자가 전자와 양성자의 결합을 끊는 과업(?)에서 놓여나 공간을 자유롭게 가로질러 여행하게 되는 때였다. 태초의 흔적인 우주배경복사는 빛의 흔적이었다.

■　　빛이 파동인 것은 [빛의] 간섭현상이 그 표상인 이중 슬릿 실험

(Double Slit Experiment)에 의해 간단히 증명되었다 ; 빛이 입자인 것은 이른바 광전 효과로서 고에너지 빛에 의해 전자 입자가 튀어나오고, 저에너지 빛에 의해서는 전자가 튀어나오지 않는 실험에서 입증되었다. 광전[자] 효과는 1905년 아인슈타인에 의한 것이다. 빛은 고에너지를 가진 [파장이 짧고 주파수가 높은] 입자이기도 하고, 저에너지를 가진[파장이 길고, 주파수가 낮은] 입자이기도 하다. 파장이 짧은 고에너지 입자가 금속판을 비췄을 때 전자가 방출되었고, 파장이 긴 저에너지 입자가 금속판을 비췄을 때 전자가 방출되지 않았다. 빛이 오로지 파장이라면, 파장의 길이와 상관없이 전자가 튀어나오는 일이 없어야 한다. 전자가 튀어나오는 것은 빛이 또한 입자이기도 한 것을 말한다. [고에너지 입자에서 전자가 방출되고 저에너지 입자에서 전자가 방출되지 않았다] 파장이 짧은 빛은 X선, 자외선 등 고에너지 입자들을 말하고, 파장이 긴 빛은 가시광선, 적외선 이하 저에너지 입자들을 말한다.

'물자체로서 시간'은 없다 ― 정상우주론

'우주의 파동함수(wave function)'는(혹은 양자 파동방정식은) 시간과 무관하고 3차원적 기하학 구조에만 관계했다. [우주의] 기하학적 구조가 말하는 것은 우주의 총체적 에너지가 0이라는 것, 곧 우주가 '정적인 우주'라는 점이다. 우리가 지각하는 것이 '물자체로서 시간'이 아니라, 우주의 기하학적 구조이고, 물질의 질량이 변하는 현상뿐이다. 물자체로서 시간은 없고, 우리는 시간을 다만 현상으로만 지각할 수 있다. 이른바 정상우주론(steady-state-model)이 말하는 바이다

양자장이론 — 구조주의

중력은 물질이 아니라 비물질이다. 자연은 비물질로 구조되어 있다. 만유인력[중력]은 실체가 물질이 아닌 장(field)이라는 비물질적 구조라는 것을 말한다. 중력장은 텅 빈 공간으로 존재한다. 사과가 매달려 있는 곳에서 사과가 떨어진 곳까지가 텅 빈 공간이었듯이[이 글을 쓰는 중인 2016년 2월 중력파가 발견되었다. 각각 태양의 36배와 29배에 해당하는 두 개의 블랙홀 충돌에서 나와야 할 질량이 태양의 65배가 되어야 하는데 62배가 된 것으로 측정되었다. 우리 태양 질량의 3배 되는 것이 순수 에너지인 중력파로 전환되었다. 관측 가능한 우주의 나머지 모든 별들이 발산한 에너지보다 큰 양이라고 했다. 태양은 매초 100억 개 이상의 원자폭탄이 터지는 양과 동일한 에너지를 내뿜으면서도 100억 년 더 탄다. $E=mc^2$에 의할 때 극히 일부분의 질량만이 에너지로 변환되기 때문이다] 원자 역시 텅 빈 구조로서 장(場)으로 존재한다. 우주 역시 가시적으로는 텅 빈 공간으로서 장(場)으로 존재한다. 양자물리학은 자연의 비물질화를 가속화시켰다. 관찰자와 양자라는 상호주관성(혹은 상호구조)에서만 양자는 존재한다. 이론 수준인 끈 이론에서 자연은 물질이 아닌 기하학으로 존재한다. 수학은 물질에 관해서 말하지 않고 동일구조형(isomorphic) 세계에 관해 말하는 점에서 [수학은] 오리지널 구조주의 학문이다. 하이데거가 『동일성과 차이』에서 동일성의 장(場)에 있는 존재와 존재자의 상호 공속을 말할 때 이 또한 구조주의와 무관하지 않다. [파울리의 배타 원리와 하이젠베르크의 불확정성 원리 또한 세계가 구조에 의지하고 있지 물

질에 의지하고 있지 않다는 것을 보여준다]

■   [파울리의 배타 원리] 한 궤도에 전자가 최대 두 개 들어간다. 두 전자가 각각 시계 방향과 시계 반대 방향으로 회전하는 짝이어야 한다; 전자 스핀이 원자 각 궤도에 다른 원자의 전자들이 섞이게 하지 못하는 원천이다. 자립적 사물들의 원천이 전자들의 스핀인 셈이다.

구조주의 시대

[20세기를 구조주의 시대로 명명할 때 이것은 자연과학에도 해당되고 또한 인문사회과학에도 해당된다] '물질이 아니라 구조다' 라고 할 때 이것은 구조주의에 관해서이다. 소쉬르가 기표와 기의의 관계를 자의적 관계라고 했을 때, 궁극적으로 말하는 것은 기표의 차이[기표의 구조]에 의해 기의가 결정되는 것에 관해서이다. 순수한 자립적 기의는 존재하지 않는다. 필연적 기의는 없으며, 단지 기표와 기표의 차이, 즉 기표와 기표의 구조만 존재한다. 이를테면 낙지, 오징어, 꼴뚜기라는 구조만 존재한다. 구조주의와 양자물리학의 장 개념이 상호 대화의 관계에 있다. 전자가 전자의 특성(질량과 전하)을 갖게 하는 것은 다른 입자들 때문이다. 정확히 말해 전자가 핵자(중성자와 양성자)와 함께 원자라는 장을 구성하기 때문이다. 중성자와 양성자가 물론 최종입자가 아니다. 중성자와 양성자는 up쿼크(+2/3)와 down쿼크(−1/3)로 구성되었다. '존재하는 것은 구조이지 물질이 아니다'라는 말이 가능하다. '구조주의는 차이의 현상학이다'라는 말이 가능하다.

소외

세계가 낯설다면 나 또한 낯설 것이다.

존재의 형이상학/비존재의 형이상학

세계는 왜 존재하는가. 존재가 비존재보다 낫기 때문이다. 비존재는 존재를 부러워하기 마련이다, 존재는 소멸할 수 있고 비존재는 소멸할 수 없다.

선험적 제한 조건

칸트가 선험적(a priori) 제한 조건으로 제시한 시간-공간-인과성은 현재의 일반상대성원리 이후, 혹은 양자역학 이후의 세 가지 근본 문제, 즉 시간-공간-에너지[물질]와 구조적으로 정확히 일치한다. 다른 것은 시간-공간-에너지가 서서히 탈을 벗고 있는 점이다. [아직 파악되지 않는 것이 많다]

슈뢰딩거의 고양이 ①

방사성 물질 원소는 더 작은 질량의 핵으로 전환되면서 에너지를 방출한다. 소위 방사성 붕괴이다. 방사성 붕괴에 의한 에너지는 [가이거 계수기(Geiger Counter)가 말하는 것으로서] 전기충격을 발생시키고, 이는 독이 든 유리병 위로 망치가 떨어지게 해서 [상자 안의] 고양이를 죽게 만든다. 상자를 열어보기까지 그러나 고양이의 죽음은 확인되지 않는다. 이른바 슈뢰딩거의 고양이(Schrödingers Katze)이다. 1935년 오스트리아 물리학자 에르빈 슈뢰딩거(Erwin Schrödinger)에 의한 순전한 사고실험(thought experiment)이었다. 문제는 **첫째**, 방사성 원소 붕괴 시간의 불확정성이다. 미시 세계에서 일어나는 일의 특성을 불확정성으로 말하는 것이다. [닐스 보어(Niels Bohr)와 함께] 양자역학의 중요한 창시자인 에르빈 슈뢰딩거의 요점은 양자역학의 세계에서—그것이 빛이든 입자이든 에너지이든—[미시 세계에서] 일어나는 모든 일의 특징이 '불확정성'–불확실성이라는 점이다. **둘째**, 첫째와 관계있는 것으로 고양이[생명체]의 '삶/죽음의 불확정성'이다. 둘째 항은 인문학적 성찰의 대상이다. 인간 '역시'(?) 죽음은 확실하나, 죽음 시간의 불확정성에 관해 의식[고민]하는 유일한 동물이다. 죽음 시간의 불확정성은 미시 세계의 물질인 빛-입자-에너지를 포함한다. 방사성 붕괴의 '붕괴'가 입자의 붕괴이다. 방사성 붕괴의 '붕괴'가 죽음과 등가어이다. 방사성 붕괴 시간의 불확정성이 입자-에너지-빛의 죽음 시간의 불확정성을 말하고, 고양이의 죽음 시간의 불확정성을 말하고, 고양이를 포함한 모든 것들의 '죽음 시간의 불확정성'을 말한다. **셋째**, [고양이의] 삶과 죽음을 결정하는 것은 상자를 열고 들여다보는 '측정 행위'이다. 고양이의 '삶과 죽음'을 최종적으로 결정하는 것은 방사성 붕괴가 아니라는 점이다. 고양이는 살아 있을 수도 죽어 있을 수도 있다. 삶과 죽음을 확인해주는 것은 상자를 여는 관측자일 뿐이기 때문이다. 물론 관찰자가 삶과 죽음의 직접적 결정자가 아니다. 결정자인 것'처럼' 보인다.

닐스 보어의 [코펜하겐] 해석

'코펜하겐 해석'의 주당사자 닐스 보어에 의하면 고양이의 '삶과 죽음[중첩]'은 입자[양자]의 중첩[기존 양자에 새로운 양자가 더해지는 현상], 즉 양자의 파동과 관계있다. 파동의 다른 쪽 말이 진동수이다. 양자 중첩에 의해 파동에너지가 충분히 크면 고양이는 죽고, 충분히 크지 않으면 고양이는 살았다! 또한 보어는 측정기(혹은 측정자)가 양자들의 중첩 상태(이후의 용어로는 공명진동)를 변화시킨다는 결론을 내놓았다. [보어의 유명한 코펜하겐 해석이다] 상자를 열었을 때 양자들의 진동에너지는 [새로운 양자들에 의해] 증폭될 수 있고, 따라서 고양이가 죽을 확률이 높아진다. 물론 진동에너지가 감소될 수도 있고 이때 고양이가 계속(?) '살아 있을' 확률이 높아진다. 보어의 해석에서는, 이 글 앞의 '슈뢰딩거의 고양이 1' 장의 '셋째' 경우와 달리, 관측자가 고양이의 삶과 죽음의 '직접적' 결정자가 될 수'도' 있다. 보어의 해석 또한 양자 세계의 불확정성을 얘기한다.

보어의 해석에서 불확정성−불확실성이 '분명하게' 하나 더 추가된 것을 말할 때 그것은 측정기(혹은 측정자)에 의한 불확정성−불확실성이다. 양자 세계의 불확정성−불확실성에 '관찰자'도 변수로 작용하는 점이다. 양자는 확률로 존재한다(죽음 시간의 불확정성). [인간은 자립적 존재만은 아니다. 인간 역시 확률로 존재한다. 확률 게임의 양상이 달라졌을 뿐이다. '예전'에는 폭력[전쟁]−기아−전염병이 생존 확

률의 중요한 변수였으나, 현대에서 위험사회-피로사회-성과사회 등
의 용어에 기여한(?) 새로운 항목들이 생존 확률의 중요한 변수에 포
함된다]

　　[중첩 시간이 짧을수록 미시 세계의 불확실성-[불확정성]은 증
대한다] 중첩 시간이 길어질수록, 측정 시간(문을 열어둔 시간)이 길어질
수록, 불확실성-[불확정성]은 감소한다.

　　입자 간의 거리가 클수록 중첩 상태[입자 파동-입자 진동]가
더 빨리 사라질 것이다(혹은 쇠퇴할 것이다). [극미 입자가 사라지는데
어디로 사라지는가. '흔적 없이' 사라지는 것은 분명하다] 원자 사이
의 거리가 나노 단위에 있더라도 나노 단위의 거리 차이는 그러나 극
미 세계에서 큰 의미를 갖는다.

슈뢰딩거의 고양이 ②

　　슈뢰딩거의 고양이에서 또한 주목되는 것은 삶과 죽음의 병존
이다. 살아 있으면서 죽어 있는, 죽어 있으면서 살아 있는 어정쩡한
고양이가 아니라, 살아 있는 고양이 세계와 죽어 있는 고양이 세계이
다. 두 세계가 동일한 시간대에 별개로 존재하는 것에 관해서이다. 각
기 다른 관측 결과에 의한 것으로 '갈라진 상황'이 중첩적으로[동시적
으로] 존재한다. **우주는[우리는] 동일한 시간대에 별개로 존재하는,
죽어 있는 나의 세계와 살아 있는 나의 세계를 포함한다**('초미시적인 양
자', 혹은 양자중력이론이 개입하면 그렇다). 물론 조건은 서로 다른 관측 결
과에 의해서이다. 물질이 모두 우주 안에 있을 때, 즉 외부의 관점이

존재하지 않을 때, 슈뢰딩거 고양이의 '사태'를 붕괴시키는 관점은 존재하지 않는다. 생명은 관측 결과에 따라 죽어 있거나 살아 있거나이다. 그러니 외부 관점이 존재하지 않을 때 우주 자체, 그러니까 우주라는 물자체는 영원한 미제 사건이 된다. [동일한 시간대에 죽어 있거나 살아 있거나라니!] 문제는 동시성(Simultaneität)이다. 삶 상태와 죽음 상태의 동시성이다. 관측 결과의 차이를 [기하학적] 관점의 차이로 만들 수 있지 않을까. [기하학적] 관점의 차이가 삶을 만들거나 죽음을 만든다. 관점을 원근법이라고 해도 마찬가지이다. 다른 원근법(다른 소실점vanishing point)이 말하는 것이 다른 관점이므로. [삶과 죽음을 기하하적 차이로 이해하는 것은, '기하학적-구조주의적' 우주론을 감안할 때, 삶/죽음에서 형이상학을 제외(?)시키는 것이 된다]

특이점

플러스와 마이너스의 경계에 있는 상태, 더 이상 플러스라고 말할 수 없는 상태에 관해서이다. 마이너스 상태를 말할 수도 없다. 플러스도 아니고, 마이너스도 아닌 상태, '슈뢰딩거의 고양이' 상태이다. 살아 있는 고양이를 말할 수 없고, 죽어 있는 고양이를 말할 수 없는 상태.

탈인과관계의 시대=포스트모던 시대

위치와 속도(혹은 위치와 운동량)의 불확정성, 즉 위치와 속도의 탈인과관계가 말하는 것은 말 그대로 인과율의 포기, 인과율의 해체이다. 뉴턴 역학에 의할 때 위치와 운동량은 'f=ma가 말하는 바'(혹은 관성의 법칙 ; 작용과 반작용의 법칙이 말하는 바) 상호 인과관계를 형성했다. 1927년 하이젠베르크는 『물리학』에 다음과 같이 썼다.

인과율에서 주장하는 만고불변의 명제, 즉 현재를 알면 미래를 계산해낼 수 있다는 명제에서 틀린 쪽은 결론이 아니라 가정이다.

하이젠베르크 '불확정성 원리'의 핵심을 표현했다. "현재"와 "미래"는 각각 위치와 운동량(혹은 에너지와 시간)을 표상한다. 물론 그 역도 가능하다. 운동량이 확정되면 위치는 불확정된다. [불확정성 원리에 따르면 입자의 위치와 운동량(혹은 에너지와 시간) 두 가지 모두를 동시에 정확하게 측정하기란 불가능하다. 원자의 세계를 지배하는 것은 인과율이 아니라, 우연과 통계적 확률이다] 하이젠베르크의 불확정성 원리는 입자가 특정 위치에서 '특정 에너지 상태[특정 운동량]에 있을 확률'을 알려줄 뿐이다. 탈인과관계는 입자와 파동의 관계에서도 그대로이다. 입자는 입자이고 파동이 파동이 아니라[입자 혹은 파동이 아니라], 입자는 파동이고, 역으로 파동은 입자이다. 이른바 상보성 원리이다.

상보성 원리

전자가 '파동/입자의 이중성'을 갖고 있다고 말할 수 있지만 두

가지 상반된 성질을 동시에 측정할 수는 없다. 상보성 원리(principle of complementarity)가 최종적으로 말하는 것이다. 즉 입자와 파동 두 측면은 동시에 설명할 수 없고 상호 배타적이다. [입자 '혹은' 파동이 아니라, 입자 '와' 파동이다. 입자를 찾으면 파동이 없고, 파동을 찾으면 입자가 없다] 입자와 파동은 또한 위치와 운동량이 그렇듯이 각각의 사물을 기술할 수 있는 상보적 변수들이다. 고전역학(classical mechanics)에서 입자와 파동은 양립할 수 없었으나, 닐스 보어의 상보성 원리에 따라 빛은 입자의 성질과 파동의 성질을 모두 가진 것으로 설명되었다. [상보성 원리는 닐스 보어가 1926~1928년 양자역학 특히 '**입자-파동 이중성**(Korpuskel-Welle-Dualismus)'을 해석하기 위해 세운 방법론적 원리였다] 상보성 원리와 불확정성 원리는 양자역학(quantum mechanics)의 핵심을 설명하는, 서로 다른 두 가지 방식이다. 둘은 동전의 앞뒷면 관계에 있다. 불확정성 원리의 면을 뒤집으면 상보성 원리이고, 상보성 원리의 면을 뒤집으면 불확정성 원리이다.

방사선 붕괴와 불확정성 원리

방사선의 경우, 즉 방사선 붕괴가 '하이젠베르크의 불확정성 원리'(양자역학)의 가장 알기 쉬운 예 아닌가. 알파선(양성자 2개와 중성자 2개)의 붕괴, 혹은 중성자선 붕괴 말이다. 한 입자가 한때 주어진 것보다 훨씬 많은 양자에너지를 갖는 일이 발생 가능하다. 이런 일이 일어날 때 입자는 '퍼텐셜의 우물[핵자 균형 우물]'을 벗어날 수 있다. 이른바 터널 효과(tunnel effect)라 명명되는 것. 터널 효과가 '방사성' 알파선 붕괴 및 중성자선 붕괴의 원인이다. 터널 효과는 별 내부 핵들이 상호 융합하는 원인을 또한 아주 잘 설명한다. 소수의 입자들이, 이를테면 양성자들이 고에너지가 되어 퍼텐셜의 우물(핵자)를 빠져나가 핵붕괴의 원인을 만들고, 이것이 또한 어마어마한 에너지를 내는 핵융합의 원인이 된다.

미의 미학과 추의 미학

피타고라스 이후, 코페르니쿠스를 지나 케플러까지, '미학'을 말할 수 있을 때 그것은 완전함의 표상인 불멸의 대칭성에 관해서이다. 넓은 의미의 기하학적 구조에 관해서이다. 그들의 미학은 완전성 및 대칭성이 말하는 바 아름다움의 미학, 즉 미의 미학에 관해서이다. 대칭성은 아름답고, 아름다운 것은 대칭적이다. 불완전의 표상인 비대칭성을 말할 때 그것은 벌써 추의 미학에 관해서이다.

거시 구조와 미시 구조의 상호 환원 불가능성

양자(量子)의 예측 불가능성은 경로의 불가능성을 포함하고, 하나의 입자가 여러 개의 경로를 동시에 지나가게 되는 가능성도 포함한다. 슈뢰딩거의 고양이가 최종적으로 말하는 것은 뚜껑을 열었을 때 '죽어 있으면서 살아 있는 고양이'가 아니라, 동일한 시간대에 별개로 존재하는 두 개의 세계, 죽은 고양의 세계와 살아 있는 고양이의 세계에 관해서이다. 이것이 같은 공룡이 여러 개의 경로를 통해 존재

할 가능성을 말하지 않는다. 거시 구조와 미시 구조의 상호 환원 불가
능성이 말하는 바이다.

닐스 보어의 의미—동일자철학의 해체

　　인류중심주의가 이미 슈뢰딩거의 고양이, 특히 보어의 상보성
이론에서 그 맹아를 보였다. [관찰자 결정주의를 말할 때 하이젠베르
크의 불확정성 원리 또한 거론해야 한다] 1926년 보어는 물리학의 난
경(aporia) 요소요소들을 상호 혼합해 사용하도록 하는 상호 보완성 이
론을 제시했다. 양자역학에 해당된 요소요소들이었고, 일반상대성원
리에 해당된 요소요소들이었다. 혹은 양자역학과 상대성원리의 상호
혼합이었다. 보어의 상보성 이론은 빛의 파동/입자 이중론, 시간/공
간 및 왼쪽/오른쪽의 이중론(시간-공간의 통합은 이미 아인슈타인의 일반상
대성원리에 의해 확고해졌다), 그리고 '관찰되는 것과 관찰자의 불가분의
관계'에 적용되었다. **상보성 이론은 나아가 서양 형이상학의 전통적
이항 대립 구조인 여기와 저기의 '혼합'에 영향을 끼쳤다.**

　　주목되는 것은 관찰자와 관찰되는 것의 연결, 즉 관찰자와 관
찰되는 것의 상보성이었다. 관찰자와 관찰되는 것의 상보성은 둘 중
하나가 또 다른 하나를 전제하게 하는 것으로서, 특히 둘의 상호 의
존성을 강화시키는 것이었다. 관찰자 없는 관찰되는 것 없고, 관찰되
는 것 없는 관찰자 또한 없다. 둘의 상호 의존성이라고 하더라도 '관
찰자의 중요성'이 강조되었다고 할 수 있다. 보어의 제자 휠러(John
Archibald Wheeler)는 정신과 우주를 상보적인 한 쌍으로 보았다. '정신

없는 우주 없고, 우주 없는 정신 없다'면서 인류중심주의를 강화하는 쪽으로 갔다. [우주가 있는 것을 부인할 수 없다. 그런데, 관찰자 없는 우주는 존재하지 않는다? 인류중심주의가 아닐 수 없다. 관찰자로서 '인류라는 정신'만 있다고 보는 인류중심주의가 아닐 리 없다] 사실 보어의 보완성 원리–상보성 이론은 확정적 단 하나의 논리를, 즉 객관적 실재를 부인하려는 것이었다. 사실로 얘기하면 최종이론의 부인이 상보성 원리의 '숨은 신'이었다. '여기에(in here)'와 '저기로(out there)'의 이항 대립적 플라톤 형이상학의 부인이었고, 같은 구조인 기독교의 '현세와 내세의 부인'이었다. **보어의 .상보적 이론은 동일자철학[보편자철학]의 해체라는 점에서 포스트모던의 선구였다. 인류중심주의는 '그'의 부산물로서 매우 역설적(혹은 모순적) 결과물이었다.**

패러다임

인간이 해석한 인간에 의한 우주론은 늘 한계에 봉착했었다. 천동설에서 지동설로의 이동만큼이나 뉴턴 역학에서 양자역학의 이동 역시 극적이다. 뉴턴의 운동법칙들은 빛의 속도 및 '양자 크기'에서 빛을 잃었다. 그렇다고 진화론의 운명이 뉴턴 기계역학의 운명을 따를 것 같지 않다.

■　**과학철학에서 '패러다임의 전환'이 말하는 상대주의적 관점의 수용은 사실 일반상대성이론과 양자물리학의 수용이다. 일반상대성이론과 양자이론 자체가 말하는 것이 절대주의의 부정으로서 상대주의였고**

이것이 과학철학사에 그대로 반영된 것이다. 과학사는 변증법을 내용으로 하지 않고, 패러다임의 혁명적 전환을 내용으로 한다. 일반상대성원리와 양자이론은 그 자체 상대주의를 내용으로 하면서, 과학사 또한 상대주의를 내용으로 하게 했다. 일반상대성이론은 주지하다시피 '모든 것은 상대적이고 상대적인 모든 것은 움직이고 움직이는 모든 것은 사라진다'를 내용으로 한다. 양자이론은 일반상대성원리에서 시작된 것으로서, 결정론적 세계관을 완전히 붕괴시켰고, 나아가 부분과 전체를 등가관계로 설명하는 물질론적 환원주의를 부정하게 했으며, 또한 논리학의 흔들리지 않은 명제였던 ['있다'와 '없다'만 있지] '세번째 가능성은 없다(Tertium non datur)'를 부정하게 했다. 있음과 없음의 이항 대립 체계를 가시적으로 중지시켰다.

■　　종래의 체계[패러다임]와 아무 관련이 없는, 많은 경우 종래의 체계와 대적하는 [새로운] 패러다임의 등장을 알릴 때 축자적 의미 그대로 그것은 일반상대성원리에 관해서이다. 그리고 양자이론에 관해서이다. 일반상대성이론–양자이론에 의해 기계론적 물리학이 폐기될 운명이 되었다. 천동설이 코페르니쿠스–갈릴레이의 지동설에 의해, 이른바 '코페르니쿠스적 전회'에 의해 폐기될 운명이 된 것 또한 '패러다임의 전환'의 적절한 예가 된다. 토마스 쿤의 『과학혁명의 구조The Structure of Scientific Revolution』(1962)는 양자역학의 출현에 대한 [과학]철학의 응답이었다. 과학철학사에서, 혹은 과학에 관한 역사철학적 고찰에서 절대주의가 부정되고, 상대주의가 수용되었다. 『과학혁명의 구조』가 말하는 '새로운 정상과학의 대두–질적 패러다임의 전환'이 그동안의 과학혁명의 역사라고 할 때 양자역학 또한 상대주의적 운명에서 벗어날 수 없을 것'처럼' 보인다.

물리법칙과 '생명 원리'의 괴리

생명 원리는 물리법칙을 넘어서서 작동했다. 급팽창 이론—빅뱅 이론에 의한 우주론이, 특히 '최초의 3분간'이라는 말이 지시하는 발생학적 우주론이 수소—헬륨—탄소—산소—질소—철(-황-인) 등의 성립(혹은 발생)을 설명하고, 이 원인들이 생명의 근간을 이루는 것을 말하더라도, 물리법칙이 생명 기원의 전제인 것이 분명하더라도, 물리법칙이 생명 탄생에 '필연적' 연결고리의 역할을 했다는 흔적은 어디에도 없다. 필연적 연결고리가 있다면 원소가 있는 어느 곳이든 이를테면 '원자—분자—세포' 과정이 일어나야 한다. 생명이 탄생되어야 한다. 우주 곳곳에는 생명으로 넘쳐나야 한다. 결론적으로 미리 말하면 생명의 탄생에서, 어류·양서류·파충류·조류·포유류·영장류 등의 진화에서, 필연적 물리법칙이 작용했다는 근거는 존재하지 않는다. 우연성의 원리가 작용했을 뿐이다. '비디오테이프를 다시 돌려 다시 생명이 탄생하고 생명이 진화되는 것을 목격하게 했을 때, 지구에 지금 인간이 나올 확률은 제로에 가깝다'(스티븐 제이 굴드Stephen Jay Gould). 물리법칙이 태초의 3분간 수소와 헬륨이 되는 소량의 핵물질[양성자와 중성자]을 탄생시켰더라도, 태초의 3분간을 설명하는 물리법칙과 생명을 탄생시킨 생명 원리(life principle) 사이에 필연적 관계가 아닌, 자의적 관계만을 말할 수 있을 뿐이다. [물리법칙과 생명 탄생의 원리 사이에 필연적 관계가 존재하지 않는다] [30만 년 이후의 우주배경복사에서, 1990년대 코비(COBE) 위성에 의한 것으로서, 밀도와 온도의 차이를 말할 수 있을 때 여기에서 필연성은 아니더라도 물리법칙과 생명 사이의 잠재적 인과관계를 말할 수 있다. 미세한 밀도-온도 차이가 중력을 형성하고, 별을 형성하고 행성을 형성하게 했기 때문이다]

비대칭성의 혁명성

비대칭[성]의 혁명성은 유전자 돌연변이에 의한 진화론의 혁명성이다(스티븐 제이 굴드). 비대칭성의 혁명성은 요컨대 '우연성의 원리(Aleatorik)의 범용성'으로서 혁명성이다. 그 표상이 '비대칭적 분자혁명'('비대칭적 분자구조')이다. 스티븐 제이 굴드의 비디오 테이프론이 말하는 것은 '자연에는 목적이 없다'이다. 목적 없는 자연이 자연의 잔혹성으로 표상될 때('자연은 우리에게 관심이 없다') 이를 극복하는 것으로서 비자연적 방법(혹은 비자연적 방안)이 절실하게 요구된다. 유일신교의 탄생, 그보다 먼저 플라톤 철학으로서 고전 형이상학의 탄생이 비자연적 방법으로서 비자연적 건축물의 시초가 된다. 비극예술이 세계 현존을 정당화시키는 것으로 볼 때('세계 현존은 오로지 미적 가상에 의해 정당화된다'), 혹은 올림포스 산의 그 '많음으로서의 신들'이 세계 현존을 정당화시키는 것으로 할 때, 이는 목적이 없고 관심이 없는 자연에 대(對)한 것으로서 특히 비자연적 방법에 관한 것이다. 자연의 난폭성-잔인성을 건너가는 방법으로서 비자연적 방법은 구제 형이상학적 특징을 가진다.

비대칭성의 원리가 단지 포스트모던 경향의 여러 금과옥조 중의 하나가 아닌 것은 열역학 제2법칙[엔트로피 증가의 법칙]이 모범적으로 설명한다. 열역학 제2법칙에서 삶과 죽음의 대칭성이나 꿈과 생시의 대칭성을 말할 수 없다. 비대칭성이 사실 말하는 것은 그 무목적성이 내포하는 비극성에 관한 것이다. 무목적성이 이미 충분히 비극적이고, 무목적성이 결국 무(nothingness)로 결말 나는 무목적성인 점이 특히 비극적이다. [유(有)에서 무(無)로의 진입, 혹은 질서도에서 무질서도로의 진행(무목적이 사실주의의 내용이며 형식이다)에서 '철저한' 무목적성을 말하기 어렵다. 늘 결과가 무(無)인 점에서 무목적성만 주장하기 곤란하다]

무목적성이 이미 최고선이 아닌 최고악을 포함하는 점에서, '목적이 무(無)라는 것을 포함하는(혹은 전제하는) 무목적성'을 강조하는 것이 낫다. 문학예술에서 당문학(Parteiliteratur)이 아닌, 이와 대척점에 있는 것으로서 조이스나 프루스트가 이룬 업적을 강조하는 것과 같다. 당파성-민중 연대성이 표상인 '혁명적 발전 중에 있는 현실의 반영'의 요구는 '목적문학의 비현실성'에 관한 것으로서, 결과가, '사실주의 원칙'에 대한 정면 위배이다. 사실주의는 목적이 아니라, 무목적에 뿌리를 둔다. ['사실주의'가 반영하는 세계에 목적이 없다] 목적문학을 강조하고 비목적문학을 데카당스로 단죄하는 것은 역설적으로 데카당스가 사실주의의 옥석(玉石)인 것을 말한다. 데카당스의 무목적성은 우주의 진리에 관해서이다.

■   부조리가 말하는 것이 세계에 던져져서 이미 세계-내-존재가 된 것이고, 요컨대 본질을 물을 겨를이 없이 세계-내-존재가 된 것에 관한 것이고, 무엇보다도, 부조리학파가 말하는, 무목적적 비극성의 심화 단

계로서, 의사와 상관없이 세계에 던져진 존재를 넘어, 의사와 상관없이 세계 밖으로 던져질 존재에 관해서이다. 부조리문학이 존재의 무목적성에 관해 직접적으로 발언할 때 이는 삶의 비극성이 목표가 되는 그 비극적 무목적성에 관해서이다.

인간 시나리오

생명에 시나리오가 없다 : 우주 시나리오를 말할 수 없는 것은 우주가 비대칭성-불완전성, 그리고 이의 소산으로서 우연성이 특징이기 때문이다. 지구 시나리오를 말할 수 없는 것과 같고, 생명 시나리오를 말할 수 없는 것과 같다. 시나리오가 있을 경우, 생명의 역사를 다시 되돌린다 가정할 때 생명의 역사는 지금과 똑같은 생명을 최종 목표로 잡고 움직인다. '시나리오'를 옹호하는 쪽은 돌연변이로 표상되는 '우연성의 원리'에 의해 진화가 이루어져도 이조차 필연성의 일부로서 시나리오에 의한 것이라고 강변한다. 시나리오 없는 세상이 가능하기나 한 건가? 그들은 묻는다. 유일신의 그림자, 혹은 본질철학-주체철학의 그림자가 그들을 압도한다.

■ 핵융합이 가능한 것은 높은 온도와 높은 압력에 의해 원자핵 사이에 작용하는 전기적 반발력이 무마됐기 때문이다. '중력'이 별 내부의 온도를 상승시키고, 압력을 상승시켜 소위 수소가 헬륨이 되는 핵융합을 일으키게 했다. 별이 금방 폭발하지 않는 것은 내부로 향하는 중력과 외부로 향하는 기체의 압력이 서로 균형을 이루기 때문이다. 별이 크면

클수록 중력이 크게 작용하므로 온도 상승―압력 상승에 의한 핵융합과 정이 더 빠르게 진행된다. '수소와 수소'에 의한 핵융합이 신속하게 진행되므로 '수소 연료'가 급속하게 소진된다. [보다 많은 에너지를 빛으로, 곧 복사에너지인 열로 방사한다] 태양보다 10배 더 큰 질량을 가진 별의 수명은 1천만 년밖에 안된다. 상대적으로 작은 질량을 가진 우리 태양의 수명이 1백억 년이다. 수명 1백억 년이 '아주' 유의미한 것은 이러한 '지속성'이 생명을 출현시키고, 생명을 진화시키고, 고등 생명체까지 갖추게(?) 한 조건이 됐기 때문이다.

생명의 출현―비대칭성으로부터

통일이론[최종이론]은 대칭성의 구체화이다. 대칭성이 진리이고, 따라서 통일이론이라는 궁극적 진리로 연결된다. 전제부가 틀릴 때 결론부 또한 부정된다. 대칭성이 진리와 관련 있다고 하는 것이 '의심 가는 전제부'이다 ; [양자역학의 승리 중의 하나가 입자들의 다양한 변신과 그 변신에서 대칭 구조를 찾아낸 일이다] 대칭 구조는 신(神)을 전제한다. 대칭 구조를 부정하는 것은 신을 부정하는 것이다. 대칭 구조가 유일신교 및 보편자철학―동일자철학과 밀접한 관계에 있는 이유이다. '대칭'은 최고의 아름다움과 관계있고, 최고의 아름다움이 최고선에 대한 지식인 에피스테메[진리]로 불린다.

아름다움이 진리가 아니다. 대칭성이 진리가 아니다. 무엇보다 비대칭성을 말해야 한다. 비대칭성[불완전성]에서 '생명이라는 현상'이 출현한 것을 주목해야 한다. [불완전성에 틈새가 있고, 틈새에서 생명이 출현했다] 진리가 반드시 아름다운 것이 아닌 것을 일찍이 그리스인들이 깨달았고, 삶의 잔혹성이 진실-진리라는 것을 깨달은 그리스인들이 올림포스 산과 그리스 비극을 건축했다. '올림포스 산이 인간의 삶을 정당화시킨다'고 할 때 아름다움이 아닌 추함이 인간의 삶을 정당화시키는 것을 말한다. 올림포스 신들의 추함을 보라. 그리스 비극의 '합창'이 인간의 삶을 정당화시킨다 할 때 그것은 '불협화음'-부조화가 인간의 삶을 정당화시킨다고 한 것이다. 합창단의 불협화음이라니! 합창단은 또한 '많음으로서 추[불협화음]'를 진리[정의]로 정당화시킨다. 조화·화해·균형·절제가 표상인 '대칭성'이 우주적 진리로서 우주 그 자체가 아니다. **우주가 인생을 정당화시키려면 비대칭으로 정당화시켜야 한다. 부조화 불화 불균형 방종, 이 모든 것을 합한 비대칭성, 혹은 불완전성으로 [인생을] 정당화시켜야 한다.** 그동안 높은 수준의 대칭성 보유 여부에만 물리학적 관찰이 집중됐다. 양자역학의 승리 중의 하나가 입자들의 다양한 변신과 그 변신에서 대칭 구조를 찾아낸 일이라도 말이다.

보존 법칙

에너지 보존 법칙과 전하 보존 법칙을 위반하는 입자 반응은 존재하지 않는다. 보존 법칙이 지켜지는 것을 보기 위해 하나의 광자의 입자 반응 사례를 본다. 광자가 양성자를 때려 전자와 양전자를 나오게 하는 도식이다. 양전자를 발생하게 하는 모범적 예이다.

광자+양성자 $\rightleftarrows$ 전자+양전자+양성자

[이 도식은 에너지 보존 법칙, 운동량 보존 법칙, 전하 보존 법칙 등 세 가지 보존 법칙 모두를 말한다] 광자는 질량은 없으나 고에너지 광자를 통해, 즉 고에너지 감마선 복사를 통해 (양성자에 큰 충격을 주어 양성자로 하여금 전자와 양전자를 토해놓게 할 때) 질량을 가진 입자, 전자+양전자가 된다. 에너지 차원에서 고에너지 감마선 복사인 광자는 '전자+양전자'로 보존된다. [전제가 높은 에너지 감마선 복사이다] $E=mc^2$에 대입하면 고에너지 감마선 복사인 광자가 동일한 질량을 가진 전자+양전자의 질량, 즉 전자 2개의 질량(m+m)에 광속의 제곱(c^2)을 곱한 에너지로 보존되었다.

$E=($전자질량+양전자질량$)c^2=2mc^2$[자유 상수는 1이다]

[역도 가능하다. 전자와 양전자가 서로를 상쇄해서 없애고 강력한 에너지를 가진 광자, 즉 감마선 복사로 바뀌게 된다] 전하 차원에서도 마찬가지다. '전자+양전자'가 말하는 바와 같이 전자와 양전자는 서로 상쇄되어 없어진다. '양성자=양성자'로 전하가 보존되어 있다. 전하 보존의 법칙이다. 운동량 차원에서 도식은 또한 입자가 날아가는 방향을 설명한다. 광자 에너지가 충분해야 전자+양전자 쌍이 발생하는 방향으로 운동량은 이동한다. 그래야 운동량이 보존된다. 운동량 보존 법칙이다.

우주 은유

우주는 임의의 자연수 집합과 유사하다. 우주는 소수의 무한
성처럼 무한히 많은 것을 포함하지만 소수 아닌 수의 무한성까지 일
일이 다 포함하는 이를테면 결핍이 없는 무한성 자체는 아니다.

인류중심주의

의사와 상관없이 인류는 우주에 존재한다. 인류는 우주에 던
져졌고, 또한 던져질[내팽개쳐질] 것이다. 단언컨대 우주는 인류의 의
사와 상관없다 ; 인류가 있지 않을 때 우주 또한 있는 것이라고 할 수
없다. 물론 이것이 우주가 인류 때문에 있는 것이라고 말하지 않는다.
결과적으로 우주는 인류 때문에 있는 것이 됐다고 말할 수 있다. 알아
주는 인류가 없으면 우주 또한 [알아주는 인류가 없으므로] 없는 것과
마찬가지이다, 이렇게 말할 수 있다. 이것은 인류중심주의가 아니다.
설명으로서 일종의 현상론(Phänomenalismus)일 뿐이다.

우주는 생명체에 관심이 없다(자연이 '생로병사의 인간'에게 관심이
없는 것과 유비이다). 무한한 우주는 거의 불모의 지역이다. 거의 30조
킬로미터를 가야 끝이 보이는 태양계. 명왕성 너머 얼음 소행성 지역
카이퍼 벨트(Kuiper Belt), 태양계 가장자리 혜성이 태어나는 지역 오르
트 구름(Oort cloud)까지 무인탐사선 보이저 1호(1977년 9월 발사)가 쉬지
않고 달렸어도 [고등] 생명체가 있는 곳은 지구뿐이라는 것이 거의 확
실해지고 있다. 가장 가까운 별 센터우리자리 알파별까지 4.3광년을

가야 하는데 그 사이 또한 성간우주로서 텅 빈 공간이다. 1960년 [프랭크] 드레이크 방정식에 따르면 우리 은하의 2,000억~4,000억 개의 별 중 [고등] 생명체가 거주할 가능성이 있는 곳이 약 100만 개 정도이다?? 외계지능탐사(Search for Extra Terrestrial Intelligence, SETI)??

비대칭의 시작

전자와 핵의 구분, 그리고 양성자와 중성자의 구분이 비대칭의 시작이다. 그런데 생명이 바로 그 비대칭의 표상인 수소 원자와 헬륨 원자에서 시작되었다. 비대칭의 다른 말이 결핍이다. 결핍과 불완전성이 생명의 근원지이다.

화학원소의 기원 또한 빅뱅 모델에 강력한 근거를 제공한다. 가벼운 원소의 핵(자유 양성자와 자유 중성자가 결합한 것)은 초기 우주에서, 무거운 원소의 핵은 핵융합의 마지막 단계에서[핵연료의 마지막 소진 단계에서] 별이 중력에 의해 축소·퇴각하면서 생겨났다. 별이 중력에 의해 축소·퇴각하면서(혹은 폭발하면서) 격렬한 핵융합이 일어났고 이때 탄소, 산소, 질소 등 생명을 구성하는 무거운 원소의 핵이 만들어졌다.

초기 우주에서 양자 결합에 의한 수소 헬륨 등 가벼운 원소(아직 핵자 단계이지만)가 탄생한 것이 주목되고, 중력에 의한 축소·퇴각 단계에서(혹은 폭발하는 별들에서) 무거운 화학원소가 탄생한 것이 주목된다. 수소와 헬륨은 개략적으로 각각 원소의 75%와 24%를 차지하게 된다. 생명체를 구성하는 나머지 1%가 별들에서 온 것이다. 별들의 폭발에서 온 것이므로, 정확히 말하면 중력에서 온 것이므로, 중력이 '생명의 신'이다.

　　강한 핵력에 의해 결합된 양성자와 중성자의 힘, 즉 핵을 구성하는 힘은 원자를 구성하는 힘(자유 전자와 자유 양성자를 전기적으로 결합시키는 힘)보다 100배 더 강하다. 거꾸로 말해 원자와 원자핵 사이의 전자기력은 핵력의 1/100 수준이다. [감마선을 금속판에 쬐였을 때 튀어나오는 것이 핵이 아니라, 전자였다]

인간중심주의와 인류중심주의

　　인간중심주의는 신중심주의 혹은 생태주의에 대(對)한 것이다. 인류중심주의는 무엇에 대(對)한 존재가 아닌, 자립적 존재에 관한 것이다. 우주 차원에서 우주를 대상화하는 유일한, 우주 전체 차원에서 유일한 존재에 관한 것이다. 물론 인간중심주의에서 대상화하는 존재를 말할 수 있으나 이는 역사철학적으로 볼 때 이는 '데카르트' 이후의 지구 역사에 한정된 것이다. 생태주의가 인간중심주의에 對한 것으로서, 생명을 생명 전체에서 보는 것을 말하나, 역시 역사철학적으로 볼 때 지구[역사]에 한정된 것이다. 지구온난화 현상에 대한 경고로서 주로 표상되는 '현재의 생태주의'에서 지구중심주의가 아닌, 행성을 행성들 전체에서 보는 범우주적 생태주의를 더더구나 말할 수 없다. 범우주적 생태주의는 사실 공상과학적 차원이다. 인류 말고 누가 우주에 있는가? 모두들 어디에 있는가? ; **계몽주의의 표어이기도 하고, 인간중심주의의 표어이기도 한 Sapere aude!**[미성년에서 벗어나

너 자신의 오성을 사용할 용기를 가져라!]는 새로운 차원에서, 즉 인류중심적 차원에서 말해져야 한다. 유일한 '대상화의 기적'의 소산인 인류여, 너 자신의 오성을 사용할 용기를 전 우주에 걸쳐 확장시키라! 나아가 전 우주를 인식하고 탐험하고 개척하라! 생태주의적 관점, 즉 '생명을 지구 생명 전체에서 보는 관점'이 유효한 것은 그래야만 지구가 보존되고, 따라서 '인류 자체'가 보존되기 때문이다.

우주론 시대의 Sapere aude!는 요컨대 '인류를 보존하도록 애쓰라!'가 된다. 우주론 시대의 생태주의는 역설로서 지구중심주의를 강화시킨다. '7도의 악몽'에 빠진 지구 생태환경을 회복시키려는 용기를 내라! 인류를 보존할 용기를 내라! 인류만이 인류를 보존시킬 수 있다. 인류중심주의에 의한 인간보존주의이다. 우주 전체를 인식할 용기를 내라→인류를 보존할 용기를 내라! 진화는 지능 인간을 목적으로 하지 않았다. [유일한 지능 생명이 나왔다] 700만 년 '인간'(인류의 조상 호미니드에서부터 현생인류까지) 역사와 1억 6,000만 년 공룡의 역사를 비교하라. 인류를 보존할 용기를 내라!

라플라스의 악마

라플라스의 악마는 1800년대 초반 용어이다(라플라스는 프랑스 수학자 피에르 시몽 드 라플라스Pierre Simon de Laplace를 가리킨다). '라플라스의 악마'는 초월적 정신(super mind)을 말한다. 라플라스는 초월적 정신에 의해 원자의 위치와 속도를 알 수 있으면 '모든 것의 이론'만 확정되는 것이 아니라, 그들의 미래, 그들의 운명도 예측 가능하다고 했다. 라플라스의 악마는 그러나 양자가 확률로서만 그 위치를 확정시킬 수 있다는 주장에 의해 붕괴되었다. 그 주장이 이른바 양자역학의 금과옥조 중의 하나인 '하이젠베르크의 불확정성 원리(Uncertainty Principle)'이다.

불안정한 무(無)

위치와 운동량의 동시적 불확정성[확보 불가능성]이 하이젠베르크의 불확정성 원리의 금과옥조이다. 혹은 시간과 에너지의 동시적 확보 불가능성이 불확정성 원리의 금과옥조이다. 위치와 운동량이 말하는(혹은 시간과 에너지가 말하는) '장(場)의 가치'에 대(對)해서 변화율은 어디로 튈지 모르는 마치 럭비공과 같은 임의적 성질을 갖는다. 모든 장(場)의 가치가 0이라 하더라도, 불확정성 원리에 의할 때, 역설적으로 장의 가치가 정확히 알려졌으면 '위치와 운동량의 변화율'[장의 가치의 변화율]은 완전히 임의적이다. 불확정성은 장의 가치와 무관한 변화율에 관해서이다. **무는 불안정하다. 불안정한 무에서 변화로 표상되는 '유'가 나왔다.**

복수의 양자 요동

급팽창 이론(그리고 이어지는 대폭발 이론)으로 우주를 설명하기에는 우주가 너무 거대하다. 일회적 양자 요동(quantum fluctuation)에 의한 우주가 아닌, 우주가 계속해서 발명되는 '복수'의 양자 요동을 가정할 수 있다. [양자 요동은 불확정성 원리에 의한 양자우연(quantum chance)에 관해서이다] 복수의 양자 요동은 급팽창 이론–빅뱅 이론에 의한 일회적 거대 우주 탄생을 부정한다.

양에너지와 음에너지

수축에너지로서 '중력인력의 음에너지'와 팽창에너지로서 '척력의 양에너지'의 잠재적 균형을 말할 때 이것은 양에너지의 음에너지에 의한 상쇄로서 우주에너지를 0으로 말하는 것이 된다. '우주는 팽창한 만큼 수축한다.'

양자 진공[진공 우주]

진공 우주[양자 진공]에서의 양자 요동[진공 요동]을, 일명 양자 꿰뚫기[양자 터널링]에 의한 것으로, 무에서 유로 이르는 첫번째 도정이라고 말할 수 있다. [진공 우주에서 입자와 반입자가 모습을 드러냈다] '태초에 진공 우주에서 양자 요동이 있었다.' 진공 우주는 고밀도 고온 고압의 상태에 이르고 단숨에[수백만의 1초 만에] 현재 우주의 에너지와 맞먹는 잠재태를 갖게 되었다. 양자 진공[진공 우주]은 '물리학'이 적용되는 곳이라는 점에서 일반적 무의 개념과 다르다. '진공은 불안하다'고 말할 때도 이것은 일반적인 무의 개념을 따르지 않는다.

무(無)의 정의

우리는 2차원 시공간인 공의 표면에 있다. 공의 반지름을 제로로 만들 때 공도 없고 우리도 없다. 이것이 무라고 하는 것이다. 우리는 고작 2차원 시공간을 뺄뺄거리며 돌아다니다가 공과 함께 무로 돌아가는 존재이다 ; 우리는 공의 표면 2차원적 시공간에 살고 있다. 공은 그 자체 4차원 시공간으로서 무한히 팽창하고 있다. 물론 상상할수 있다. 4차원 시공간으로서 무한히 팽창하던 시공간이 팽창을 멈추고 수축하기 시작한다. 용적률이 제로가 될 때까지. 우주 공간이 적막으로서 무인 것이다. 그 위의 우리도 적막으로서 무인 것이다.

알렉스 빌렌킨(Alex Vilenkin)이 무를 개념화시키는 데 성공했다. 빌렌킨은 시공간을 구의 표면으로 한정했다. [빌렌킨의 무(無)는, 스티븐 호킹식(式)으로는, 지구를 우주로 보고 지구를 한 바퀴 돌아 출발지에 다시 왔을 때에 관한 명명이다, 더 갈 곳 없는 시공간에 관해서이다. 거기에서부터가 적막으로서 무인 것이다. 사실 이것은 무에 관한 설명이라기보다 세상의 끝[우주의 끝]에 관한 설명에 가깝다] 빌렌킨은 지구 표면을 농구공 표면으로 가정했다. 농구공 표면을 뺄뺄대고 돌아다니는 지구인을 가정했다. 지구 표면[농구공 표면]은 2차원적 시공간이다(일반상대성원리에 의할 때, 우주는 사실 무한하지 않은, 다만 경계가 없는 폐쇄된 시공간이다). 인간이 그 위를 뺄뺄대고 돌아다니는 시공간이 우주이다. 무를 만들기는 어렵지 않다. 농구공의 반지름을 0으로 만들면 된다. 0에 가까워지면 시공간이 무에 가까워지면서 물질 또한 무에 가까워진다. 농구공의 반지름이 0에 도달했을 때 시공간이 없고, 그 시공간에 의지하는 인간이라는 물질 또한 없다. [사라져버렸지만 그것은 가시적으로 사라진 것이고, 작은 진공이 있다(?). 작은 진공 또한 특이점이다] 반지름이 0인 폐쇄된 시공간이 무에 대한 정확한 개념이다. 개념적으로 시공간과 물질이 사라졌지만, 무가 설명되었지만, 사실은 아주 작은 진공상태[아주 작은 진공상태는 블랙홀과 유비이다]에 도달했다고 봐야 한다. 에너지 불변의 법칙에 의할 때 에너지가 사라진 것은 아니기 때문이다. 농구공에서 바람을 뺀 것은 이를테면 맥주병에서 물을 뺀 것과 같다. 거품이 남았다. 거품이 진공우주이다. [급팽창 이론이 설명된다. 작은 진공(수백조 분의 1센티미터)은 실상 가짜 진공이었던 셈이다 가짜 진공이 음압(negative pressure)의 힘을 빌려, 양자 터널링(quantum tunneling)[양자 과정]을 거쳐 지름이 100억 광년인 거대 우주 크기에 도달했고 엄청난 빛과 물질들을 토해냈다. 양[크기]에 대해서 말할 때 그것은 급팽창 이론[인플레이션 이론]에 관해서이고, 질[물질]에 대해서 말할 때 그것은 대폭발 이론[빅뱅 이론]에 관해서이다. 빅뱅 이론에서 일반화된 이론을 말할 수 있고, 급팽창 이론에서 일반화된 이론을 말할 수 없다]

근원에 대한 인식 욕구

칸트가 『순수이성비판』에서 인식 주체에 의한 인식을 강조했으나, 즉 '인식을 위해 대상이 있는 것이지 대상을 위해 인식이 있지 않다'("모든 우리 인식이 대상을 따라야 할 것이다. 이것이 지금까지의 가정이다 …(중략)… 대상들이 우리의 인식을 따라야 한다." BXⅥ)고 했을 때 이것은 대상의 존재 조건을 인식이라고 한 것이다. 이것을 우주론에 적용하면 객석 없는 우주는 불가능하다는 말이 된다. 칸트의 인식론은 인류중심주의(anthropocentrism)를 정당화시켰다.

관찰하는 인류라는 객석이 없으면 관찰당하는 우주라는 무대가 없고, 관찰당하는 우주라는 무대가 없으면 우주 자체가 없는 것과 마찬가지다. 인류중심주의이다.

하이데거가 진리가 '은폐되지 않은 것(aletheia)'이라고 하고, 나아가 그 탈은폐시키는 역이 인간에게만 주어졌다고 하고, 인간의 능동적 행위를 요구할 때 이 또한 인류중심주의에 접근한다. 하이데거는 지성과 사물의 합치가 함의하는 '수동성'을 넘어서는 것을 인간의 '일'이라고 보았다. '존재'의 목소리에 귀 기울이는 것을 '우주의 가장 안쪽에서 들려오는 목소리'에 귀 기울이는 것이라고 왜 할 수 없겠는가? 사르트르가 즉자적 존재가 아닌 대자적 존재로서 인간을 다른 존재자와 차별화시킬 때 이 또한 인류중심주의적 우주론에 간접적으로 기여한다.

칸트는 그러나 '초월적 변증론'에서 우주 이념의 증명 불가능성을 얘기한다. 즉 주체로서의 인간의 한계를 분명히 한다. 신 이념-자아 이념과 마찬가지로 우주 이념 또한 증명 불가능한 영역이었다. 칸트가 선험적 인식 구조에서 물자체는 알 수 없고 현상만 알 수 있는 것이라 했을 때 이것은 이미 예견된 일이었다고 보아야 한다. [공간-시간-인과율이라는 선험적 형식, 즉 선험적 직관 형식 및 범주 형식에 의하지 않고는 물자체는 알 수 없다] 하이데거에게 인간은 이미 '현존재로서 세계-내-존재(Das In-der-Welt-sein des Daseins)'이다. 본질을 묻기보다 실존을 문제삼아야 하는 존재자이다. 인간이 이미 세계에 편입된 존재라는 것, 즉 '이미 세계-내-존재로서 실존적 존재'인 점을 강조했을 때, 이는 '왜 차라리 무가 아니고 어떤 것이 있는가?'라고 물은 라이프니츠를 우습게 만든 것이고, 세계[우주]이념-자아 이념을 증명의 대상으로 보는 칸트를 우습게 만든 것이다.

칸트가 물자체의 인식 불가능성을 말할 때, 공간-시간-인과율 등 선험적 형식을 말할 때, 그리고 초월적 이념들로서 신 이념-우주 이념-영혼 이념의 증명 불가능성을 말했을 때 이것은 역설적으로 칸트의 근원에 대한 인식 욕구를 반영한 것으로 볼 수 있다. 근원의 다른 말이 최종이론(final theory)이다.

보유(補遺) ① 통일이론의 불가능성

물질/반물질의 비대칭성을 말할 때 가장 우선적으로 말해야 할 것이 생명이 반물질이 아닌 물질로 이루어졌다는 점이다. 물질과 반물질의 비대칭성(엄밀히 말하여 불균형)이 [물질로 이루어진] 생명의 조건이다. 비대칭성이 포함하는 불완전성이 또한 생명의 조건이라고 할 때 이는 역으로 완벽한 대칭성에서는, 즉 완전성에서는 생명이 나올 수 없었음을 말한다. 초기 우주에서 같은 수의 물질(이를테면 전자)과 같은 수의 반물질(이를테면 양전자)이 있었다면 쌍소멸되고 남은 것은 감마선으로 표상되는 복사에너지, 그리고 동일한 양의 양성자와 반양성자뿐이었을 것이다. 물질 입자가 비물질 입자보다 더 많았던 것이다. [물질과 반물질의 상호 비례관계는 이를테면 쿼크와 반쿼크의 비례관계로 보통 표기한다. 쿼크와 반쿼크의 비례관계를 '10억+1'과 '10억'의 비율로 나타내는 식이다]

비대칭성-불완전성이 생명의 조건이라고 할 때, 나아가 우주 일반의 조건이라고 할 때 이것은 또한 통일이론의 불가능성을 예고한다. 불완전성은 생명의 조건일 뿐 아니라, 우주의 조건이다. 우주와 반우주가 같은 수로 존재한다면 '우주'가 없다. 우주 존재 자체가 비대칭성-불완전성을 조건으로 한다. 비대칭성에서 '물질로서 천체'가 만들어진다. 천체 역시 비대칭성이 조건이다. 불완전성이 조건인 '지구 인간'이 불완전성이 아닌 '완전성으로서 우주 표준 모형도'를 상상하는 것은 난센스이다. 완전성에 대한 상상은 자기가 출발한 조건을 부인함으로써 궁극적으로 자기 자신을 부정하는 것과 같다. 즉 시간여행에서 '할아버지의 모순'이 말하는 바와 같다. 완전성으로서 표준 모형도를 말할 때 이것은 입자 표준 모형도에 국한시켜야 한다. 이것도 '현재까지'라는 단서를 붙여야 한다. 아직 파악되지 않은 것이 많다.

우리는 물질로 이루어진 세계에 살고 있다. 우리가 비대칭적 세계, 불완전한 세계에 살고 있다는 말이다.

보유 ② '이오니아학파의 망상'

통일성 의지에 관한 것으로서 제럴드 홀턴(Gerald Holton)이 '이오니아학파의 마법(Ionian Enchantment)'을 얘기했을 때, 이사야 벌린(Isaiah Berlin)은 이에 반해 그의 「논리적 해석(Logical Translation)」에서 "이오니아학파의 오류(Ionian Fallacy)"라고 표현했다. '만물은 단 하나의 물질, 물로 구성되어 있다'는 탈레스의 명제는 반증 불가능성으로 해서 아무런 정보를 제공하지 못한다. 마르셀로 글레이서(Marcelo Gleiser)는 '이오니아학파의 오류'를 넘어 '이오니아학파의 망상'을 말한다. 이오니아학파의 노력과 양자물리학자들이 자연에서 통일이론을 찾는 노력은 상호 유비이다. 탈레스의 물이 말하는 것, 데모크리토스의 원자, 심지어 헤라클레이토스의 변증법이 말하는 것까지도, 이 모두는 내용이 어떻든 어떤 것에 의해 전체를 설명할 수 있다는 믿음에 의한 것이다. [하나와 많음의 관계는 최고 존재자와 일반 존재자의 관계가 된다] 이오니아학파의 이러한 동일성 사유는 플라톤의 이데아 철학, 기독교 형이상학의 내세주의가 말하는 본질철학으로 이어졌고, 플로티노스의 신플라톤주의, 중세 교부철학을 거쳐, 근대 주체철학에 이르기까지 면면하게 이어졌다. '신중심주의'와 데카르트–스피노자–라이프니츠, 그리고 칸트에 의해 구체화된 [주체철학의 표상인] 인간중심주의는 서로 멀리 떨어진 관계가 아닌, 아주 가까운 관계에 있다. 신중심주의 세계상에서 인간은 신에 의해 세계의 운명을 위탁받은 존재였다. 주체철학의 인간중심주의는 물론 신중심주의에서 신을 빼고 인간을 남긴 것으로서 신이 아닌 인간이 세계를 설명할 수 있다는(혹은 정당화시킬 수 있다는) 믿음에 근거한 것이다. 탈레스의 '물'이 말하는 것과 다르지 않다. '이오니아의 생각'은 현대물리학의 '통일이론'에서, 즉 모든 것의 이론으로서 통일이론에서 '다시' 그 모습을 드러냈다.

보유 ③ 통일이론의 부재, 혹은 불가능성
―"자연은 우리에게 관심이 없다"

대통일이론이 없다는 것은 이미 니체가 "자연은[세계는] 우리에게 관심이 없다"는 말로 예고했었다. 이것은 탈레스 이후 전일성(oneness)에 목말라한 자연철학에 대한 경고였고, 아인슈타인 이후 대통일장이론에 목말라하는 일단의 자연과학들에 대한 사후/사전 경고였다. 아브라함 이후 유일신으로 표상되는 유일신교들에 대한 경고이기도 했다. 자연은 통일이론에 관심이 없다. '그럴 것이 진리란 존재하지 않기 때문이다.'

통일사업에 매진하는 대통일이론가―끈 이론가들과 달리 니체는 오로지 자연에서 무관심으로 표상되는 난폭성―잔인성―잔혹성만을 읽는다. 무관심의 다른 말이 구역질이다. 니체는 자연에서 오로지 구역질로 표상되는 잔인성―난폭성―잔혹성만을 읽어낸다. 잔혹성은 '일반적' 생로병사의 잔혹성에 관해서이다. 『비극의 탄생』 7장 말미의 다음과 같은 토설에서 잔혹성의 용례가, 무엇보다도 구역질의 '용례'가 분명하다.

진정한 인식, 잔혹한 진리에 관한 통찰이 햄릿 및 디오니소스적 인간형에서, 행위를 충동질하는 모든 동인을 능가한다. 이제 어떤 위로도 효력을 잃었다. 동경은 사후의 세계를 넘어서고, 신들조차도 넘어선다. 현존이 부정되는바, 신들이 부정되고, 혹은 불멸의 피안이 부정된다. 거기에서의 빛나는 자기 잔영도 함께 부정된다. 관조된 진리를 의식하는 상태에서 이제 인간은 도처에서 존재의 공포와 부조리만 보게 된다. 이제 그는 오필리어 운명에 나타난 상징성을 이해하게 된다. 이제 그는 숲의 신 실레노스 지혜를 인식한다. 이것이 그를 구역질나게 한다.

— 니체, Ⅲ-1, 53

"진정한 인식", 혹은 "잔혹한 진리에 관한 통찰"에 도달한 자는 "존재의 공포와 부조리"를 만나고 "구역질"을 일으킨 자에 관해서이다. "구역질"은 삶의 잔혹성 앞에서의 '구역질'로서 피할 수 없는 죽음을 표상한다. 주지하다시피『구토』에서 '구토'는 사르트르에게 즉자적 존재에서 대자적 존재로 넘어가는 표징이었다. 죽음 앞에 처해진 인간 상황에 대한 구역질이었다. 하이데거에서 이것은 '불안으로서 무'로 나타났다. 불안 의식은 '무에 대한 의식'으로서, 역시 죽음 앞에 처해진 '존재'에 관해서이다. '구토'의 선후를 말할 때 니체를 맨 앞에 둬야 한다. "존재의 공포와 부조리"를 명시적으로 밝힌 점에서 부조리학파의 시조를 말할 때 그 또한 '니체', 특이 니체의『비극의 탄생』에 관해서이다. ["디오니소스적 인간형"이 햄릿이다. 햄릿이 '사느냐 혹은 죽느냐'를 말했을 때, '사느냐' '죽느냐' 사이의 '혹은(or)'이 강조되지 않는다. '사느냐'는 "소위 세계사의 무시무시한 절멸 충동"(52) 및 '자연의 잔혹성'을 사는 것에 관해서이고, '죽느냐'는 실레노스 지혜가 말하는 것으로서 디오니소스적 자발적 몰락 의지에 관해서이다]
　　자연이 '틈새(gaps)의 자연'으로서 존재하는 것은 '자연의 성격' 스스로를 말하는 것으로서 자연이 이를테면 '잔혹성으로서 자연'을 스스로 거둘 가능성이 없는 것에 관해서이다. 자연이 잔혹성을 말하는 것, 혹은 자연이 잔혹성을 주요한 성격으로 포함하는 한 틈새는 존재할 수밖에 없다. [틈새는 필연이다] '틈새 없는 자연(nature without gaps)'이 말하는 것은 '진리로서 자연'이 말하는 것으로서 간단히 진리가 말하게 하는 것과 같다. 틈새 없는 자연이나, 혹은 통일이론(혹은 끈 이론)은 그것이 진리로 해서 잔혹성-잔인성-난폭성을 포함하지 않는 것을 말하게 한다(여기서 틈새gabs는 주관적 의미의 틈새로서, 이를테면 진화생물학에서 말하는, 멸종으로 인한 생태계의 '틈새niche'와 다르고, 더더구나 창조과학자들이 흔히 쓰는 용어인 중간 화석, 소위 '잃어버린 고리'를 말하지 않는다). 요컨대 대통일이론(중력+전자기력+강한 핵력+약한 핵력)이나 우주 전체를 포괄하는(?) 입자 표준 모형은 그것이 진리로 해서 자연의 난폭성-잔인성-잔혹성을 포함하지 않는 것을 말하게 한다. 물러서서 말할 때, 대통일이론이나 입자 표준 모형은 그 자체 진리로서 자연의 난폭성-잔인성-잔혹성을 진리로서 시인시키게 한다. 진리로서 시인된 난폭성-잔인성-잔혹성에서 비극을 말할 수 없다. 대통일이론이 종교가 되는 이유이다. 틈새 없는 장(場)이 말하는 것과 유일신의 무오류성이 말하는 것이 다르지 않다.

　　대통일이론을 부정하는 것은 신을 부정하는 것과 유비이다. 자연이 극단적 니힐리즘을 요구할 때 그것은 통일이론 없는 자연에 관해서이다. 자연의 잔혹성-잔인성-난폭성을 있는 그대로 견디는 것에 관해서이다. 자연이 자연의 난폭성-잔인성-잔혹성을 건너는 방식을 가르쳐주지 않을 때 이것은 신의 부재 상태와 유비로서, 이제 자연이 아닌 인간이, 즉 인간 스스로 그것을 해결할 것을 요구한다. [신의 부재 상태가 소위 인공적 방법으로서, 즉 인간에 의한 것으로서 초인간 사상과 영원회귀 사상을 요구한 것처럼 자연 이성[통일이론]의 부재 상태 또한 인간에 의한 것으로서 자연의 잔인성–난폭성–잔혹성을 극복하는 방안을 모색하게 한다. 신의 부재가 인공적인 방법(혹은 비자연적 방법)을 도모하게 하고, 통일이론의 부재가 비자연적 방법(혹은 인공적인 방법)을 도모하게 할 때 이 둘이 가리키는 곳은 같다. 인생을 살 만한 것으로, 혹은 견딜 만한 것으로 만드는 것에 관해서이다] 칸트가 그의 '초월적 변증론'에서 신 이념과 우주 이념을 증명 불가능한 것으로 말한 것은 이 지점에서 우리를 매우 놀라게 한다. 신과 우주(혹은 세계)를 같은 차원의 불가해의 이념으로 놓은 점이 특히 그렇다. 신의 증명 불가능성, 우주(넓은 의미의 자연)의 증명 불가능성은 이후의 용어로 각각 신의 부재(혹은 신의 죽음), 통일이론의 부재로 설명되[었]기 때문이다.

보유 ④ 인공적–인위적 통일사업

자연에서 구제로서의 법칙성을 찾아내는 것이 아닌, 구제로서의 통일이론을 찾아내는 것이 아닌, 인간의 힘에 의한 것으로써, 즉 비자연적 방법으로써 자연의 난폭성을 돌파해나가려고 한다. 통일사업자들이 자연에서 통일이론을 찾는 반면, 니체는 자연이 통일이론을 보여주지 않는다고 간주하고, 자연과 무관하게 통일이론을 인공적으로 만들려고 했다. 인간에 의한 인간을 위한 인간의 통일사업으로서, 인간이 통일이론(?)을 인공적으로 [직접] 만든 것을 보여주었다. 올림포스 산(山)과 그리스 비극을 니체는 그 소산으로 간주했다. 니체 스스로에 의한 것으로서 초인간 사상과 영원회귀 사상 또한 그 소산으로 간주해야 하리라. [마르셀로 글레이서는 그의 『최종이론은 없다』에서 대통일이론을 구축하려는 노력을 통일사업이란 말로 격하해 불렀다] 통일이론이 있어야 한다면 자연적 통일이론이 아니라, 인위적 통일이론이 있을 뿐이다. 인공 건조물로서, '구제 형이상학으로서 통일' 말이다.

보유 ⑤ 틈새의 자연

자연이 '틈새의 자연'(혹은 결핍Mängel의 자연)에서 틈새를[결핍을] 메꿀 가능성은 제로다. 더욱이 그 꼭대기가 잔혹성–잔인성–난폭성 등으로 표상된다면 자연에서 틈새를 메울 사정은 가능성 제로다.

구제 형이상학으로서 '구원하는 종교'를 역으로 자연에서 기대할 수 없는 것은, 그 표상으로서 통일장이론을 자연에서 기대하기 힘든 것은, 대통일장이론을 통해 자연이 전시(展示) 중인 잔혹성–잔인성–난폭성을 해결하는 것이 가능하기 때문이다. 잔혹성–잔인성–난폭성의 해결 방식을 자연이 스스로 포함하게 되기 때문이다. 대통일장이론은 자연의 잔혹성–잔인성–난폭성을 해결할 방식을 스스로 찾아내는 것을 포함한다. 틈새의 자연을 넘어서서 대통일장이론을 구축하는 일은 대통일장이론을 구원의 종교가 되게 하는 일이다. 대통일장이론은 신의 위치에 올라가서 신의 권능을 행사한다. 대통일장이론은 신이다.

보유 ⑥ 생명의 발생−무질서도의 증가−비대칭성의 증가

생명은 무가 아닌 무생물로부터 만들어졌다. 생명은 비대칭성을 생래적으로, 즉 발생론적으로 내포한다. 무에서 [완벽한] 대칭성을 말할 수 있으나 무생물에서 대칭성을 말할 수 없다. 무생물은 무질서도의 표상이다. 무생물에서 생물로의 이동은 무질서에서 더 큰 무질서로의 이동이다. [무생물에서 생물로의 이동에서 무질서에서 질서로의 이동을 말할 수 없다, 열역학 제2법칙의 위반이다] 생명의 발생 및 진화에서 무질서도의 증가 또한 말해야 한다. 비대칭성의 증가 또한 말해야 한다.

자연 발생에 초자연적 힘이 포함되지 않는다. 자연 발생은 무생물에 복잡성이 축적되는 그런 자연 발생이다. 비유기적인 곳에서 유기적 화합물이 합성되는 것을 말할 때 이것이 생명의 기원에 대한 적절한 대답이 된다. 물론 '자연'에서 목적을 말할 수 없다.

보유 ⑦ 신의 섭리−우주의 섭리

스피노자의 하느님은 신의 섭리를 자연에서 드러내는 것에 관해서이고, 기독교의 하느님은 신이 세계의 운행에 직접적으로 개입하는 것에 관해서이다. 주지하다시피 후자는 대속[속량] 종교로 표상되고 전자는 '신즉자연(Deus sive natura)'으로 표상된다. 후자가 구제 형이상학을 직접적으로 발언하는 반면, 전자가 기쁨에 의한 힘의 증대[코나투스]를 발언한다. 힘의 증대가 세상을 살아갈 힘을 말하고, 또한 세상을 견디는 힘을 말할 때 이 또한 구제 형이상학과 무관하지 않다.

'신의 섭리'를 아인슈타인은 "신은 주사위 놀이를 하지 않는다"며 다소 완곡하게 표현했다. 물론 아인슈타인에서 세상일에 개입하는 하느님을 말할 수 없다. 아인슈타인에게 문제는 신의 섭리로서 우주의 섭리, 그러니까 우주의 섭리로 표상되는 신의 섭리를 알아내는 일이었다. 세계는 왜 존재하는가? 왜 차라리 무가 아닌가?(Warum gibt es eher etwas als nichts?) 신의 섭리, 자연의 섭리, 우주의 섭리에 대한 이런 물음들은 아인슈타인의 대통일장이론 '목표'에서 적절하게 그 표상을 찾은 것'처럼' 보였다.

보유 ⑧ 우주 상수 1은 가능할까?

전체 에너지를 포괄하는 우주 상수 1은 가능한가? 양자역학에 의한 것으로서 대략 1/20의 우주량이 설명되고, 임시 명명으로서, 그리고 전체 우주를 고려한 짐작에 의한 것으로서 5/20가 암흑 물질, 14/20가 암흑 에너지에 의한 것이라고 할 때, 20/20은 채워진 것으로 보인다. 양자+암흑 물질+암흑 에너지=20/20=100%=1라고 할 때 우주 상수가 1이다. E=1×(양자[입자 표준 모형]+암흑 물질+암흑 에너지)이다. 양자역학에서 논의가 어느 정도 진전을 보이고 있고, 따라서 암흑 물질 및 암흑 에너지가 순조롭게 설명될 거고, 최종적으로 에너지가 100으로 채워질 거고…….

보유 ⑨ 하나이고 전부인 '물질적 존재 상황'

인간은 물질적 존재로서 물질적 존재 상황을 극복할 수 없다. [물질적 존재는 스스로를 초월할 수 없다] 뫼르소가 권총 방아쇠를 당긴 것은 뜨거운 햇볕, 뜨거운 대기, 그리고 뜨거운 모래사장을 극복할 수 없었기 때문이다. 뜨거운 햇볕, 뜨거운 대기, 뜨거운 모래사장, 권총, 그리고 인간 뫼르소들 모두가 [한계적] 물질적 존재들이고, 모두가 [한계적] 물질적 상황을 구성하는 요소들이다. 물질적 요소들이 합심해서 스스로를 초월할 수 없게 하는 특별한 한계적 상황을 만들어 냈다.

보유 ⑩ 파악되지 않은 것이 많다

불완전한 상황, 결핍된 상황이 생명을 나타나게 했다. 이른바 생물학적 결핍이다. 인간은, 겔렌(Arnold Gehlen)에 의하면, 가장 결핍된 존재이나, 인간은 결핍을 메꾸려는 시도에서 으뜸이다. 입자 표준 모형과 빅뱅 모델도 결핍을 메꾸려는 시도이다. 이른바 우주론적 결핍이다. 우주론적 결핍을 메꾸려는 시도인 빅뱅 모델을 뒷받침하는 것이 1965년 우주배경복사의 발견(우주가 절대영도[영하 273.15도]보다 2.73도 높은 영하 270.42도의 복사파로 균등하게 채워졌다는 점)과 1929년 허블에 의한 우주 가속 팽창의 발견이다. 빅뱅 모델을 '아주 많이' 증명해줄 수 있는 암흑 에너지는 아직 파악되지 않았다.

양자물리학의 두 개의 표준 모형, 즉 입자 표준 모형과 빅뱅 모형을 확고하게 해주는 것으로 우주 상수[자연 상수]를 말하지 않을 수 없다. 입자 표준 모형과 빅뱅 모형은 약 30가지의 자유 상수와 세 가지의 기본 상수(Fundamental Constants)에 의존하고 있다. 빛의 속도, [중력의 크기에 관한 것인] 중력 상수, 그리고 양자효과의 크기를 결정하는 플랑크 상수가 기본 상수들이고, 전자와 쿼크의 질량과 전하, 힉스 입자의 질량(5%), 암흑 물질(25%)과 암흑 에너지(70%)의 양, 물질과 반물질의 상호 비례관계(쿼크와 반쿼크의 비례관계는 이를테면 '10억+1' 대 '10억'이다)들이 자유 상수들이다. 자유 상수에 허블 상수(Hubble Constant)가 있다. 거리당 일정한 속도 증가를 내는 수치에 관해서이다. 1931년 허블은 100만 광년의 거리마다 은하의 속도가 초당 170킬로미터씩 증가한다고 했다. 100만 광년 거리를 기준으로 할 때 허블 상수가 170이었던 셈이다. 허블 상수는 모든 관측 지점에서 동일한 패턴의 팽창 속도를 관철해내는 우주 원리(Cosmological Principle)가 지속되는 한 변하지 않을 것이다. 2016년 6월 허블 망원경으로 허블 상수를 관찰하던 애덤 리스(Adam Riess)는 300만 광년 거리를 기준으로 팽창 속도가 초당 73킬로미터에 이른다고 발표하였다. [먼 은하들까지의 거리가 허블 시대에 생각했던 것보다 열배 이상 늘어난 것으로 간주되었다] 300만 광년을 기준으로 허블 상수가 73이 된 셈이다. 아직 파악되지 않은 것이 많다 ; [빛은 1초에 지구를 일곱 바퀴 반을 돈다] 빛의 속도는 왜 초당 29만 9772.458킬로미터인가? 아직 파악되지 않은 것이 많다. '모든 것의 이론'은 왜 빛의 속도가 1만 킬로미터에 육박하지 않고 30만 킬로미터에 육박하는지에 대해 또한 대답해야 한다. 기본 상수는 세 가지뿐인가?

■　[암흑 에너지] 아인슈타인의 우주 상수는 팽창하는 우주가 아닌 정지된 우주를 설명하기 위한 것이었다. 진공에서의 양자 운동은 우주를 움직이게 하는[가속 팽창시키는] 근거가 되므로 부정의 대상이었다. 1929년 우주가 가속 팽창하는 것이 확인됐을 때 유한한 진공 에너지[유한한 우주 상수]가 또한 필요 불가결한 것으로서, 절실하게 요구되었다. 그 예가 암흑 에너지이다. 암흑 에너지는 우주를 가속 팽창시키는 유한한 우주 상수, 즉 진공 에너지의 합리화이다.

■　[암흑 물질] 빛이 중력에 의해 굽은 공간을 통과할 때 빛 또한 굽는다. 굽은 공간이 굽은 시간을 생산한다. 이른바 중력렌즈 현상이다. 문제는 멀리 있는 빛이 은하나 은하단을 통과할 때이다. 빛이 '중력렌즈'에서처럼 굽는데, 빛이 가시적으로 빛나는 은하나 은하단의 물질량 수준을 넘어서서 굽는다. 보이지 않은 물질이 있다고 보아야 한다. 이른바 암흑 물질에 관해서이다. 비가시적 암흑 물질이 가시적 물질의 다섯 배에 이른다. 입자 표준 모형에 포함된 물질량이 5%[4.9%]라고 할 때 25%[26.8%]가 암흑 물질인 셈이다(암흑 에너지는 약 70%[68.3%]이다). 생명체의 기원이 대폭발 시기 중의 양자 요동과 무관하지 않은 만큼 [생명체의 기원] 또한 암흑 물질과 무관하지 않다.

■　[1965년 체제—우주배경복사의 부정] 정확히 말하면 1965년 펜지어스와 윌슨이 관측한 균일-균등한 우주배경복사 온도의 부정이다. [빅뱅 이후] 30만 년이 지나 [팽창 우주] 밀도 분포에서 10만 분의 1의 밀도차가 있었다면, 우주배경복사 온도에도 10만 분의 1의 차이가 있는게 된다(에드워드 해리슨Edward Harrison과 야코프 젤도비치Yakov Zeldovich는 우주배경복사가 시작된 '30만 년'에 밀도 차이의 크기를 대량 10만 분의 1로 예측했다). 실제 나사가 1989년 11월 발사했던 우주배경복사 탐사위성 코비

(COBE, Cosmic Background Explorer)에 의한 우주배경복사 지도에서 10만 분의 1 단위의 온도차가 확인됐다. 코비에 의한 우주배경복사 지도에서 붉은 부분은 온도가 10만 분의 1도 정도 높은 곳이고, 파란 부분은 10만 분의 1도 정도 낮은 곳이다.

■ 우주배경복사의 온도가 일정하지 않고 서로 다른 것이 별의 기원이 되고 생명의 기원이 된 것에 주목해야 한다. 1965년에 우주배경복사 온도가 우주의 모든 방향에서 똑같은 것으로 발견[간주]됐고, 주지하다시피 이는 대폭발 이론[빅뱅 이론]의 유력한 증거 중의 하나가 되었다. 이후 1990년대 코비가 작성한 [비등방(非等方)] 우주배경복사 지도가 1965년 체제의 확실한 부정이었다. [코비 지도에 의해 주변보다 10만 분의 1정도 밀도-온도가 높은 붉은 지역이 확인되었다] 우주배경복사가 생명의 기원과 밀접한 관련이 있을 때 이것은 바로 우주배경복사 온도-밀도 차이 때문이다. 문제는 높은 온도-밀도이다. 주변보다 10만 분의 1도 정도 높은 미세한 고온도-고밀도 지역으로 물질이 모여들어 독자 중력계가 형성되면서 이른바 원시은하가 탄생하게 된다. 원시은하는 별과 행성의 기원이 되고, 별과 행성은 생명의 기원이 되고. 우주배경복사의 미세한 온도-밀도 차이가 생명의 기원이 된 것을 강조할 때 이것은 또한 비대칭성의 원리에 관해서이고, 특히 비대칭성 원리에 의한 생명의 탄생에 관해서이다.

■ 특수상대성이론은 가속 원리를 통해 에너지와 질량의 상호 호환을 말한다. 정확히 말하면 가속 에너지와 질량의 상호 호환이다. 속도를 내면 낼수록[가속 에너지가 붙으면 붙을수록] 질량이 무거워지고 [시간이 느리게 가고], 궁극적으로 빛의 속도에 다다르면 질량이 무한대로 커지고 시간이 멈춘다. 특수상대성이론은 [등속직선운동을 전제로 했을

때] 가속 에너지와 질량의 상호 관계이다. 일반상대성원리는 등속직선운동에서의 가속 에너지와 질량의 관계를 넘어, 요컨대 등속직선운동이 조건인 에너지와 질량을 관계를 훌쩍 넘어, 가속도를 중력으로 대체시켜, 가속도와 질량의 관계를 중력과 질량의 관계로 일반화시킨 것에 관해서이다. 등속직선운동에서 [가속]에너지는 '중력[에너지]'와 같은 값을 갖는다. [에너지의 질량화/질량의 에너지화라는 점에서 같다. 가속 에너지와 중력 에너지는 대체의 관계에 있다] 요컨대 일반상대성이론은 가속 에너지와 질량의 관계를 중력 에너지와 질량의 관계로 더욱 일반화시킨 것에 관해서이다. 질량과 [중력]에너지의 관계/[중력]에너지와 질량의 관계는 시공간과의 관계이기도 하다. 에너지의 질량화/질량의 에너지화, 곧 중력은 시공간에 '직접적' 영향을 미친다. 중력장은 공간을 휘게 하고 시간을 휘게 한다. 시공간은 절대적 개념이 아닌 상대적 개념이 되었다. $E=mc^2$이 말하는 것이 m과 E의 상호 관계이다. 질량의 에너지화, 특히 [중력]에너지의 질량화이다(방정식 $E=mc^2$은 아인슈타인의 소위 '기적의 해Annus Mirabilis'인 1915년, 그러니까 1915년 9월, 같은 해 6월에 쓴 특수상대성이론을 보완하기 위해 쓴 논문에서 처음 나타났다. 6월의 특수상대성이론 논문 제목은 「움직여지는 물체의 전기역학에 관하여」였다) ; 일반상대성이론과 양자이론을 합해 양자중력이론으로 말할 수 있는 것은 양자이론 또한 에너지가 양자화(量子化)된 것을 말하기 때문이다. 주지하다시피 플랑크 공식 $E=hv$에서 v가 [양자복사]진동수로서, 플랑크 공식은 양자와 에너지의 상호 호환성에 관해서였다. **양자중력이론은 일반상대성이론의 [중력]에너지의 질량화와 관계있고, 양자이론의 에너지의 양자화와 관계있다. 둘 다 에너지와 [질]량(量)의 상호 호환성을 발언한다.**

양자물리학
─본질철학과 주체철학의 재구성

[모토] '대폭발 이론'의 플랑크 길이와 플랑크 시간이 말하는 것 중의 하나가 하나의 양성자 안에 양(量)으로서 노출 가능한 면적 입자-부피 입자가 '10의 65제곱' 수(數)로 존재하는 것에 관해서이다. 10^{65}이 말하는 것을 듣는 자는 그 많음으로 해서 '진리에 육박하는' 진리를 듣는 것이다. 많음(Vielheit)이 내는 소리가 생성과 몰락일 때, 그 많음으로 해서 인류의 생성과 몰락이 정당화된다. '극단으로서 별들', 특히 '많음으로서 별'들이 이구동성 생성과 몰락을 말할 때, 그 극단성으로 해서, 그 많음으로 해서, 인류의 생성과 몰락이 정당화된다.

'많음으로서 관점주의'가 그 많음으로 해서 '많음으로서 관점주의'가 내는 소리를 정당화시킨다. 많음으로서 관점주의는 '하나로서 관점'이 부정되는 점에서 그 자체에 진리 부정이 포함된다. [진리는 일자(一者)를 발언한다] '많음으로서 관점주의'가 진리 부정을 정당화시킨다 ; 합창단으로 표상되는 디티람보스[광란의 주신 찬가─디오니소스 송가]가 그 '많음으로서 불협화음'으로 해서 인간의 가장 나쁜 경우, '가장 나쁜 실존'을 정당화시켰다 ; 올림포스 산으로 표상되는 신(神)들의 삶이 인간의 삶을 정당화시킨다. 미적 가상으로서 '올림포스 산'이나 미적 가상으로서 '비극적 신화[비극 그 자체]'가 인간의 비극성 및 비극적 세계 인식을 정당화시킨다. 인간은 비자연적 방법(올림포스 신화와 비극적 신화들)으로 인간의 삶을 정당화시킬 줄 안다.

양자(量子)의 현존을 보증하는 것이 '관찰자'라고 할 때, 이것은 양자의 현존이 관찰자에 의해 시인되는 것을 말한다. 보증(혹은 현존)의 내용이 불확정성—불확실성인 점에서 이것은 관찰자에 의해 불확정성—불확실성이 시인되는 것을 포함한다. **관찰자는 양자의 불확정성—불확실성을 시인시키는 '능동적' 행위자이다.** 최소 단위가 말하는 것으로서, 그리고 '많음으로서 양자'가 말하는 것으로서, 관찰자에 의한 양자의 불확정성—불확실성이 역(逆)으로 관찰자의 현존을 정당화시키는 것을 말할 수 있다. 마찬가지로 불확정성—불확실성을 내용으로 하는 관찰자 현존의 정당화이다. **인간의 불확정성—불확실성을 정당화시키는 것을 말할 때 그 표상이 주체 부정(불확정성)이고 소멸 시간의 불확실성이다. 불확정성은 하이젠베르크의 불확정성 원리가 많이 말하고, 불확실성은 슈뢰딩거의 고양이가 많은 말을 한다.** 상호 인과관계의 부정을 말할 때 이것은 불확정성 원리와 '슈뢰딩거의 고양이' 전반(全般)에 관해서이다.

객관적 실재의 부정

객관적 실재가 부정될 때 객관적 인식 또한 부정된다. 객관적 실재의 부정은 관찰자의 임재에 의해서만, 그리고 위치와 운동량 둘 중 하나만을 말할 수 있는 것에 관해서이다. 예정된 세계가 아닌 통계적 세계만을 말할 수 있는 것에 관해서이다. [양자물리학에서 예정조화된, 그리고 '가능한 한 가장 좋은 세계'를 말할 수 없다] 통계적 세계에서 전통적 의미의 '존재'를 말할 수 없다. 입자는 특정된 공간과 시간을 갖지 않는다. 전체적 구조하에, 즉 서로 다른 시공간에서, 특히 '서로 다른 공간'에서 생성과 소멸을 향유한다. 전체적 구조하의 생성과 전체적 구조하의 소멸이므로 생성과 소멸 사이에 하등의 [직접적] 연결 관계나 인과관계가 없다. 니체가 "진리는 존재하지 않기 때문이다"라고 했을 때, 이 또한 객관적 실재의 부인과 객관적 인식의 부인과 무관하지 않다.

'세계가치'가 우리의 해석에 놓인 점(단순한 인간적 해석 이외 다른 해석들도 아마 어디선가 가능한 점), 지금까지 해석들이 관점주의적 평가들로서 우리가 인생에서, 즉 권력의지[힘에의 의지] 속에서, 힘의 증대를 보존해온 점, 인간의 모든 향상이 편협한 해석의 극복을 수반하는 점, 힘의 강화와 힘의 확장이 새로운 관점들을 열고, 새로운 지평들을 믿게 하는 점—이것이 내 저작을 관류한다. **우리와 관계하는 세계는 거짓이고, 사실 상황이 아니다. [수척한] 관찰들의 총합으로 말미암은 하나의 안출(案出)이고 마무름이다** ; 세계는 '흘러가는 강 속에' 있다. 생성되는 것으로서, 늘 새롭게 연기(延期)되는 환영 같은 것으로서, 결코 진리에 접근할 수 없다 : 그럴 것이 진리는 존재하지 않기 때문이다.

— 니체, 『유고 단편들. 1885 가을~1887 가을』, VIII-1, 112
[강조는 필자]

"힘의 강화와 힘의 확장"이 중력 우주(넓은 의미의 중력 우주는 음 압과 양압을 포함한다)와 무관하지 않다. [우주지평선 너머 별들이 빛보 다 빠른 속도로 사라져간다] "세계는 '흘러가는 강 속에' 있다"가 주목 된다. 입자 또한 흘러가는 강 속에서 생성을, 그리고 흘러가는 강 속 에서 소멸을 되풀이한다. 생성을 "늘 새롭게 연기되는 환영" 같은 것 이라고 할 때 이것은 생성을 존재를 담지하는 것이 아니라, '가상'을 담지하는 것이라고 말한 것이다. 객관적 실재의 부인이고, 나아가 '진 리'의 부인이다. **"우리와 관계하는 세계는 거짓이고, 사실 상황이 아 니다. [수척한] 관찰들의 총합으로 말미암은 하나의 안출이고 마무 름이다"**를 물론 주목해야 한다. 세계는 "[수척한] 관찰들의 총합"으 로 존재한다. 생성은 '관찰'에 의한 생성이다. '총합' 대신에 여러 가 지 관찰 조건에 의한 관찰 결과들에 의한 것으로서, 관찰 결과들의 상 보성을 말할 수 있다. 상보성에 의해 빛의 실체(파동과 입자)뿐만 아니 라, 원자 세계가 설명되기 시작한다. "하나의 안출이고 마무름"과 원 자 세계를 상호 유비로 말할 수 있다. "해석", "관점주의적 평가", "새 로운 관점들", "새로운 지평"들이 모두 상호 유비로서 관점주의를 발 언한다(졸고, 「니체의 관점주의—唯名論으로부터 탈주?」, 『예술가』, 2014 봄, 214~244 참조). 관점주의, 혹은 관점주의적 평가를 말할 때 이 또한 양 자물리학에서 말하는 관찰자의 임재 '역할'(혹은 관찰 조건)과 무관하지 않다. "편협한 해석"(혹은 "편협한 해석의 극복")을 얘기한 것은 위의 설명 [해석]과 모순되는 것으로 보인다. 간접적으로나마 진리에의 의지를 갖고 있는 것으로, 즉 진리에의 의지를 표명한 것으로 볼 수 있다. 그렇더라도 여기에서의 진리에의 의지는 그 자체 목적이 아닌 것으로서, 즉 '힘의 증대'에 기여하는 수단으로서의 '진리에의 의지'에 가깝다.

양(量)에 의한 구제 형이상학

디오니소스적 도취—예술이 가상으로서 형이상학이고, 아폴론적 꿈—예술이 '가상으로서 형이상학'이다. 우열을 말하면 디오니소스적 도취—예술이 '더 많은' 형이상학을 준다—양(量)이 질(質)을 압도한다. 코러스가 역학주의의 표본이다. 니체가 코러스에서 주목한 것은 양으로 질을 '통제'하는 방안이다, 삶이라는 양으로 죽음이라는 질을 통제하는 방안이다. 다음은 『유고 단편들. 1872년 여름~1874 후반』에 있는 말.

> 가치 평가는 양(量)에 관계하는 것이지 질(質)에 관계하지 않는다. 우리는 '크기'를 중시한다. 크기는 물론 상식적 차원을 뛰어넘은 것이다 …(중략)… 전율은 인류의 최고 일부이다 …(중략)… 지성의 제국에서 질적인 것 전부가 하나의 '양적인 것'일 뿐이다.(Ⅲ-4, 34-35)

『비극의 탄생』(정확한 제목은 『음악의 정신으로부터 비극의 탄생』)이 출간되고 몇 개월 안 돼 쓴 이 글에서, 합창(단)의 형이상학적 의미를 묘파했던 '실러'를 떠올리면서(비극 『메시나의 신부』의 서문 「비극에서 합창의 사용에 관하여」), '잔혹한 인생'이라는 질(質)을 합창단의 양(量)으로 돌파하려는 니체 자신의 방안을 본다. '잔혹한 인생'이라는 질을 "'전율' 그 자체'인 양을 통해 돌파하려는 니체의 방안을 본다. 아티카 비극은, 디오니소스적 광포한 억양–리듬–템포가 반영된 주신 찬가의 합창이고, 육체 예술이고, 아폴론적 잔잔한 억양–리듬–템포가 반영된 시(詩)–대사(臺詞)이고, 육체 예술이다. 아티카 비극은 내용을 말하기보다 양을 말한다. "가치 평가"가 양과 관계한다. [양이 가치 평가에 관계한다] 합창단으로서 그리스 비극은 양이 전부인 '합창단으로서 그리스 비극'이다. 양이 구원과 관계한다고 할 때 이는 또한 양자이론에 관한 것이기도 하다(이 글 맨 앞 '모토' 참조). 양자이론(quantum theory)에서 그렇다고 양에 의한 구제 형이상학만 있는 것이 아니다. 질에 의한 구제 형이상학을 우선 말할 수 있는 것이 입자의 위치와 운동량을 동시에 확정시킬 수 없는 것에 관해서이다. 불투명적 존재로서, '꿈인가?/생시인가?', 혹은 '삶인가?/죽음인가?'들이 말하는 것과 같다. 분별 불가능성–인식 불가능성이 구원과 관계있다. '인식의 나무' 이전(以前)의 이른바 천지창조 시대–에덴동산 시대가 구원을 말했다.

양자역학—비이성적 자연

'관찰자가 조건인 입자'를 말할 때 통상적 의미의 존재와 비존재를 말할 수 없다. 관찰자에 의해 [입자]존재가 포착되더라도 위치와 운동량(질량×속도)이 동시에 측정될 수 없는 점에서 역시 통상적 의미의 '존재'와 '비존재'를 말할 수 없다. 계속해서 태어나고 계속해서 사라지는 입자들에서 역시 존재와 비존재를 말할 수 없다. 계속 태어나고 계속 사라지는 입자들에서 인과관계를 말할 수 없을 때 역시 존재와 비존재를 말할 수 없다. 입자물리학은 입자들 차원에서 생성과 소멸을 말하지 않는다. 전체 차원에서 생성과 소멸을 말한다. 인과관계 또한 전체적 차원에서 인과관계에 관해서이다. 물론 전체 차원에서도 인과관계를 말할 수 없다. 전체적 차원에서의 생성과 소멸을 말할 때, 그리고 전체적 차원에서의 생성과 소멸에서 [인접적 · 직접적] 인과관계가 없는 것을 말할 때 '확고하게 존재를/확고하게 비존재'를 말할 수 없다. 전체적 차원에서 '생성'과 '소멸' 또한 상호 연관 관계가 없는 것으로서 생성이 독자적 사태인 것과 소멸이 독자적 사태인 것이 강조되어야 한다. [**전체 차원에서의 생성에서 인과관계가 없을 때, 전체 차원에서의 소멸에서 인과관계가 없을 때, 존재와 비존재를 말할 수 없다**] ; 전체 차원의 생성과 소멸이더라도 '전체가 탑재된 입자'의 생성과 소멸을 말하지 않는다. 입자는 '전체로서 부분'을 말하는 단자(Monad)와 다르다. 단자를 그러나 창문이 없는 고립된 존재로 말할 때, 단자와 입자는 상호 유비이다. 극단으로서 별[단자]에 창문이 없고, 극소로서 입자에 창문이 없다.

생성과 소멸이 상호 조건일 때, 그러니까 있음과 없음, 혹은 존재와 비존재가 상호 조건일 때 이것은 전통적 의미의 존재와 비존재에 관해서이다. 존재가 비존재에 의지하고 비존재가 존재에 의지할 때 존재와 비존재를 말할 수 있지, 무조건적 생성과 소멸에서 존재와 비존재를 말할 수 없다. [현상론적으로 볼 때 독자적인 사태로서 생성과, 현상론적으로 볼 때 '독자적인 사태로서 소멸'에서, 존재와 비존재를 말할 수 없다] 전혀 새로운 차원의 존재와 비존재를 말해야 한다. 존재가 비존재에 의지하지 않는 것을 말할 때, 비존재가 존재에 의지하지 않은 것을 말할 때, 이것은 기존의 '존재와 비존재'라는 이항 대립 차원을 벗어난다. 존재가 비존재의 조건이고 비존재가 존재의 조건인, 전통적 의미의 존재/비존재-론(論)의 와해이다.

[기존의 인과론이 조건이 아닌 '존재와 비존재'에서 기존의 인과론이 조건인 존재와 비존재를 말할 수 없다] 새로운 존재/비존재를 말할 때 이것은 제3의 가능성으로서 존재/비존재-론에 관해서이다. '있는 것'과 '없는 것'이라는 기존의 이항 대립을, 그리고 '있는 것'과 '없는 것'이 상호 의존적인 기존의 이항 대립을 넘어서는, 제3의 존재 가능성을 포함하는 존재/비존재를 말한다. 내용으로서 있음/없음, 존재/비존재가 문제시될 때, '있는 것인가?/없는 것인가?'가 내용이 될 수 있다. '있으면서 없는 것/없으면서 있는 것'의 문제(問題) 또한 제외될 수 없다.

'있는 것인가?/없는 것인가?'가 내용이 될 수 있는 '제3의 가능성'을 말할 때 이것은 생성과 소멸이 끊임없이 이루어지고 그것을 다만 확률로만 말할 수 있는 점에 특히 주목하는 것을 많이 포함한다. 정확한 예측이 불가능한 것에 '특히' 주목하는 것을 많이 포함한다. 확률로만 말할 수 있을 때, 즉 정확한 예측이 불가능할 때 여기에서 또한 존재와 비존재를 말할 수 없다. 관찰 조건이 달라질 때마다 관찰 결과 또한 달라지는 것이 또한 정확한 예측이 불가능한 것에 관한 것으로서, '있는 것인가?/없는 것인가?', 혹은 '있으면서 없는 것/없으면서 있는 것'이 내용이 될 수 있는 '제3의 가능성'을 쉽게 말하게 한다. [서로 다른 관찰 결과들을 모이게 해 원자 체계를 설명할 때 이것은 관찰 결과들의 상보적(complementary)–[상호 보완적] 관계에 관해서이다. 상보성은 우선 파동과 입자의 상보적 성질에 관해서이다. 상보적–상호 보완적 관계를 '강력(强力)'에 대한 명명으로서 위쿼크와 아래쿼크의 응집에서도 말한다] 생성과 소멸의 무한한 반복을 생성과 소멸의 무한한 창조로 말할 수 있다. '창조로서 생성'과 '창조로서 소멸'의 무한한 반복을 말할 수 있다. 특히 '창조로서 입자의 생성과 소멸'을 말할 때 이것은 창조로서 입자 파동[양자 파동]을 지칭하는 특이점(Singularität), 정확히는 '창조로서 빅뱅 생성'과 유비이다. 빅뱅 이론을 고려할 때, '무한성'은 한편으로 '무(無)로서 존재'로 귀결되는 것을 포함한다. 우주가 우주 내부(?)의 중력을 벗어나 무한히 팽창할 때 도달하는 것이 무이다. 있는 것도 아니고 없는 것도 아닌 존재, 없는 것도 아니고 있는 것도 아닌 비존재, 즉 있는 것도 아니고 없는 것도 아니고, 없는 것도 아니고 있는 것도 아닌 그 존재/비존재에서 '가상으로서 존재/가상으로서 비존재'를 또한 말할 수 있다. [양자역학은 고전물리학 개념들을 입자물리학(elementary particle physics)에 적용하는 데 근본적 한계가 있는 것을 인정하는 데서 시작한다. 양자역학은 '비이성적인 자연'에 관한 것이다]

■　　[빅뱅 이론을 고려할 때, '무한성'은 한편으로 '무(無)로서 존재'로 귀결되는 것을 포함한다. 우주가 우주 내부의 중력을 벗어나 무한히 팽

창할 때 도달하는 것이 무이다. 적막으로서 무이다] ; 중력으로 작용하는 기존의 물질 및 암흑 물질, 그리고 척력으로 작용하는 암흑 에너지의 상호 균형을 말할 수 있다. 중력과 척력의 균형을 얘기하게 될 때, 아인슈타인의 우주 상수 개념은 가설이 아닌 게 된다 ; 니체가 아폴론적 인력과 디오니소스적 척력, 혹은 아폴론적 구심력과 디오니소스적 원심력의 균형을 "영원한 정의의 원칙에 따른 엄격한 상호 균형"으로 말한 적 있으나(『비극의 탄생』, Ⅲ-1, 151), 이후의 니체의 행로를 볼 때, 특히 『이 사람을 보라』에서 "존재자 모두 중 최고의 유형"으로 "차라투스트라 유형"을 말하고 차라투스트라 "영혼"을 "디오니소스 개념 자체"와 동일시한 것을 감안할 때, 니체에서 아폴론적인 것에 대한 디오니소스적인 것의 우위를 말해야 하는 것은 분명하다. 디오니소스와 차라투스트라를 같은 것으로 말할 때 이것은 부정하는 정신과 긍정하는 정신을 함께 포함하는 것에 관해서이다 ; 차라투스트라는 아폴론을 그 안에 포함하는 디오니소스이다. '차라투스트라'를 말할 때 그것은 "흐름과 역류(Strömen und Wiederströmen)", "썰물과 밀물" 등 모순을 구유하는 인간형에 관해서이다. 인력과 척력, 구심력과 원심력을 구비한 인간형에 관해서이다(『이 사람을 보라』, Ⅵ-3, 342-343 참조) ; 영원회귀 사상은 닫힌 우주론(혹은 경계가 없는 우주론)과 관계있다. 순환론적 시간관을 말할 때 이것은 '우주의 팽창과 수축'과 아주 무관하지 않다. 그렇더라도 영원회귀 사상을 자연과학적 우주론과 직접적으로 관련시키기는 곤란하다. 영원회귀 사상은 형이상학적 존재론으로서, 즉 신 없는 세계를 살아가기 위한 것으로서 초인간 사상을 강화시키는 것에 관해서이다. '자발적 몰락에의 의지'가 그 표상인 차라투스트라 철학을 강화시킨 것으로서 [영원회귀는] 구제 형이상학의 절정을 발언한다.

탈인과관계

양자의 예측 불가능성은 경로의 예측 불가능성을 포함하고, 하나의 입자가 동시에 여러 개의 경로를 지나가는 가능성을 포함한다. '슈뢰딩거의 고양이'가 최종적으로 말하는 것이 '죽어 있으면서 살아 있는 고양이'/살아 있으면서 죽어 있는 고양이가 아니다. 상자를 열었을 때 동일한 시간대에 별개로 존재하는, 두 개의 세계, 즉 죽은 고양이의 세계와 산 고양이의 세계를 말한다. 여기에서도 전통적 의미의 존재와 비존재를 말할 수 없다. '비동시적인 것(삶/죽음)의 동시성'을 말할 때 이 또한 인과관계의 확실한 부인이다.

■ 파인만의 '경로적분(path integral)'은 전자가 개별적 통로를 지나가는 확률의 합으로서 이른바 [전자가] 가능한 모든 통로를 지나가는 확률에 관해서이다. 전자는 두 지점을 연결하는 단 하나의 통로를 지나가는 것이 아니라, 가능한 모든 통로를 지나간다.

자립적 존재 및 비자립적 존재

계속해서 태어나고 계속해서 사라지는 입자들 상호 간에 인과관계가 없다. 당연한 것으로서, 단순히 입자들의 생성과 소멸을 말하는 것이 아니라, 전체 차원이 조건인 입자의 생성과 '전체 차원이 조건'인 입자의 소멸을 말하기 때문이다. 입자의 생성과 입자의 소멸을 1900년 전후(前後)부터 3세대에 걸쳐 나온, 중력자(graviton)는 제외된,

입자들의 생성과 소멸에서 말하는 것이 일반적이다. 이를테면 렙톤, 쿼크, 광자, W입자, Z입자, 글루온 등이 질량을 얻는 것, 그리고 질량을 잃는 것을 말할 수 있다. 입자의 생성과 소멸의 비동질적 유비로서 별들의 생성과 소멸을 말할 수 있다. [입자와 별은 실제 상호 비동질적이다. 상호 비동질성을 양자와 별의 관계에서 말한다] 입자와 태양을 같은 선상(線上)에 놓고 말할 때 이것은 자립적 존재에 관해서이다. 자립적 존재로서 태양은 물론 비자립적 존재인 행성 때문이다. 태양에서 자립적 존재를 말하더라도 한시적 자립적 존재라는 점에서 '입자'가 말하는 것과 무관하지 않다. [모든 것은 상대적이고, 상대적인 모든 것은 움직이고, 움직이는 모든 것은 사라진다] 거시적 존재가 거시적 시간을 담보하고 미시적 존재가 미시적 시간을 담보한다. 미시적 존재로서 입자에서 '관찰자에 의한 위치 확정'을 말할 때, 그리고 '위치와 운동량의 동시적 확정 불가능성'을 말할 때 입자에서 자립적 존재를 말할 수 없다. [양자역학의 역사는 입자물리학의 역사이고, 양자장이론(QFT)에서 절정을 맞는다. 표준 모형을 말할 때 이것은 입자물리학의 절정인 양자장이론에 관해서이다]

전체 차원의 생성과 소멸

입자의 생성과 소멸을 같은 선상에 놓고 말할 수 없다. 전체 차원의 생성과 소멸은 입자 차원의 생성과 소멸의 상호 인과관계에 대한 확고한 부정이다. 거꾸로 상호 인과관계가 전혀 없는 소멸과 생성을 말할 때, 이것은 전체 차원의 소멸과 생성에 관해서이다. 중요한 것은 전체 차원에서의 생성과 소멸이지 입자 차원의 생성과 소멸이 아니다. 전체 차원에서, 그러므로 상호 인과관계가 없는 생성과 소멸을 말할 때, 생성과 소멸은 '제3의 존재로서 생성과 소멸'의 위상을 갖는다. '전체 차원에서의 입자'의 생성과 소멸은, 그러니까 인과관계가 없는 생성과 소멸은 그동안의 있음과 없음이라는 이항 대립을 물리친다. 전통적 의미에서의 있음과 없음이 상호 인과관계에 의한 것일 때, 혹은 있음이 없음을 규정하고 없음이 있음을 규정하는 것을 전제할 때, [전체 차원의] 인과관계가 전제되지 않는 생성과 소멸은 '있는 것도 아니고 없는 것도 아니다'는 '제3의 존재로서 있음'을 발언하게 한다. 인과관계가 무시된 생성과 인과관계가 무시된 소멸은 생성 그 자체만을 말할 것을 요구하고, 소멸 그 자체만을 말할 것을 요구한다. [입자의 생성과 소멸을 같은 선상에 놓고 말할 수 없다] 원인이 없는 결과뿐인 생성을 전통적 의미의 있음/없음의 잣대로 말하기가 곤란하고, 역시 원인이 없는 결과뿐인 소멸을 전통적 의미의 있음/없음의 잣대로 말하기가 곤란하다. 인과관계가 없는 생성과 인과관계가 없는 소멸에서, 요컨대 그 자체 있는 것이 없는 것이 되고, 그 자체 없는 것이 있는 것이 될 때 이것은 '있는 것도 아니고 없는 것도 아니다'는 제3의 존재로서 '있음', 혹은 '없음'을 말하게 한다.

특수상대성이론/일반상대성이론

관찰자에 의한 소립자 확보가 시사하는 바가 많다. 실증주의적 역사 해석이 아닌 관점주의적 역사 해석과 유비로서, 과거 또한 관찰자에 의해 확보된다. 무수히 많은 관찰자에 의해 무수히 많은 서로 다른 과거들이 가능하다. [일반상대성원리가 이미 모든 관측자에 동등한 자격을 부여했었다. 물론 결과는 절대적 결과가 아닌, 상대적 결과이다] 절대적 과거의 거부이다. [양자이론에 의한 것으로서] 절대적 과거가 또한 거부된 점이 강조돼야 한다. 과거는 모두 똑같이 옳으며, 다만 우리가 어떤 질문을 했는지에 따라 달라진다.

■　특수상대성이론은 주로 속도에 관해서이다. 속도가 빨라지면 시간이 느리게 가고 크기가 줄고 질량이 늘어난다. 관찰자의 위치에 따라 속도가 달리[상대적으로] 계량화된다. 기차 안과 기차 밖의 차이이다. 일반상대성이론은 주로 중력에 관해서이다. 간단히 말하면 중력이론이다. $E=mc^2$이 일차적으로 말하는 것이 에너지의 질량화이다. 중력[질량]에 의해 공간이 휘고 시간이 휜다. 빛은 직선이 아니다. 그러므로 우주는 무한하지 않다. 다만 경계지을 수 없다. 곡선 우주론—'탈경계우주론'이다. 평행선은 늘 만난다.

평행우주론

관측 조건[관측 장비와 질문의 특성]이 달라질 때 다른 관찰 결과가 나온다. '자연을 있는 그대로 인지하는 것은 불가능하다.' [뱀이라는 눈이 있고 고양이라는 눈이 있고 스핑크스라는 눈이 있다] 평행우주론이 말하는 것이 다르다. 관측 조건이 달라질 때마다 다른 관측 결과가 '미래적으로' 생겨나는 것이 아니라, 양자 관측은 중첩된 다양한 상태로부터 그때그때마다 분리되는 것으로서, 이미 존재하고 있는 무한한 수의 평행우주 중 한 개의 평행우주에 '과거적으로' 편입된다.

환원불가능성, 혹은 장에서 잠재태로 존재하는 입자

　　양자물리학의 혁명성 중 하나가 거시 구조와 미시 구조의 불일치, 혹은 거시 물질과 미시 물질의 불일치에 관한 것이다. 'A는 A이다'(A=A)라는 소위 항진명제(恒眞命題)-분석명제를 물리친 점이다. 항진명제-'분석명제'의 다른 말이 파르메니데스에 뿌리를 두는 '동일성의 명제'이다. 동일성 명제의 붕괴는 논리학 마지막 보루의 붕괴이다. 'A는 A이다'에서 '이다'는 계사이면서 존재사로서 A를 A로 존재하게 했던 것. 항진명제를 부정한 것은 존재사를 부정한 것이다. 물론 존재사에 의한 'A=A의 부정'이다.

　　'자립적 존재로서 태양'(?)의 되풀이로서, 혹은 태양계 구조의 되풀이로서 원자, 혹은 원자구조를 말할 수 없다. 그 역(逆)도 마찬가지다. 환원 불가능성은 '물리적 구조로서 물체 구조'에만 해당되지 않는다. 물질 일반과 축소화시킨 물질 일반은 같지 않다. 최소물질단위인 입자는 물질 일반의 축소판이 아니다. '화학적 결합으로서 물질 일반'을 말할 수 없는 것은 물론 아니다. [전통적 물질 이해에서 1) 태양계 구조와 원자구조가 같은 것이었고, 2) 거시 세계의 물질은 미시 세계의 물질과 같은 것이었다. 양자이론에서 원자를 구성하는 소립자들은 전통적 의미의 '작은 물질'이 아니다. 물질이 아니라, 장(場)으로부터 생성되는, 장에서 잠재태로 존재하는 입자로 말하는 편이 낫다] 최소물질단위를 저간의 물질 이해로 말할 수 없는 것은 [최소]입자로서 물질(?)은 관찰자가 주목할 때 에너지를 갖고 비로소 물질로 불릴 수 있는 점이다. 관찰로서의 행위가 물질을 태어나게 하는 셈이다. '관찰자 없는 입자'는 존재 '되지' 않는다. [입자는 관찰자와 함께 태어난다] 물질이라기보다 물리학적 단위라고 말하는 편이 낫다. 관찰자와 관찰 대상의 장(場)에서 관찰 대상은 물리학적 단위로 태어난다고 말하는 편이 낫다. 특히 전자가 이것을 설명하기 용이하게 하는데 전자는 자체 에너지를 선험적으로 갖기보다 [관찰자의 행위에 의해서] 위치에너지(potential)를 갖는다. 잠재태로서 퍼텐셜을 엄밀한 의미에서 물질이라 할 수 없다.

동일성의 장

양자이론에서 양자를 말할 때 '관찰자'와 '관찰 대상으로서 입자'를 상호 분리해서 말할 수 없다. 하이데거-벤야민의 용어로 말할 때, 관찰자와 관찰 대상은 [동일성의 장(場)에서] '함께 속해 있음(Zusammengehören)'을 넘어, 상호 공속(Zueinandergehören) 및 '상호 공명'의 관계에 있다. 비존재로서 입자는 관찰자가 '비존재로서 입자'에게 '그' 이름을 불러주기를, 말 걸어주기를 기대하고 있고, 관찰자가 이름을 불러주었을 때 비로소 반응하기 시작한다. 존재로서 입자의 탄생이다. '존재로서 입자'가 말하기 시작한다. 관찰자와 관찰 대상이 함께하는 장이 우주를 입증하는 유일한 근거라고 할 때, 이것은 거시 물질로서 우주에서도 해당된다. [양자물리학을 고려할 때 거시 물질로서 우주보다 '전체로서 우주'라는 말을 쓰는 편이 낫다] '거시 물질로서 우주'의 탄생과 진행이라는 드라마 구조 속에도 관찰자가 있다. [우주를 보는 관찰자가 없는데 우주를 '존재'로 말할 수 있을까?—물론 인류중심주의(anthropocentrism) 관점이다] 우주라는 거대 드라마가 전개되는 무대가 있고, 역시 무대를 바라보는 역시 드라마의 중요한 기관인 관객이 있다. '관객 없는 무대'를 '있는' 무대라고 할 수 없다. 무대에서 펼쳐지는 우주라는 이름에, 정확히는 우주라는 줄거리 구조(탄생–성장–소멸)에 관객이 포함된다. 우주라는 관찰 대상과 인간이라는 관찰자 또한 '동일성의 장'에 놓여 있다. **우주는 관찰자가 이름을 불러주기를 기대하고 있고[관심을 가져주기를 기대하고 있고], 관찰자가 그 이름을 불러주었을 때 우주는 비로소 인간에게 말을 걸어온다.** 인간이 우주의 가장 안쪽에서 들려오는 소리를 듣고 그것을 기록한다. 동일성의 장이 말하는 것은 사유와 존재의 통일, 곧 '사유적 존재의 통일'이 이루어지는 장에 관해서이다. 사유는 물론 인간의 사유이다. 존재는 인간이 말을 걸기를 기다리고 있다가 '존재자로서 인간'이 말을 걸어올 때 존재는 비로소 존재의 비밀을 털어놓기 시작한다. 이른바 '사유하는 존재자로서 인간'에 의한, 사유와 존재의 동일성이고, 사유와 존재의 동일성의 성립이다. 객석이 '텅' 비어 있을 경우, 즉 관찰자가 없을 경우 우주가 존재한다 할 수 없고, 또한 '존재'가 존재한다 할 수 없다. [관찰 대상과 관찰자의 상호 공명–상호 공속이라는 장(場)에서 우주는 '존재'를 드러낸다] 설령 객석이 만원이라 해도, 객석이 소위 만장의 관객으로 '꽉' 찼다 하더라도, 무대 위에서 펼쳐지는 '우주의 말'을 다 알아들을 수 있게 되는 것은 아니다. 거대 우주가 말하는 것을 들을 수 있고 기록할 수 있는 누군가가 객석에 있어야 한다. 1층짜리 객석이 있고, 3층짜리, 혹은 10층짜리 객석이 있다. 10층에서 보는 것과 1층에서 보는 것이 다르다. 거대 우주가 '모든 것을 다' 말해준다? 이 또한 미지수이다.

인류세

하위 존재가 상위 존재를 이해하는 것은 불가능하다. 바퀴벌레가 인간세계를 이해하는 것이 불가능한 것과 같다. 아직 파악되지 않은 것이 많다. 95% 이상을 차지하는 암흑 물질·암흑 에너지에 대해 거의 아무것도 '말'하지 않고 있다. 무엇보다 '제한된 존재로서 인간'은 전모를 파악하지 못하고 객석에서 일어나야 할 가능성이 크다. 갑자기 퇴장당할 가능성이 크다. '인류라는 것도 고정된 것도 아니고 영원한 것도 아니다.' 다윈의 차분한 전언이다. 지금을 진화생물학자나 일부 지질학자들이 '인류세(Anthropocene)'라고 부를 때, 이 안에 공룡 멸종에 이은 여섯 번째 대멸종이 진행 중이라는 메시지가 포함된다. 주지하다시피 일반적 의미의 공룡-익룡-어룡은 중생대 트라이아스기-쥐라기-백악기에 걸쳐 1억 6천만 년 동안 번성하다가 백악기 말, 지금으로부터 대략 6,600만 년 전에 멸종했다. 관찰자 없는 관찰 대상이 존재하지 않는다고 할 때, 우주는 '무(無)로 돌아갈 확률'로 존재한다. 우주가 무로 돌아갈 확률로 존재한다고 할 때 이것은 입자를 확률[분포]로 존재한다고 하는 것과 유비이다. [확률로 존재하는 것을 진정한 의미의 존재자라고 할 수 없다. 우주가 적막강산으로서 무인 것이다] '동일성의 장(場)'은 우주 전체라는 장과 유비이다. 사실로 말할 때 우주 전체라는 장을 동일성의 장인 것으로, 그러니까 '우주 전체의 장이 동일성의 장이다'라고 말하는 편이 낫다. 우주 전체라는 동일성의 장에서 생명이 발생한다. 이른바 위치에너지, 즉 잠재 능력의 응집이다. 응집에 의해 수소 원자와 헬륨 원자가 만들어지고, 그 밖의 많은 원소들이 만들어졌다. 동일성의 장에서 '만듦'이 있었고, 많은 종류의 탄생과 죽음이 있었고, 특히 인간의 탄생이 있었고, 인간의 죽음이 있게 된다.

소립자와 원자의 불연속성

양자물리학에 의할 때 세계는 늘 하나의 전체이다. 입자는 선험적으로 주어진 것이 아니다. 세계는 입자들의 상호작용에 의해 복잡계의 복잡성(complexity)으로 가는 과정이 아니다. [화학적 반응에서도 일어나는 일로서 비선형적 과정에 의한 복잡계를 말할 수 있다. 결과보다 과정에 주목할 수밖에 없는 점에서 '과정의 철학'을 정립한 화이트헤드가 주목된다.『과정과 실재*Process and Reality*』에서 화이트헤드는 종래의 실체(Ousia-Substanz) 개념보다 과정을 중시했다] 입자는 전체[온전한 어떤 것]에서 분화된 비물질적인, 생명을 갖추지 않은 '입자 같은 상태'에 관한 명명이다. 대폭발 이론이 말하는 것도 같다. '전체가 조건'인 특이점에서 입자가 출연했고, 이것이 수소 핵과 헬륨 핵, 그리고 수소 원자–헬륨 원자로 발현됐다. [최초의 별을 찾는 노력을 말할 때 이것은 헬륨과 수소로 이루어진 별에 관해서이다] 입자가 먼저 가고 원자가 그 뒤를 따른 것을 부인할 수는 없지만, 입자와 원자의 불연속적 관계 또한 강조되어야 한다. [입자와 원자의 불연속적 관계는 원자핵과 원자의 불연속적 관계에 관해서이기도 하다. 원자핵 (양성자)과 전자의 조합에 의한 원자의 탄생을 늦춘 것은 광자(빛)가 전자의 행로를 가로막기 때문이다] 입자와 원자·원소의 불연속성 또한 양자이론의 주요 항목으로 말해야 한다. 대폭발 이론의 문제를 말할 때 이것은 중력 운동[중력 움직임—양자 파동]에 의한 초기 우주의 급격한 팽창을 증명해주는 중력파에 관한 것이다. 급격한 팽창에 의한 중력파가 우주배경복사에 편광 현상을 남겼을 텐데(?) 이를 찾지 못한 것에 관해서이다. [중력파의 발견이 대폭발 이론[빅뱅 이론]을 명실상부한 우주 표준 모형으로 만들게 한다]

목적론적 자연관의 와해

아리스토텔레스 이래 목적론적 자연관에 의한 목적론적 물리학, 이와 유비적 관계인 목적론적 신(神) 증명은 양자물리학에서 추풍낙엽이다. 파동에 목적이 없고 입자에 목적이 없다. '양자'에 목적이 없다. 자연에는 목적이 없다. '자연에 목적이 없다'는 것은 1859년 『종의 기원』이래 주류 진화론의 금과옥조였다. 자연선택이 필연이 아닌 우연에 의한 것으로 볼 때, 자연선택이라는 용어는 엄밀한 의미에서 '우연선택'을 내용으로 한다. 아리스토텔레스의 목적론적 자연관은 17세기 데카르트의 '코기토—장(場)'에서 와해되었다. 인간과 자연의 이항 대립 체계가 말하는 것은 인간의 이용 대상으로서 자연, 즉 자연에 대한 인간의 우위였다. 칸트의 「계몽이란 무엇인가?」에서 갈파된

[미성년 상태에서 벗어나] '너 자신의 오성을 사용할 용기를 내라!'라는 격률을 거쳐, 『순수이성비판』에서 '인식 주체로서 인간'이 강조되면서, 혹은 인식 구조가 상세히 설명되면서, 주체철학이 확고하게 정립되었다. 같은 책의 '초월적 변증론'에서 신(神) 이념이 증명 불가능성으로 간주되면서, 신중심주의에서 인간중심주의로의 전환은 더욱 강화되었다. 목적론적 자연관의 가시적인 와해가 진화론과 양자물리학에서 달성되었다.

중력에 목적이 없다

자연에서 상호작용하는 힘들을 힘의 크기 순서대로 말하면, 핵력–전자기력–약한 핵력–중력들이다. 핵력[강한 핵력]은 양성자와 중성자를 묶어두는 힘이다. 약한 핵력의 다른 말이 베타 붕괴 상호작용이다. 약력에 의해 중성자는 양성자+전자+뉴트리노로 분해된다. 네 가지 상호작용하는 힘들에서 목적을 말하기 곤란하다. 네 가지 힘에 의해 '오늘날의 자연'이 현상하게 된 것이 분명하더라도 말이다 ; 중력이 대폭발의 최초 원인(first cause)이라고 하더라도 중력에서 목적을 말할 수 없다. [중력이 신이 아니다. 중력이 신처럼 목적을 가지고 있다고 할 수 없다] 가스구름에서 중력이 작용하고, 이를 통해 별이 만들어지고 행성이 만들어지고, 이를 통해 생명체가 태어났더라도, 중력에서 '목적'을 말할 수 없다. 중력은 생명현상을 설명해주는 여러 원인 중의 하나일 뿐이다. [중력에 의해 생명이 태어났다고 할 수 없다] 생명을 태어나게 한 직접적인 원인은 다른 데에 있다. 생명 탄생의 직접적 원인은 우연에 의한 것으로서, 주변 여건과 다른 고밀도-고압-고온 '지역' 때문이다. 거기를 중심으로 [중력에 의해] 천체가 구성되었기 때문이다. 원인과 목적이 서로 다른 것이 또한 계속 강조되어야 한다. [자연에 목적이 없다. 중력에 목적이 없다]

■　안정된 구조를 가진 철의 핵은 움직일 생각이 없다. 철은 핵융합에서 벗어나 있다. 별의 중심이 철분으로 구조되면 별은 종말로 향해 움직인다. 더 이상 핵융합으로 열을 방사하지 못하게 된 별은 자신의 무게를 지탱하지 못하고 스스로 붕괴한다, 원자까지 붕괴한다. 핵종 변형의 마지막 단계에서, 엄청난 양의 중성미자[뉴트리노] 펄스가 방출되고, 양성자와 전자가 합쳐져서 중성자가 된다. 엄격하게 말하면 양성자와 전자가 만나 쌍소멸되고 중성자가 남는다. 별은 중성자별이 된다.

'제3의 가능성의 부인'에 대한 부인

양자역학의 인간관은 양자의 '불확정성'이 말하는 바 '물자체로서 인간'의 부인이다. 다른 생물들이 물자체로 환원될 수 없는 것처럼 인간 역시 물자체로 환원될 수 없다. 물자체로서 환원 불가능성을 넘어 물자체가 없다고 할 때, 이중적 의미의 '물자체로서 인간'의 부인이다. 다른 생명체와 마찬가지로 물자체로서 인간이 부인되는 것은 한편으로 인간이 세계의 주인공이 아니라는 것을 또한 말한다. 근대 이후 인류가 겪은 세 가지 고통스러운 경험을 빈의 정신분석학자 프로이트가 코페르니쿠스와 다윈, 그리고 '본인이 저지른 것'으로 말했으나, 즉 지구가 중심이 아니라는 것[지구중심주의의 부인], 인간이 창조의 왕관이 아니라는 것[인간중심주의의 가시적 부인], 그리고 '인간이 이성적 충동(?)이 아닌 어두운 충동에 이끌리는 존재라는 것'을 세 가지 내용으로 알렸으나, 여기에 인류를 역시 불편하게[고통스럽게] 하는 것으로서, 한 가지가 더 추가돼야 할 것으로 보인다. 일반 상대성원리와 양자역학이 말하는 기계론적 세계관의 부인[절대주의의 부인], 특히 양자물리학이 말하는 '제3의 가능성의 부인(Tertium non datur)에 대한 부인'이다. '이것이 아니면 저것이지, 이것도 아니고 저것도 아닌 것은 없다'는 논리학적 존재론에 대한 부인으로서, 이것도 아니고 저것도 아닌 것, 즉 있다고도 할 수 없고 없다고도 할 수 없는 것에 관해서이다. 요컨대 실체가 확정되지 않은 것에 관해서이다. [공간을 옮기면서 생성과 소멸을 일으키는, 더구나 거기에서 상호 인과관계가 말할 수 없는, 예측 불가능성이 특징인 소립자의 세계에 관해서이다] 네 번째 고통스러운 경험을 달리 말하면 결정론적 세계관에 대한 확고한 부인이다. 결정론적 세계관은 유물론적 결정론과 생물학적 결정론을 포함한다. '하이젠베르크의 불확정성 원리(uncertainty principle)'는 주지하다시피 입자의 위치와 운동량을 동시에 확정시킬 수 없는 것에 관해서였다. 또한 시간과 에너지를 동시에 확정시킬 수 없는 것에 관해서였다 ; 많음과 적음을 얘기할 때 많음이 입자들의 세계이고, 적음이 생물들의 세계이다. 많음이 얘기하는 것이 적음이 얘기하는 것보다 사실에 가깝다. 많음으로서 입자들이 얘기하는 것이 '적음으로서 생물들'이 얘기하는 것보다 사실(혹은 진리)에 가깝다.

■　　+입자와 −입자의(혹은 −입자와 +입자의) 총합으로 세계 에너지가

0이라고 말할 때, 그리고 '하이젠베르크의 불확정성 원리'가 말하는 시간과 에너지의 동시적 불확정성을 고려할 때 에너지 0은 동일한 시간의 영원한 반복(혹은 지속)을 말하게 한다. 세계를 정당화시키는 것은 오로지 기하학적 구조이다. 에너지 없는 시간은 일반상대성원리와 플랑크 상수를 고려할 때, 특히 일반상대성원리를 고려할 때, 에너지의 질량화를 0으로 가리키는 점에서 [얼어붙은 에너지, 곧 질량이 0인 점에서] 무한한 시간과 무한한 우주를 말하게 한다. [세계를 정당화시키는 것은 오로지 기하학적 구조이다] 특이점에 갇혀 있는 무한한 시간 및 무한한 공간과 비동질적 유비이다. 질량이 0인 관계로 빛이 직선으로 진행하므로, 곡선 우주가 아닌 직선 우주를 발언하게 한다. 플랑크 공식 $E=hv$가 말하는 '에너지의 양자화'를 고려할 때 에너지의 양자화를 마찬가지로 0으로 가리키게 하는 점에서 한편으로 진공 우주 자체 또한 가능한 것으로 말하게 한다.

■　　+입자와 −입자의 혼합으로 세계 에너지가 0이라고 말할 때 이것은 완벽한 대칭의 원리로서 정적인 우주에 관해서이다. 우주 원리(팽창하는 우주 공간)의 부인이고, 무엇보다 생명 원리(생명의 탄생 및 진화)의 부인이다.

인간이란 무엇인가

　　인간을 포함한 모든 생물은 생존에 관계하는 존재이다. 생물학적 존재로 말할 때 인간 또한 예외가 아니다. 뇌줄기(자율신경계-생존기계), 변연계(비자율신경계-생존 욕구), 신피질(생존 욕구 조정)-전두엽 피질(동기부여) 모두 생존과 관계한다. 현생인류는 [대략 40만 년 전에서부터 4만 년 전까지 확정된 것으로] 대뇌피질과 전두엽으로 생물학적 기능을 수행한다. 박쥐는 초음파로, 곰은 두꺼운 발바닥으로, 독수리는 매서운 눈으로 생물학적 기능을 수행한다. 이른바 생물학적 존재론이다. 인간이 객관적 실재에 접근할 수 있기 위해서 [인간에게] 요구되는 것이 세계 안 존재가 아닌, 세계-밖-존재이다. [세계의 의미는 세계 밖에 있다] 인간이 객관적 실재가 부정되는 양자의 장(場)을 인식했다 하더라도 인간이 그 일부인 양자의 장에서의 인식이라는 점에서, 그 인식은 제한된 인식일 수밖에 없다. 자연의 산물이고, 또한 자연의 일부인 인간이 자연에 대해 '말'하는 것은 그림에 그려진 존재가 그림을 평가하는 식과 다르지 않다. 인간 또한 별들과 마찬가지로 우주라는 [연극] 무대 위의 배우들이다. 연극 무대를 바라보는 관람석에 앉은 '제3의 존재'가 아니라는 말이다. 설령 관람석이라 하더라도 그것 또한 연극을 구성하는 여러 기관 중의 하나인 점이 강조되어야 한다. 인간에 의한 것으로서, 우주라는 연극을 바라보는 세계-밖-존재를 상상할 수 있다. 그렇더라도 이것이 인간이 세계 밖 존재의 입장에서 우주라는 무대를 관찰하고 이해할 수 있는 능력을 가진 존재라는 것을 말하지 않는다. [곤충이 인간세계를 이해하기 곤란하듯] 인간 또한 상위 체계인 세계 자체를 이해하기 곤란하다. 언젠가 이해할 날이 온다고 생각하는 것이 가능하더라도 이것이 실제적이지 않은 것은 '이것이' 영원과 관계하고, 인간은 영원과 관계하지 않기 때문이다. 인류라는 종 또한 고정된 존재가 아니고, 무엇보다도 인류라는 종 또한 영원한 존재가 아니기 때문이다. '모두들 어디 있는 거야(Where is everybody)?', 혹은 그들은 왜 안 오는 거야? 이에 대한 대답은 '그들'이

['모두들'이] 영원한 존재가 아니[었]기 때문이다.

상대적 시공간

일반상대성원리에 의할 때 공간–시간은 더 이상 선험적 직관 형식(Anschauungsform)이 아닌 게 된다. 빅뱅 이론에서도 마찬가지다. 빅뱅 이론에 의할 때 공간과 시간은 만들어진 것으로 이른바 '무에서 유가 탄생'한 것에 관해서이다 ; 양자물리학에서 공간–시간은 더 이상 '선험적' 직관 형식이 아닌 게 된다. 확률로 존재하는 입자에서 일반적 의미의 (공간과 시간 속의) 존재를 말할 수 없기 때문이다. 일반적 의미의 공간과 시간 속의 확정된 존재를 말할 수 없기 때문이다. [양자물리학은 입자[양자]의 위치에너지(potential)조차 관찰자의 임재가 조건인 점에서 그 또한 확정된 것이 아니라고까지 말하기에 이른다]

양자물리학에 의할 때 선험적 '직관 형식에 의해 제한된' 인식을 말하기가 곤란하다. 일반상대성이론에 의할 때 직관 형식들인 시간과 공간이 절대적인 것이 아니라, 일반상대성원리의 '상대'에 합류하는 것으로서 상대화되었다. 인간은 생존에 필요한 부분만을 지각한다. 지각 능력 또한 자연선택과 무관하지 않다. 인간과 벌레가 보는 것이 또한 같지 않다. 선험적 제한 조건들이 말하는 '물자체는 알 수 없다'는 명제는 낡은 명제, 유의미하지 않은 명제가 되었다. 물자체라는 것은 없다. '물자체라는 것이 없다'는 것이 '물자체는 알 수 없다는 것을 말하지 않을까'?라고 물론 되물을 수 있다. '칸트가 틀린 말을 한 것은 아니다'라고 말할 수 있다.

물자체는 없다

양자역학에서 '물자체는 알 수 없다'고 말하지 않는다. '물자체는 없다'고 말한다. 물질이 비물질로 이루어진 것으로 말하면 이는 더욱 분명해진다. [물자체가 비물질로 이루어진 것이 '물자체는 알 수 없다'를 뜻하지 않는다] 칸트에서 물자체는 문제시되는 아포리아 같은 것이나, 양자이론에서 물자체는 더 이상 '문제시되는 문제'가 아니다. 요컨대 더 이상 거론의 대상이 아니다. '물자체는 알 수 없다'가 아니라, 물자체는 없다. 니체가 물자체는 없고 현상이 바로 물자체라고 했을 때, 이것은 양자물리학의 생리학적 선취인 것으로 보인다

> '물자체'가 의미를 거스른다. 내가 모든 관계들, 모든 '고유 성질들', 모든 '행위들'을 하나의 사물에서 **빼놓는다** 생각할 때, 그 사물은 남아나지 '않는다' ; 물성(Dingheit)은 논리적 필요에 의해서 [우리에 의해] 날조된 것이다 …(중략)…
>
> — 니체, 『유고 단편들. 1887 가을–1888 3월』, VIII-2, 246

[물자체의 다른말이 물성이다] 니체에게 물자체가 바로 현상이다. "내가 모든 관계들, 모든 '고유 성질들', 모든 '행위들'을 하나의 사물에서 빼놓는다 생각할 때, 그 사물은 남아나지 '않는다'"가 완곡하게 말하는 바이다. 모든 관계들, 모든 고유 성질들, '모든 행위들'이 모두 현상에 관해서이다. 이것이 없을 때 "남아나"는 것은 없다.

[궁극적 인식으로서 현상 또한 '가상으로서 현상'('세계 현존은 오

로지 미적 가상에 의해 시인된다'를 가상에 의한 가상의 시인으로 요약할 때이다)
이라고 할 때 여기에서도 양자물리학의 생리학적 선취를 말할 수 있
을 것으로 보인다] 니체에서 생리학적 선취를 말할 때 이것은 아폴론
적 꿈 예술과 디오니소스적 도취 예술에 관해서이다. 꿈과 도취가 생
리학(Physiologie)을 말하게 했다. 생리학적 특성들은 비극예술에서 미
적 유희로서, 즉 미적 가상으로 나타난다. 미적 유희로서 미적 가상이
바로 '비자연적 방법'에 의한 것이다. 세계는 각각의 생물들 생존에
유리하게 [재]구성되었다. 독수리라는 눈이 있고 뱀이라는 눈이 있고
'스핑크스'라는 눈이 있다. [인간이라는 눈은 이를테면 비자연적 건조
물인 올림포스 산과 아티카 비극을 구성하였다]

관찰자―관점주의

관찰자에 따라 관찰 대상이 다르다. 관찰 조건에 따라 관찰 결
과가 다른 것을 말하는 점에서 이 또한 양자물리학이 말하는 것이기
도 하고, 니체 철학이 말하는 것이기도 하다. 양자역학이 말하는 것
과 니체 철학이 말하는 것이 다르지 않다. 진리가 있는 것이 아니라,
관점주의, 혹은 관점주의적 평가가 있을 뿐이다. 관점주의의 총합으
로서 진리를 말할 수 있으나, '상징을 말할 수 없는 시대'에 이것은 불
가능하고, 단지 '많음으로서 관점주의'에서 '진리에 육박하는 진리'를
말할 수 있다.

본질철학과 주체철학의 와해

자연을 생존에 유리한 방식으로 재구성할 때 이것은 넓은 의미에서 니체 철학에 관해서이다. [자연이 우리에게 아무것도 해주지 않을 때, 우리는 비자연적 방법에 의해 '자연'이 비밀을 털어놓도록 할 수 있다] 그리스 시대 올림포스 산 및 비극예술로 표상되는 '비자연적 방법'이 그렇고, 신의 몰락에 대한 대응으로서, 자발적 몰락 의지에 의한 몰락, 혹은 '자발적 몰락 의지'가 말하는 비자연적 방법이 그렇다. 자발적 몰락 의지 방식으로서 비자연적 방법들 또한 우리의 생존을 위해 세계를 재구성하는 것과 같은 것으로 보는 것이다. 올림포스 산, 그리고 그리스 비극과 상호 유비이다. 니체 형이상학이다. 관찰자에 의한 관찰 대상의 확정을 양자물리학의 주요 요건, 혹은 양자물리학의 출발점으로 말할 때, 나아가 자연-세계를 인간 생존에 필요한 방식으로 재구성할 때, 즉 임의적 결합이 그 시초가 되는 나무-돌멩이-독수리 등으로 재구성할 때, '양자역학의 형이상학'을 못 말할 이유가 없다. [닐스 보어의 입자-파동의 이중성이나 하이젠베르크로 대변되는 불확정성 원리를 생존에 유리한 방식으로 이용하여 세계를 재구성한 것으로 볼 수 있다. 이중성과 불확정성이 인간의 삶을 정당화시킨다] 양자역학에서 궁극적인 물질이 존재하지 않는다고 말하고, 니체에서 물자체는 존재하지 않는다고 말할 때, 이것에 공통적인 것이 '돌아갈 곳이 없다'이다. 니체가 공간-시간-인과율이라는 선험적 직관 형식 및 선험적 범주 형식에 의해 제한되는 물자체를 말할 수 없다고 하고, 아니 물자체 자체를 부인하고, 현상을 물자체라고 봤을 때 이것은 대지에 대한 전면적 긍정인 대지 철학을 한편으로 포함하고, 다른 한편으로 진리 부정의 철학을 포함한다. 궁극적 물질과 확정적 물질을 부정하는 양자물리학과 '물자체로서 진리'를 부정하는 니체 철학은 상호 유비이다. 일반상대성원리와 양자물리학에 의한 선험적 직관 형식인 공간–시간 개념의 해체, 그리고 선험적 범주 형식인 인과율의 해체를 말할 때 이 역시 '니체'와 무관하지 않다. 물자체의 부정은 '선험적 제한 조건으로서 인과율–시간–공간'의 부정을 포함한다. 플라톤–아리스토텔레스에서 인식의 선험적 제한 조건으로서 공간–시간–인과율에 관한 생각 없이 본질철학(물자체 철학)이 성립되었고, 칸트로 대변되는 '순수이성비판의 철학', 곧 근대 철학에서 물리학의 발전에 힘입어 인식의 선험적 제한 조건들에 의해 물자체가 제한되는[본질이 제한되는] 주체철학이 성립되었다. 주체철학과 본질 철학의 와해를 말할 때 이것은 본질을 부인하는, 혹은 물자체를 원천적으로 부인하는 니체 철학 및 양자물리학에 의해서였다. 기계론적 역학주의에 의해 물자체가 제한되었고, 이후 양자론적 역학주의에 의해 물자체가 부정되었다.

무에서의 창조

칸트는 『순수이성비판』 3부 격인 '초월적 변증론'에서 신(神) 이념–영혼 이념과 함께 세계 이념, 즉 우주 이념을 증명 불가능한 것으로 알렸다. 총체적 세계로서의 우주 이념의 증명 불가능성은 그러나 이후의 자연과학자들의 성과에 의할 때 '설명 가능성'으로 바뀌었다. 1900년의 플랑크 복사 공식 'E=hv'가 말하는 것은 에너지가 양자화(量子化)되어 있는 점에 관해서이다. 특히 플랑크 상수 'h'가 말하는 것이 에너지의 양자화에 관해서이다. h는 에너지와 시간을 곱한 단위이므로 에너지 요소 hv와 구별하기 위해, 작용 양자(Wirkungsquantum), 혹은 작용 요소(element of action)로 명명되었다. 1915년의 일반상대성원리를 필두로, 그리고 이후 전개된 '불확정성 원리'가 많이 대변하는 양자물리학에서 우주를 '증명 불가능성'으로 말하지 않는다. '어느 정도' 설명 가능한 것으로 본다. 1929년의 허블의 관측 이후 활발하게 제기된 '특이점에 의한 대폭발론'[빅뱅 이론]은 칸트의 세계 이념 증명 불가능성에 대한 결정적(?) 이의 제기였다. 빅뱅 이론이 무에서의 창조(creatio ex nihilio)를 말할 때 이것은 또한, 비록 비동질적 유비라 하더라도, 유대-기독교의 창조론과 부합한다. 일부 신학자-목회자들은 신에 의한 세계 창조론의 근거를 빅뱅 이론에서 찾는다. 요한복음 1장 1절의 '태초에 말씀이 계시니라'를 영점(Null-Punkt)에서의 창조와 같은 것으로 보는 것이다. 무에서의 창조로서 빅뱅 이론을 말할 때 여기에서 또한 칸트적 의미의 신 이념의 증명 불가능성을 말하기가 곤란하다. 칸트가 플라톤의 데미우르고스에 의한 세계 제작에서, '움직이게 하되 스스로는 움직이지 않는 [첫 번째] 존재([erste] unbewegte Bewegung)'[우주론적 신 증명·인과론적 신 증명]에서, 이율배반에 의한 것으로서 '신 이념의 증명 불가능성'을 말했더라도 말이다.

양자물리학과 칸트 철학

　　객관성의 인식 불가능성과 객관성의 부재(혹은 물자체의 인식 불가능성과 물자체의 부재)를 말할 때, 후자가 양자물리학에 관해서이고, 전자가 칸트 철학에 관해서이다. 입자가 관찰자와 무관하게 존재할 때 '객관적 존재로서 입자'를 말할 수 있으나, 입자가 오로지 관찰자의 전제하에 그 존재를 말할 수 있는 것이라면 여기에서 '객관성으로서 대상'을 말하기가 곤란하다. '객관적 존재로서 입자'를 말할 수 없기 때문이다. 관찰자의 임재에 의한 입자의 존재, 즉 '관찰자에 의한 객관성의 확보 가능성'은 '대상이 인식을 규정하는 것이 아니라 인식이 대상을 규정한다'(혹은 '자연의 모든 현상에 나타나는 질서와 규칙은 우리가 부여하는 것이다')는 칸트 인식론의 중요한 입각점을 떠올리게 한다. 칸트가 '관찰자가 없을 때 대상 또한 부재한다'는 생각을 전혀 하지 않았더라도 말이다. 그렇더라도 칸트 철학-칸트 인식론의 부수적 성과 중의 하나인 '대상을 현상대로 인식할 수 있을 뿐이지 물자체는 인식할 수 없다'는 명제는 양자물리학과 칸트 철학의 연관 관계를 숙고하는 계기를 마련해주었다. 물자체의 파악 불가능성을 현상과 물자체의 무관함으로 이해할 때 이것은 역으로 물질과 입자의 무관함을 얘기하는 양자역학을 떠올리게 하기 때문이다. 물론 여기에서도 제한적 관계만을 말할 수 있다. 칸트 인식 구조의 부산물인 '물자체는 알 수 없다'와 양자역학에서의 '물자체는 없다'는 아주 다르기 때문이다. 물자체의 인식 불가능성은 '공간-시간-인과율 등 선험적 제한 조건이라는 조건' 때문이나, '물자체는 없다'는 [어느] 조건에 의한 것이 아니기 때문이다. 조건을 말한다면 '초월성의 가시화[입자화]'가 말하는 것으로서, 초월성의 임재를 조건으로 말할 수 있다. 특이점이 일종의 아르케(archae)로서, '시간과 공간의 벽'이 조건인 것과 같다. 특이점은 시간뿐만 아니라 '공간의 개시' 또한 포함한다.

칸트 철학의 훼손

칸트의 '선험적 직관 형식으로서 시간과 공간'을 먼저 깨뜨린 것은, 즉 시간과 공간을 설명 가능한 것으로 만든 것은 1915년의 일반상대성원리, 특히 일반상대성원리의 중력장에 관한 설명이다. 인식을 불가능하게 만드는 물자체에 대한 '선험적 제한 조건'으로서 시간-공간은 절대적 조건이 아니라 상대적 조건이 되었다. 칸트의 선험적 제한 조건 중의 하나로서 선험적 범주 형식인 인과율을 선험적 제한 조건이 아닌 설명 가능한 것으로 만들고, 또한 인과율이 우주를 관장하는 큰 법칙이 아닌 것으로 만들어, 전통적 의미의 인과율을 훼손한 것은 양자역학이었다. 입자들은 인과관계를 따르지 않는 불확정적 존재로 드러났다. 입자들은 관찰자 없이 그 존재를 주장할 수도 없게 되었다. 파동·입자의 이중성[상보성]이 인과관계를 따르지 않는 것을 말할 때, 요컨대 예측 불가능성을 말할 때 이것은 우주의 기본 성격에 관한 것이다. [비틀린 공간에서 시간의 선후를 말하기가 곤란하고, 직선 우주가 아닌 곡선 우주에서 시간의 선후 관계가 무의미해진 것을 말할 때 이것은 물론 일반상대성원리에 의해서이다]

코펜하겐 정신

코펜하겐 해석은 [1927년 6월] 코펜하겐 연구소를 중심으로, 보어-하이젠베르크 등에 의한 것으로서 이후의 양자역학의 전개에 결정적 이정표 역할을 했다. '자연 전체를 알 수 없다', '보는 것이 아는 것이다' 등이 코펜하겐 해석의 명제들이다. 넓은 의미에서 18세기 데이비드 흄의 경험론과 관계되고, 19세기 말의 실증주의 및 신칸트 학파의 영향 또한 말할 수 있다. 물리학자 마흐(E. Mach, 1838~1916)에게 경험과 인식은 동일했다. 마흐는 경험한 것(혹은 보는 것)과 믿는 것을 동일한 것으로 간주했다. 경험하지 못한 것은 믿음의 대상이 아니다. 전체를 경험하지 못하므로 전체는 믿음의 대상이 되지 못한다. 능력 여부를 말하는 것이 아니다. 자연의 일부인, 그러니까 자연에서 파생된 인간에게 전체를 설명할 것을 요구하는 것은 '신(神)'이 되라고 요구하는 것과 같다. 신의 존재 여부를 떠나 인간이 신적 존재-'자연 밖 존재'가 아니라는 것을 받아들일 수밖에 없다. '받아들일 수밖에 없는 것'을 '믿는 것'이다. 특히 '특이점'에서 양자함수로 표상되는 양자 파동에 관한 해석은 세계-내-존재의 과업이 아니다. '그 이전'에 관해 묻는 것은 세계-내-존재의 과업이 아니다. 자연 밖의 '자연-밖-존재'는 '일'을 더 꼬이게 만든다 ; 양자 파동의 원인이 자연-밖-존재이고(적어도 자연-밖-존재는 양자 파동을 객관화시켜 보는 존재이고) 양자 파동과 함께하는, 혹은 양자 파동을 현상적으로 인식하는[설명하는] 세계-내-존재의 '원인' 또한 세계-밖-존재(객관화시켜 보는 존재)라고 하는 것은 생명·사물 일반을 결정론적으로 설명하는 '결정론적 세계관'의 최후의 정점으로서 일종의 보루 역할을 한다. 신에 의해 자연 자체가 간단히 설명된다. 신은 '인식'을 쉽게 끝내게 한다. 신은 인식에 의한 구원을 말하지 않고, '신에 대한 믿음'에 의한 구원을 말한다. '아는 것이 힘'이 아니라 믿는 것이 힘(루터)이다 ; 코펜하겐 해석은 1920년대 초의 빈학파(Wiener Kreis)와 또한 상호 영향 관계에 있었다. 보어의 다음과 같은 요지가 코펜하겐 해석의 절정이다. '물리학의 본분이 자연의 실체를 알아내는 것이 아니라, 자연에 대해 우리가 무슨 말을 할 수 있는지를 알아내는 것이다.' 양자물리학은 '알 수 있는 것'이 아닌, '말할 수 있는 것'에 의존한다 ; **코펜하겐 해석은 파동─입자의 상보적 원리(complementary principle)와 불확정성 원리(uncertainty principle)를 양축으로 한다.** 하이젠베르크에 의해 명명된 '양자이론의 코펜하겐 정신(Kopenhagener Geist der Quantumtheorie)이 나중에 코펜하겐 해석(Kopenhagen─Interpretation)으로 불려졌다.

현상의 인식 불가능성

철학적 의미에서, 양자이론에 의한 가장 의미 있는 추론 중의 하나가 인식 주체에서 독립해 있는 인식 대상의 부정이다. 이것은 칸트 인식론의 '대상이 인식을 따르지 인식이 대상을 따르지 않는다'는 명제와 인접의 관계에 놓인다. 그렇더라도 이것이 대상과 인식의 완전한 분리를 말하지 않는다. 칸트 철학에서 인식 대상과 인식 주체는 선험적 직관 형식인 공간과 시간, 그리고 선험적 범주 형식인 인과율의 장(場)에 함께 있다. 양자물리학에 의할 때 인식 대상과 인식 주체는 동일성의 장에서 상호 공속의 관계 및 상호 공명의 관계에 있다. 관찰 대상과 관찰자의 분리는 불가능하다.

양자역학의 인식 구조(?)와 칸트 철학의 인식 구조의 인접성을 말할 때 그것은 불확정성과 선험적 제한 조건에 관해서이다. 선험적 제한 조건에 의한 물자체의 인식 불가능성과 불확정성에 의한 [물자체의] 인식 불가능성에 관해서이다. 양자역학에서 물자체와 칸트 철학에서 물자체가 다르다. 양자역학에서 현상과 물자체의 분리를 말하지 않는다. 굳이 말하자면 현상이 물자체이다. 양자역학은 물자체의 인식 불가능성이 아닌, 현상의 인식 불가능성을 말한다. 결론은 '우리 스스로가 일부분인 자연을 어떻게 인식할 수 있을까?'이다.

형이상학적 자연과학

칸트의 '업적' 중 하나가 주시하다시피 인식을 자연과학적 조건(엄밀히 말하면 물리학적 조건)에 의존하는 것으로 말한 점이다. 칸트의 인식 구조인 '감각 직관+오성 개념[화]'는—그 결과가 물자체의 인식 불가능성으로서—선험적 제한 조건들인 공간·시간·인과율에 절대적으로 의존한다. 공간·시간은 감각 직관에 선험적으로 관계하고 인과율은 오성 개념화에 선험적으로 관계한다. 『순수이성비판』에서 중요하게 다룬 분석명제–종합명제(혹은 '선험적 종합 판단은 가능한가?') 역시 유클리드 기하학으로부터 뉴턴 물리학으로 이어지는 기계론적 자연관에 근거한다. '삼각형 내각의 합은 180도이다'가 순수이성에 의한 선험적 종합 판단이고, 뉴턴 역학의 제 법칙들이 순수이성에 의한 선험적 종합 판단이다. 칸트의 인식론은 자연과학적 인식론이다. 엄밀히 말해 선험적 제한 조건이 조건인 인식론이라는 점에서 형이상학적 자연과학 인식론이다 ; 칸트에서 '형이상학적 자연과학'의 개시가 이루어졌다. 자연과학적 인식론은 뉴턴 이후의 기계론적 인식론, '다윈 이후'의 진화론적 인식론에 이어지나 파괴력이라는 차원에서 양자물리학에서 그 절정을 이룬다. 20~21세기의 '인식론'에서 양자물리학의 영향은 절대적이다. 패러다임의 전환을 말할 때 이것은 또한 기계론적 인식에서부터 양자론적 인식으로의 전환에 관해서이다. 양자물리학에 맞추어서 칸트의 기계론적 인식 구조는 새롭게 비판적으로, 칸트가 스스로 그 모형을 제시한 대로 그러니까 '칸트 인식론 비판'식으로 새롭게 재구성되어야 한다. 물론 칸트가 인식 구조에서 선천적 직관 형식으로서 공간·시간 및 선험적 범주 형식으로서 인과론을 인식의 제한 조건으로 제시한 것은 플라톤의 고전 형이상학 이래 당시까지 누구도 생각해보지 않은 것으로 해서 매우 높게 평가되었다. 경험 및 인식은 오로지 물리학적 조건에 의해서만 가능한 것이었다. 양자역학은 사물에 대한 주체적[인간적] 역할을 묻는 주체철학의 획기적 재정립을 요구하고, 무엇보다도 사물의 본질을 묻는 본질철학의 혁명적 재정립을 요구한다. 나아가 이러한 주체철학과 본질철학의 변증법적 재구성을 요구한다. 양자론은 요컨대 고전 형이상학의 본질론과 근대 형이상학의 주체론을 재구성할 것을 요구한다. '양자철학'에서 본질과 인식은 '상호 독립적'이지 않고 상호 규정 관계에 있는 점이 특히 강조되어야 한다. 고전물리학의 가시적 붕괴는 플랑크의 '작용 양자' 개념에서 시작되었다. 플랑크 상수[자연 상수]에 의한 에너지($E=hv$)는 늘 '정수화'로 나타난다. 플랑크 상수 h와 진동수 v의 곱은 항상 정수이다. '무언가 있는 것이다.' 있는 듯 없는 듯한 곳에서도 작용하는 무언가가 있는 것이다. 막스 플랑크 복사 공식의 혁명성을 '에너지의 양자화(量子化)'로 말하는 까닭이다. 하이젠베르크는 그의 『부분과 전체Der Teil und das Ganze』, 「실증주의와 형이상학과 종교」 장에서 '양자론은 상징과 비유로 얘기할 수밖에 없다'는 요지의 말을 한다. 기계론적 자연관은 묘사와 서술에 의해 가능했지만, 양자론적 자연관은 상징과 비유, 나아가 표현까지 요구한다. '표현'은 물을 수 없는 것에 대해 물으려는 시도, 그리고 대답할 수밖에 없는 것에 대해 대답하려는 시도를 포함한다. 표현은 '형용할 수 없는(beyond description)' 것에 대한 표현이다. 자연과학적 언어와 문학예술적 언어가 상호 유비적 발전 단계를 거쳤고(과거), 거치고 있는 것이(현재), 자연과학과 문학예술의 상호 영향 관계를 분명히 한다. 자연과학이 '가설'을 말하고, 문학예술이 '상상력'을 말한다.

2
비평과 담론

『세월호의 비명』이라는 이름의
비극작품에 관하여

1   『세월호의 비명』이라는 비극작품은 실제 만들어지지 않았고, 아래 글 3에서 언급되는 『1945년 원자폭탄 투하』라는 비극작품도 실제 만들어지지 않았다. 그렇더라도 이 글은 전통적 비극작품을 만드는 방식에 의해 『세월호의 비명』이라는 비극[작품], 그리고 『1945년 원자폭탄 투하』라는 비극[작품]이 만들어졌다는 가정하에 쓴 글이다. 결론은 전통적 비극작품(혹은 전통적 비극 방식)으로서 『1945년 원자폭탄 투하』의 불가능성처럼 '전통적 비극작품(혹은 전통적 비극 방식)으로서 『세월호의 비명』'의 불가능성이다.

2   결점(Hamartia)이 비극 『햄릿』 『오이디푸스 왕』 등을 만드는 것으로 드러났을 때, 아리스토텔레스(혹은 뒤렌마트)가 이미 물었었다. 누구의 결점인가? 누구의 죄인가? 물론 『햄릿』에서는 햄릿의 죄이고, 『오이디푸스 왕』에서는 오이디푸스의 죄였다.

3 　『1945년 원자폭탄 투하』라는 비극에서는? 누구의 결점인가? 누구의 죄인가? 비극을 비극으로 끝나게 하는 비극의 주인공이 누구인가? 정치인(혹은 대통령)인가?[1] 군 수뇌부인가? 자연과학자들(아인슈타인, 오토 한, 페르미, 오펜하이머 등)인가? 기술자들인가? 원자폭탄 투하 단추를 누른 조종사일 리는 없지 않나?『1945년 원자폭탄 투하』가 전통적 비극작품이 만들어지는 방식, 즉 한 사람에게 죄를 묻는 방식으로 만들어질 수 없는 이유이다. 중층화되고, 분업화되고, 다중화된 '현대'에 전통적 방식에 의한 비극은 불가능하다. 한 사람에게 죄를 물어 비극(tragedy ; Tragödie)을 비극으로 끝내는 것은 불가능하다. 작품『세월호의 비명』과 마찬가지로 불가능하다.

　　[1945년, 미국에 의한 히로시마, 나가사키 원폭 투하는 이후의 수정주의적 해설에 따르면, 태평양전쟁의 승패와 관계없는 전략적 판단에 의한 것이었다. 당시 이미 일본은 태평양의 거의 모든 전선에서 패퇴하고 있었고, 따라서 '항복'은 시간 문제였다. 이러한 상황에서 히로시마-나가사키 원폭 투하의 결정적 계기가 된 것이 일 · 소 불가침조약의 해체이다. 소련은 일본의 패전을 간파하고, 일방적으로 일 · 소 불가침조약을 파기했으며, 바로 '붉은 군대'를 극동으로, 그리고 남쪽으로, 만주로 재빠르게 진격시켰다. 이에 미군-미국은 전쟁

1　자연과학자-드라마(Naturwissenschaftler-Drama)로서 '자연과학자의 사회적 책임 문제'를 다룬 본격적 작품들로 브레히트(Bertolt Brecht)의『갈릴레이의 생애』, 뒤렌마트(Friedrich Dürrenmatt)의『물리학자들』, 키파르트(Heinar Kipphart)의『오펜하이머 사건』등이 있다.『갈릴레이의 생애』에서 갈릴레이는 그의 '학설 철회'로 인해 '자연과학자의 원죄(Ursünde)'로 간주된다.

이후의 '강화조약'에서 더 유리한 조건에 서기 위해 전쟁을 하루라도 빨리 끝낼 필요성을 느꼈고, 따라서 히로시마-나가사키에 원자폭탄을 투하했다. 히로시마-나가사키 원폭 투하는 이후 미·소 냉전의 실질적 시발점이 되었다]

4   누구의 결점인가? 누구의 죄인가? 『세월호의 비명』이라는 이름의 장대 비극에서? 『세월호의 비명』의 주인공은 누구인가? 누가 사망자 295명과 실종자 9명의 책임을 져야 하는가? 비극을 비극으로 끝내야 하는가? 오이디푸스가 자기의 두 눈알을 뽑았듯 말이다. [오이디푸스는 '스핑크스 수수께끼 해독'(진리 누설), 그리고 모르고 지은 죄로서, 생부 라이오스 왕 살해, 생모 이오카스테 왕비와의 결혼 등 이른바 '죄의 삼위일체'의 당사자였다] 다시, 누가 사망자 295명과 실종자 9명의 책임을 져야 하는가? 이준석을 위시한 승무원들인가? '[부실-불법]선박' 소유주 유병언인가? 구원파 신도들인가? 해양경찰청인가? 해양수산부(혹은 정부, 혹은 대통령)인가? '관피아'인가? 기술자들(혹은 잠수부들)인가? 늦게 도착한 응급의료팀[국립중앙의료원 의료팀, 혹은 전남대병원 의료팀]일 리는 없다. 진보/보수 간의 첨예한 대립일 리는 없지 않은가? 비극적 사건은 존재하는데 비극적 사건에 책임질 사람이 없다? '현대'에 비극이 불가능한 이유이다.

5   2014년 4월 16일의 세월호 참사는 초대형 비극적 사건이나, 이 비극적 사건을 무대 위에 올리려면 누구 한 사람의 결점에 의한 것이 아닌, 소위 인류의 비극성을 알아챈 '햄릿'의 경우와 다르게, 생부

살해−생모 혼인의 오이디푸스와 다르게, 청하건대 누구 하나에게 죄를 물을 수 없는 그런 비극작품(?)으로 올려야 한다. [비극작품『세월호의 비명』은 고쳐 써져야 한다] 비극적 사건은 존재하지만 **비극적 사건에 책임질 사람이 없다면** '그 사건'은 이미 전통적 비극 형식에서 다뤄질 수 없을 것을 말한다. 스위스의 극작가 뒤렌마트가 에세이「연극의 제문제(Theaterprobleme)」에서 '현대'에 비극이 불가능하고, 희비극(Tragikomödie)이 가능한 것으로 말한 이유이다. 하여튼 비극으로서『세월호의 비명』은 불가능하다. 비극적 사건의 책임이 한 사람에게 있는 것으로 지목한, 그러니까 비극 주인공 하나를 지목하는『세월호의 비명』공연들은 취소되어야 한다. 초대형 비극적 참사 '세월호'를 한 사람의 책임으로 몰아가는, 그러니까 비극적 주인공 하나를 지목하는 거리 집회, 거리 공연 또한 중지되어야 한다,

6   대한민국 사람 전체가 죄의식에 휩싸여 있다면, 대한민국 인간 전체가 비극의 주인공으로 등장하는 '초대형 비극 무대'가 만들어져야 한다. 비극『세월호의 비명』은 다시 써져야 한다. **5천만 명이 비극 무대에 서는, '5천만 명이 비극을 초래하는 주인공들'인 초대형 비극이 공연될 날을 기다린다.**

7   나는 네가 반대할 자유를 위해 싸운다.[2] "나는 네가 반대할 자

---

2   1960년대 말~1970년대 초'의 '40대 기수론'이 신선한 청량감을 불러일으켰던 것으로 기억한다. YS가 주창했고, DJ와 이철승이 거기에 호응했다. 무

유를 위해 싸운다"가 유일하게 인정하지 않는 '반대하는 자유'는 반대

엇보다도 이때 기억나는 것이 DJ를 통해 유명해진 정치적 아포리즘, "나는 네가 반대할 자유를 위해 싸운다"라는 말이다. 사실 이 말의 출처는 20세기 3대 마르크스주의자들로 꼽히는, 루카치(Georg Lukács), 룩셈부르크(Rosa Luxemburg), 그람시(Antonio Gramsci) 중, 로자 룩셈부르크였다. 반대할 자유가 없는 곳, 아니 반대할 자유가 없는 나라가 이른바 전체주의 국가이다. 히틀러의 국가사회주의(NSDAP), 무솔리니의 파시즘, 스탈린의 소비에트연방, 그리고 마오쩌둥의 문화혁명(1965~1975) 등이 대표적 전체주의였다. 반대의 목소리가 용인되지 않는 시대 · 정신에 관한 명명이 '전체주의'이다. 세월호까지 진영 논리에 휘말려, 세월호 안의 비명 소리들, 무엇보다 '내 아이들'의 비명 소리를 듣기 힘들 지경이다. "나는 네가 반대할 자유를 위해 싸운다"라고 일갈했던 로자 룩셈부르크. '반대할 자유'가 표상하는 것이 을이 갑에 반대할 수 있게 하는 하향식 너그러운 자유가 아니다. "나는 네가 반대할 자유를 위해 싸운다"는 두 세력이 있고, 그 두 세력이 각각 상대방 세력의 반대 목소리를 동등한 스테이터스로 간주하게 하는 것에 관해서이다. 반대의 목소리를 폭력으로 제압하고자 하는 것은 전체주의적 발상이다. 우리는 이미 이것을 무엇보다 1980년 이른바 '서울의 봄 이후'에서부터 1987년 6월항쟁까지 뼈저리게 체험하지 않았는가? 대학 캠퍼스에 국가안전기획부의 이른바 '백골단'이 상주해서 '반대'를 무조건 짓밟는 것을 목격하지 않았는가? "나는 네가 반대할 자유를 위해 싸운다"가 유일하게 인정하지 않는 '반대하는 자유'는 반대하는 자유를 억압하는 전체주의 사회[의 반대하는 자유]이다. 반대하는 상대방이 있고 '그것'을 [폭력적이 아닌, 평화적(?)으로] 인정하는 사회는 전체주의 사회가 아니라, 진정한 의미의 [정치적] 자유주의 사회이다. 인정투쟁(Anerkennungskampf)이 폭력에 의한 인정투쟁이 되면 그 인정투쟁은 벌써 '전체주의를 위한(?)' 투쟁을 포함한다. 폭력적 인정투쟁이 먼저 가고, 전체주의 사회가 그 뒤를 따른다. 룩셈부르크는 극좌 스파르타쿠스단 단원들에 기관단총에 의해 무참하게 살해됐다. 비참한 최후를 맞이한 아름다운 로자. 지금 우리는 상대방을 용인하지 않는 경지(?)까지 올라가고 있는 것으로 보인다. 상대방을 용인하지 않는 것은 반대를 용인하지 않는 것이다. '세월호 진영'이라는 말이 가능할까? '세월호'에 가담한 진영에 의한 폭력적 [인정]투쟁, 전체주의를 불러들이게 되는 투쟁이라는 말이 가능할까?

하는 자유를 억압하는 전체주의 사회[의 반대하는 자유]이다. 인정투쟁에도 격(格)이 있다. [3]

세월호에 가담한 진영에 의한 폭력적 [인정]투쟁이 먼저 가고, 전체주의가 그 뒤를 따른다, 이런 말이 가능할까? '세월호'를 넘어, 반대를 용인하지 않는 작금 대한민국 '극단적 보수'/'극단적 진보'(혹은 극우/극좌) 대립상황에서 전체주의 사회의 조짐을 본다. 불길한 생각이다. '조선민주주의인민공화국(Democratic People's Republic of Korea)'에서 "나는 네가 반대할 자유를 위해 싸운다"를 말하는 것은 전혀 불가능하다. 북한이 전형적 전체주의 사회이다. 우리가 원하는 것이 오로지 하나의 '존엄'만 인정하는 북한 전체주의는 아니지 않는가? '아니지 않는가?' 극단적 좌우 이념의 혼란에서 '그로테스크한 총통'이 출현했고, 두체(Il Duce, 수령)가 등장했고 이어서 파시스트 평의회가 발령됐었다 ; 2015년 5월 24일에 치러진 폴란드 대선에서 반유럽연합을 표방하는 극우 보수 성향 '법과정의당'의 안드레아 두다가 당선되었다. 주지하다시피 1월 그리스에서 급진 좌파 연합의 시리자가 당선됐었다. 2015년 5월 24일의 스페인 지방선거에서 급진 좌파 정당 포데모스(Podemos)가 지원하는 후보들이 대거 당선되었다. 스페인 제2도시 바르셀로나에서도 포데모스의 지원을 받은 '바르셀로나 엔 코무'가 약진했다. 바르셀로나 엔 코무의 대표로 바르셀로나 시장직을 이끌게 된 아다 코라우는 금융회사들이 부동산 담보 대출금을 갚지 못한 입주자들을 강제로 쫓아내지 못하게 하는 캠페인을 벌인다. 시장경제를 전면적으로 부인하는 정책의 신호탄이 될 전망이다. PIGS(포루투갈―이탈리아―그리스―스페인)를 중심으로 한 [극]좌파들의 상호 연대 가능성 또한 점쳐진다. PIGS 역시 '유럽연합(EU)'에 반대한다. 문제는 우/좌가 아니고 극우/극좌이고, 또한 문제는 극우/극좌의 파시즘화/전체주의화이다.

3 다음은 '졸고, 「'자발적 몰락 의지': 초인간 및 권력의지들」―『차라투스트라』를 중심으로 A」의 5장 1절 '원한 감정으로서 권력의지'(『예술가』, 2014. 여름)'의 각주 39, 40, 41, 42를 '재구성'한 것이다. ① 헤겔이 '주인과 노예의 변증법'에서 "생명을 걸고 맞선 양자"에 관해 말하긴 하나("한 편이 독자성(Fürsichsein)이 본질인 자립적 의식이고, 다른 한 편이 '생명, 혹은 타자에 대한 존재'가 본질인 비자립적 의식이다 ; 전자가 '주인'이고, 후자가 '노예'

이다") 여기에서의 상호 부정을 "추상적 부정(abstrakte Negation)"으로 말한다. 두 당사자의 자기 의식은 양극의 자기 의식으로서 서로 맞서지 않기 때문이다. 주인과 노예는 서로 맞서는 관계에 있지 않기 때문이다(헤겔, 『정신현상학』, Werke in 20 Bänden, Bd. 3, 149~150). ② 여러 헤겔 연구자들이 주인과 노예의 변증법을 『정신현상학』(1807)의 기본 모티브로 간주했다. '주인과 노예의 변증법'을 나중에 호네트(Axel Honneth)가 『인정투쟁』(1992)에서 상호 인정투쟁으로 일반화시켜 상호 인정투쟁을 역사 전개의 기본 동력으로 간주했다. 코제브(Alexandre Kojève)가 주인과 노예의 변증법을 『정신현상학』의 견인차로 본 것은 '주인과 노예의 변증법(Herr-Knecht-Dialektik)'에서 마르크스주의적 입장이면서 존재론적 입장을 동시에 추론해냈기 때문이다. 인간은 죽음에 정향된 존재이면서 동시에 인간은 하부구조-상부구조에 의해 규정된, 그러므로 노동에 정향된 존재이기도 하다. 헤겔 자신이 주인과 노예의 변증법을 한편으로 '존재'와 인간의 변증법으로, 다른 한편으로 노동과 인간의 변증법으로 해석할 수 있는 여지를 제공하였다. '죽음으로의 선구(Vorlaufen zum Tode)'를 말할 때 이것은 하이데거에 의지하여 해석하는 것이고, '노동에 의한 해방'을 말할 때 이것은 마르크스에 의지하여 해석하는 것이다. ③ 헤겔과 호네트에 의해 정립된 '인정하는 의지'/'인정받으려는 의지'를 철학적 인간학의 주요 항목으로 삼을 수 있다. '인간이란 무엇인가? —상호 인정받으려는 존재이다.' '헤겔'을 말하면, 소위 '주인과 노예의 관계 (Herr-Knecht-Verhältnis)'—'주인과 노예의 변증법'으로서, 주인과 노예 사이에—특히 주인에 의한 것으로서—인정투쟁이 전개된다. 문제는 노예에 의한 주인 인정이 '자발적 인정이냐/비자발적 인정이냐'이다. 노예에 의한 주인 인정은 노예의 숙명으로서, '이미' 주인을 인정해야 하는 것을 포함하므로 노예에 의한 주인 인정을 자발적 인정으로만 말할 수 없다. 주인이 노예로부터 자발적 인정을 취할 수 있으려면 우선 노예를 노예의 신분에서 벗어나게 해야 한다. 노예라는 예속적 신분이 아닌, 주인과 대등한 폴리스 내부의 '비오스'의 존재로 둘 때, 즉 주인과 대등한 존재에서 시작할 때 주인은 '노예였던 자'로부터 비자발적-강제적 인정이 아닌, 자발적 인정을 취할 수 있다. 정확히 말해 '취할 수 있는 기회가 생긴다.' 주인처럼 폴리스 내의 자유인이 된 '노예'는 주인을 자유롭게 대면하게 되면서, 그러니까 주인을 인간으로서 경험하게 되면서 인정 여부를 자발적으로 결정하게 되기 때문이다. '주인으로서 인간'에 의한 '노예로서 인간'에 대(對)한 태도에도 이것은 그대로 적용된다. 이때 인정투쟁은 주인이 아닌 노예에 의해 실행된다. '주인으로서 인간'에 의한 '노예로서 인간' 인정은 노예의 입장에서 볼 때 꼭 자발적 인정으로 간주될 수 없다. '노예로서 인간'에 합당한 인정이라는 '불길한 예감' ─ '불행한 의식'에서 벗어나기 힘들다. 역시 노예에 대한 주인의 자발적 인정은 상호 대등한 관계에서 '기회'를 얻을 수 있다. 노예로부터 해방되었을 때, 즉 대등한 자유인이 되었을 때 '노예로서 인간'이었던 자는 이제 주인으로부터 '노예로서 인간'이 아닌, 자기가 '자신의 주인인 인간'으로서, 주인과 대등한 인간으로서, 대등한 인간에 의한 자발적 인정을 얻을 수 있다. ④ "주인은 순수한 부정의 힘이다. 그는 사물로부터 독립되어 있다. 이 상황에서 순수한 본질적 행위가 나온다. 노예는 그러나 순수하지 않은[사물에 예속된] 비본질적 행위에 놓여 있다. 그러나 본질적 인정을 위해서 주인이 타자[노예]에 대(對)해 행하는 것을 그 또한 자기 자신에 대해 행할 것이 요구된다. 노예가 자기 자신에 대해 행하는 것을 그 또한 타자[주인]에 대해 행할 것이 요구된다. 이를 통해 나타나는 사실이 일방적 인정 및 비동일적 인정이다."(『정신현상학』, 같은 곳, 152) ; 상호 동일하지 않은 인정의 관계라 해도 '자립적 의식으로서 진리'는 주인 편에 있지 않고 노예 편에 있다. 노동하지 않는 '주인'에서 궁극적인 자립적 의식을 말할 수 없고, 죽음을 자각할 기회가 상대적으로 적은 주인에게서 역시 궁극적인 자립적 의식을 말할 수 없다.

자립적 존재 : 몰락하는 시대의 문학[상]
―'시와반시문학상'에 부쳐

①   대한민국 제1의 문학상은 문학 전문 기자(혹은 문학 담당 기자)가 '특정 작가〉특정 작품'을 기사화할 때 태어난다. 1년에 한 번 있는 문학상이 아니다. 문학 전문 기자는 1주일에 한 번씩, 혹은 여러 번씩 문학상을 찍어낸다. 멀리서 보면, 주로 [특정 출판사] 특정 작가들의 작품에 대해서이다.[1] 이데올로기도 없다. 이데올로기가 없으니 이데올로기 비판이 없고, 이데올로기 재생산이 없다. 영예와 금전이 관계가 없지 않다는 점에서, 일반적 문학상과 다르지 않은 점에서, '문학 전문 기자상'이 아닐 리 없다. 영예와 금전은, 특히 금전은 특정 작품이 출간된 출판사에 더 많이 '배당'된다. [문학 전문 기자와 특정 출판

---

1   '여자는 태어나는 것이 아니라 만들어진다.' 맞는 말로 보인다. '정전은 태어나는 것이 아니라 만들어진다.' 맞는 말로 보인다.

사의 공고한 연맹을 말할 때[2] 이것은 많은 경우 '상업주의'에 관해서이다. 언론사 권력과 출판사 권력을 지탱시켜주는 것이, 특히 출판사 권력을 가시적으로 유지시켜주는 것이, 상업주의에 의한 지속적 이윤 창출이 아닐 리 없다] ; 현재 문학의 위기는 멀리서 볼 때 문학 전문 기자들의 이런저런 능력'도' 한몫한다. '권위 있는 ○○○○에서 출간되었다.' 문학 전문 기자들의 기사에서 흔히 볼 수 있는 표현이다. [특정 작품에 대해 '보고'할 때 으레 이런 문구를 사용한다] '정당성'을 외부 출판[사] 권력에 의탁해 보증시키려는 전형적 전근대적 '미성년 상태'의 판박이를 '여기에서' 본다. 후견인을 통해 '자기 입각점'(혹은 현재 상황)을 정당화시키려는 것이 미성년(Unmündigkeit)적 태도이다. 죽은 칸트가 일어나 문학 전문 기자에게 "너 자신의 오성을 사용할 용기를 가져라(Sapere aude!)" 일갈한다. 문학 전문 기자의 과업이 문학 작품의 줄거리(혹은 내용) 소개에 있지 않다. 혹은 문학계 동정 소개에 있지 않다 ; '단독 심사위원'에 의한 문학 전문 기자상이라고 해서 문

---

2 문학 전문 기자와 특정 출판사의 공고한 연맹이라기보다, 문학 전문 기자의 특정 출판사에 대한 예속을 말하는 것이 낫다. 흔히 말하는 것으로서 특정 주류 출판사의 다방면으로 두루 갖춘 권력을 말할 때 '문학 전문 기자의 예속' 또한 여기에 포함되는 것으로 보는 것이다. 특정 출판사의 '두루 갖춘 다방면의 권력'이 특정 출판사를 예외적으로—과거의 출판사들과 비교할 때, 특히 외국의 오래된 출판사와 비교할 때 이렇다 할 업적(?)이 없음에도 불구하고—오래 살아남게 했다. 문예지 보유, 원고 청탁, 고료 및 인세, 신인상 및 문학상 수여, 도제식 '편집위원', 대학교수 임용(편집위원의 최종 목표지?), 그리고 문학 전문 기자에 대한 장악력을 말할 때 이 모든 것이 '특정 출판사의 두루 갖춘 권력 실태'에 관해서이다.

학 전문 기자상을 신뢰하기 어렵다 하는 것이 아니다. 그러니까 스스로 자립적 존재를 부정하는, 미성년 상태에 의한, 요컨대 마치 이익단체를 대변하는 붓놀림을 보는 듯한, 공정한 잣대가 적용됐다고 보기 어려운, [가끔은] '자의적일 수 없을 뿐만'이 아닌 '아주 자의적[비전문적]'인, 혹은 '아주 단순한 육하원칙'으로 포장한 것으로 보이기도 하는 기사 심사평'에서' 문학 전문 기자상을 신뢰하지 않게 되는 것이다. '문학의 위기' 사태를 해소하는 것이 아니라, 문학의 위기 사태를 촉발–촉진시킨 촉매 중의 하나로서 많은 독자를 거느린 언론, 그 언론의 권력을 말해야 한다. 문학 전문 기자들의 '비전문성의 능력'을 못 말할 까닭이 없다. 문학 전문 기자에게 요구되는 것은 말 그대로 문학 전문적 능력이다. 문학(literature)이 어원상 글로 써진 모든 것을 지칭한다고 볼 때 문학, 혹은 문학 사건을 '다각도에서' 검토–검증할 수 있는 능력이다.

②

> 두 사람 다 실로 건강한 젊은 육체의 소유자였던 탓으로 그들의 밤은 격렬했다. 밤뿐만 아니라 훈련을 마치고 흙먼지투성이의 군복을 벗는 동안마저 안타까와하면서 집에 오자마저 아내를 그 자리에 쓰러뜨리는 일이 한두번이 아니었다 …(중략)… 첫날밤을 지낸지 한 달이 넘었을까 말까 할 때 벌써 레이코는 기쁨을 아는 몸이 되었고, 중위도 그런 레이코의 변화를 기뻐하였다.

> 두 사람 다 건강한 육체의 주인들이었다. 그들의 밤은 격렬하였다. 남자는 바깥에서 돌아와 흙먼지 묻은 얼굴을 씻다가도 뭔가를 안타

까워하며 서둘러 여자를 쓰러뜨리는 일이 매번이었다. 첫날밤을 가진 뒤 두 달 남짓, 여자는 벌써 기쁨을 아는 몸이 되었다 …(중략)… 여자의 변화를 가장 기뻐한 건 물론 남자였다.

앞의 인용이 미시마 유키오의 「우국」(1960, 번역 1983)에서이고, 뒤의 인용이 신경숙의 「전설」(1996)에서이다. 이른바 신경숙 표절 사건의 핵심 부분에 해당한다.[3] 다음은 유력 일간지 문학 전문 기자가 2015년 6월 22일 '기자수첩'에 쓴 칼럼 맨 앞 부분이다.

"신경숙씨가 '옛날에 책에서 읽고 수첩에 메모해둔 문장을 나중에 열어보곤 내가 쓴 글로 착각했다'라고 해명하면 진작에 이 논란은 잠잠해졌을 텐데…" 문학평론가 A씨가 '신경숙 표절 논란'을 지켜보며 내뱉은 탄식이다.

"문학평론가 A씨"의 "탄식"이라고 했지만, 탄식을 강조해서 읽을 때, 문학 전문 기자 당사자의 심중을 고스란히 드러낸 말로 들린다. 어느 쪽을 대변하고 있는 점은 분명하다. 문제는 '대변'이 표절 작가를 위한 대변으로서 표절을 빠져나가는 해법, 혹은 '표절 혐의에 대응하는 방식'에 관해서라는 점이다. 필자에게는 표절 작가들에게 표

---

3 이외 신경숙 작가의 표절 혐의는 꽤 많다. 2015년 6월 21일~6월 22일자 『중앙SUNDAY』를 참조하면, 미루야마 겐지의 『물의 가족』과 신경숙의 『작별인사』의 어느 부분이 비슷하고, 안승준 유고집의 『살아 있는 것이오』와 신경숙의 『딸기밭』의 어느 부분이 비슷하다.

절에서 빠져나가는 방법을 제시해주는 친절한 말로 들렸다.

　　같은 유력 일간지 국제부장 선우정은 그의 칼럼에서(2015.6.25) '신경숙 사건'을 다루면서, 하필 왜 미시마 유키오와 신경숙인가? 미시마 유키오의 「우국」과 신경숙의 「전설」인가? 미시마 유키오는 "천황 만세를 외치고 할복 자살한 작가" 아니었던가? 아니 「우국」은 [미시마 유키오의] 미학적 집착과 굴절된 우익 사상이 문장 한 줄, 단어 하나에 통합된 [가장 일본적] 작품" 아닌가? 질문했다. '사건'의 핵심을 모방, 패러디, 패스티시, 오마주, 콜라주, 감정이입[공감], 지연 모방'(aufgeschobene Nachahmung)', 혹은 '표절의 정의'라는 그동안의 한정된 논의들에서 이탈시킨, 고유한 역사철학적 분석이 신선했다. '새로운' 논증[검증]이 반박 가능성 및 반증을 가능케 하고, 나아가 이데올로기 재생산의 진앙지가 되기도 한다.

③　　'주인과 노예의 변증법'이 주인과 노예의(혹은 노예와 주인의) 상호 인정투쟁으로서 그나저나 진정한 의미의 주인 사회가 되는 것에 관해서이다. 그렇더라도 주인이 자립적 존재가 되는 것을 말하고, 주인을 자립적 존재가 되게 하는 것을 말할 때, 역설적으로 들리겠지만, 역설적 진리를 말하는 것으로서 [주인에 의한 노예 해방에 방점을 찍는 것이 아닌] 노예에 의한 주인 해방에 방점을 찍는 것을 말하지 않을 수 없다. 미성년 상태가 그동안의 '주인[의식]'이었다면 말이다. 의–식–주를 스스로 해결할 줄 모르는 것이 그동안의 주인에 대한 것이었다면 말이다. 그동안의 미성년 상태로서 주인이 아닌, 이제 '자립적 존재로서 주인'이 요구된다면 말이다. [노예를 해방시키는 것이

아니라 주인을 해방시킨다? 왜 아닌가. 주인을 자립적 존재로 만드는 것이 [노예로부터 주인 해방], 정확히 말하면 '노예에 의한 주인 해방' 이다]⁴ 역사 진행이 유물론적/관념론적 '절대정신'에 의한 것으로서, 보다 많은 사람이 자립적 존재가 되게 하는 그런 방향으로 흘러갔다. 우연적으로 보이는 사건들이 자립적이지 못한 '인류', 혹은 자립적이지 못한 제도를 '자립적 존재'가 되게 하는 방향으로 끌고 갔다. [『시와반시』의 '시와반시문학상'이 수상작품 후보 선정에서부터 수상작 결정에 이르기까지 기존의 동일성 사유에 의한 것이 아닌, '개별적인 것'에 주목하는 비동일적 사유에 의한 것이기를 기대한다. '시와반시 문학상'이 하나의 사건으로서, 자립적 의식을 전방위적으로 확대시 키는 계기가 될 것을 기대한다. '후견인'을 돌보지 않는 자립적 존재 가 『시와반시』에서 개시되기를 바란다]

④　'어느 설문조사'에서, 지속적 경제성장(sustainable economic development)에 대한 기대가 22%였고, '붕괴, 새로운 시작'이 42%였다. 사회적 질서 및 도덕이 붕괴되고 있는 시대인가? 아노미를 넘어 해법을 찾기 힘든, 말 그대로 '아포리아[난경]'의 시대인가? 결과가 합스부르크왕조[신성로마제국, 헝가리−오스트리아제국]의 몰락이었고, 빌헬름제국[독일−제2제국]의 몰락이었고, 대영제국의 몰락이었던, 무

4　'주인과 노예의 변증법'이 최종적으로 말하는 것이, 주인이 노예를 해방시키 는 것이 아닌, 노예가 주인을 해방시켜 [모두가] 자립적 존재가 되게 하는 것 에 관해서이다.

엇보다도 대량 살상 무기에 의해 미증유의 수천만 명이 사상된 제1
차 세계대전을, 그리고 그 직전의 총체적 가치 붕괴 상황을 떠올리
게 한다. 제1차 세계대전 전후 예술가들이 '표현주의'를 통해 새로운
인간-새로운 사회를 요구했다. 이것이 반영된 것이 또한 클레-몬드
리안-칸딘스키-마르크 등의 차가운 추상, 혹은 뜨거운 추상예술이
다. 19세기의 사실주의-자연주의-인상주의로 이어지는 재현의 예술
이 종말을 고하고, 물을 수 없는 것을 묻고 답할 수 없는 것에 답하려
는 시도인 말 그대로 '표현(表現, Ausdruck)'의 예술이 등장했다. **'몰락
하는 시대의 예술은 몰락하는 예술을 의욕한다.'**[5] 위기의 시대에 '능력
(Können)'보다 의지-의욕(Wollen)이 개입한다. 위기의 시대에 가장 민
감하게 반응하는 곳이 예술 영역이다. 예술의지-예술의욕은 이 점에
서 신(神)이 죽은(?) 첨예한 위기의 시대에, 예술의지-예술의욕과 거
의 같은 시대에, [니체의 유고에서] '발현'된 권력의지-권력의욕과 상
호 유비이다.[6] 17세기 바로크 시대 문학예술을, 특히 바로크 비애극(悲

---

5 '예술의욕(Kunstwollen)'은 오스트리아 예술사가 리글(Alois Riegl)이 언급했
   고, 이어서 독일의 미술사가 보링어(Wilhelm Worringer)가 그의 『추상과 감정
   이입』(1908)에서 정립시켰다.

6 예술의지-예술의욕 개념은 『차라투스트라』를, 비록 철학적 내용이지만 전
   편이 시적 표현으로 점철돼 있는 점에서, 위기의 시대에 대한 예술의욕의 소
   산으로 보게 하는 근거가 된다. 물론 『차라투스트라』 이전에 니체는 『인간
   적인 너무나 인간적인』(1876~1886)에서부터, 그리고 그 후 『선악을 넘어서』
   (1886), 『반그리스도』(1889)로 이어지는 일련의 저서들에서 파편적 글쓰기로
   불러도 좋은 잠언적 글쓰기를 시도했다. 니체 철학을 20세기 표현주의의 선
   구로 볼 때 그것은 초인간에의 요구(표현주의에서는 '새로운 인간에의 요구')

哀劇)을 바로크 표현주의로 부르는 것은 '30년전쟁'이 20세기 초반의
제1차 세계대전과 유비로서, '바로크'가 몰락하는 예술로서 표현주
의 양식[엠블럼 양식-파편적 양식]을 요구-의욕한 것으로 봤기 때문
이다. '지금 여기'[7]를 제1차 세계대전 직전의 시대 상황과 유비로 말한
다. 제1차 세계대전 전후의 '역사적 표현주의 예술'의 발생적 상황과
유비로 말한다. 몰락하는 시대의 예술은 몰락하는 예술을 의욕한다.
다시 강조하면 [예술 능력-예술 솜씨가 아니라] '몰락하는 시대의 예
술의욕'이다. 몰락하는 시대의 문학예술 양식이 파편적 글쓰기, 메타
적 글쓰기, 완성도에 대한 거부 등이었다.[8] 몰락하는 시대의 문학상은

와 관계있고, 또한 니체의 이러한 새로운 글쓰기 양식, 특히 파편적 글쓰기
양식과 관계있다. 표현주의 시(詩)문학은 '본질로의 집중'으로서, 특히 명사
[구]언어에 집착했다.

7 프랜시스 후쿠야마, 새뮤얼 헌팅턴, 제레미 리프킨, 토마 피케티 등에서 추
론할 수 있는 것은 '변화', 특히 불확실성으로의 변화이다. 위기에 대한 감지
로서 위기적 변화이다. 최종적으로[는] 자본주의적 질주가 초래하는 '종말의
실체'에 관한 관심이다. [1998년 IMF사태로 표상되는 외환 위기, 2008년 리
먼 브라더스 사태로 촉발된 금융 위기, 요컨대 금융자본주의의 최종 지점에
의한 것으로서 다국적적 자본의 남획 행태는 어디까지 갈 것인가?] 몰락하는
시대인 것이다. 동양-서양 문명의 갈등, 이슬람교와 기독교(혹은 유대교)의
갈등, 이슬람 내부의 수니파와 시아파의 갈등, 무엇보다 '동아시아 국가주의
의 위기'(대륙국가와 해양국가의 충돌 가능성)가 지금이 몰락하는 시대가 될
것을 첨예하게, 혹은 가시적으로 알린다. 현대의 근본적 세계 인식은 몰락하
는 시대에 대한 세계 인식이다.

8 '눈의 순수함(innocence of the eye)'(러스킨John Ruskin)-'최초의 눈'(몰리눅스
문제Molyneux-Problem)-'특별한 눈'(모네Claude Monet) 등 또한 몰락하는
시대의 예술의욕에 부응하는 범주들이다.

'아직 그 정체가 드러나지 않은' 몰락하는 시대의 문학상(文學賞)을 욕
동할 것이다.

⑤　　김우창은 '신경숙 사건'에 자극받은 [유력 일간지 일요판] 장문
의 글에서(2015.7.13) 일체의 이해관계를 거부하는 예술가–작가의 "양
심의 직접성"을 말한 바 있다. 양심의 직접성은 150년 전쯤의 예술가,
켈러(Gottfried Keller)에 의한 '시문학의 제국직속성'이라는 격률을 떠올
리게 한다. [양심의 직접성이나 시문학의 제국직속성은 사실 글을 업
으로 삼는 모두에게 해당될 것이다]⁹ '양심의 직접성'을 투과할 때 다
른 이해관계들, 즉 "시장의 이익, 독자 확보, 여론, 이데올로기, 편의
등 외적인 계산"은 일체 배제된다. 김우창이 '외적 계산들'로 거론한
'시장의 이익', '독자 확보', '여론', '이데올로기', '편의' 등은 칸트가
문학예술을 무관심의 영역, 즉 모든 이해관계에서 배제된 '탈이해관
계(Interessenlosigkeit)'의 영역이라고 한 것과 넓은 의미에서 궤를 같이한
다. 김우창은 "표절의 경우 표절보다는 …(중략)… 작품의 전체에 보
탬이 되는가 아니 되는가가 문제될 수 있다"며 보다 진보적인(?), 혹
은 유연하게(혹은 완곡하게) '표절에 관한 입장'을 나타냈다 ; 김우창의
'외적 계산들'에서 특히 본고의 논의와 관련해서 주목되는 것이 '시장
의 이익', '독자 확보', '여론'이다. 시장의 이익–독자 확보–여론들을
'살피는' 예술가–작가들을 진정한 의미의 자립적 존재라 할 수 없다.

9　'시문학제국직속성'이 말하는 것은 시문학(Poesie) 그 자체에만 정신과 역량
　을 집중하는 것에 관해서이다.

'비자립적 존재(혹은 미성년 상태)로서 예술가–작가'는 출판[권력]과 언론[권력]이라는 후견인(?)과 자연 맞닥뜨리게 된다. 예술가–작가에게 출판과 언론 매체는 에이전트이자 동시에 주인으로서, 이제 예술가–작가는 출판 매체와 언론 매체를 주인으로 모시고 살아간다.

1 문학상을 주는 곳에 문학권력이 싹튼다. 언론 매체–잡지 매체들마다 문학상을 만드는 것을 문화권력을 구축하려는 의도로 보는 것이다. ['문학상'을 문학권력의 진지라고 부를 만하다] 한국에서 주요 매체들을 중심으로 문학권력들의 진지전이 벌어진 지 오래다. 우후죽순 수많은 문학상이 만들어졌고 만들어진다.

2 상(賞)은 무엇이든 '권위 확보'가 우선 목표이다. 이것은 물론 '시와반시문학상'에 관해서이다. '글'이 정전 확보가 목표인 것과 유비이다. 목표와 목적이 다르다. '아리스토텔레스의 경우'를 보면, 연민과 공포를 일으키는 것이 목표이고[수준 확보가 목표이고], 연민과 공포의 배설[카타르시스]을 통해 인생을 살 만한 것으로, 혹은 견딜 만한 것으로 느끼게 해주는 것이 '목적'이다. 니체의 경우를 보면, 디오니소스적–아폴론적 미적 가상을 보여주는 것이 목표이고('이런' 수준 확보가 목표이고), 세계 현존(Dasein der Welt)을 아폴론적–디오니소스적 미적 가상에 의해 정당화시켜, 역시 인생을 살 만한 것으로, 혹은 견딜 만한 것으로 느끼게 해주는 것이 목적이다. '문학상'에서 목적을 말할 때 여기에 인생을 살 만한 것으로, 혹은 견딜 만한 것으로 만들어주는 것을 주 내용으로 하는 '예술 형이상학'이 포함된다, 정

확히 말하면 '[문학]작품'의 예술 형이상학을 강화시키는 것이 포함된다. '시와반시문학상', 혹은 시와반시문학상의 '문학'이, 미적 쾌락에 의한 것일지라도, 인생을 견딜 만한 것으로, 인생을 [비록 순간적일지라도] 살 만한 것으로 느끼게 하는데 '기여'하면 좋겠다.[10] 권위 확보를 위한 수단 중 최고 수단이 물질적 수단일지라도(이를테면 노벨[문학]상 같은 경우이다. 노벨상은 양[물질적 수단]이 질[권위 확보]을 담보하는 모범적 예다. 독일의 대표적 문학상인 뷔히너상의 상금은 약 4천만 원 정도이고, 프랑스의 대표적 문학상인 공쿠르상의 상금은 10유로[약 1만 3천 원]이다. 프랑스의 공쿠르상에서 짐작할 수 있듯 양이 곧 질을 담보하지 않는다. 공쿠르상은 '엄정성과 공정성이라는 질'이 문학상의 질을 담보하는 모범적 예다), 무엇보다도 일반적 [문학]상의 권위 확보는 순수한 질적인 것으로서, 그리고 당해(當該) 관계자들의 납득 가능성에 의한 것으로서 '공정성이라는 이름의 수단'에 의해 도달되어야 한다. 문학상에 국한시킬 때, 당해 관계자들에 자유문필가, 독자층, 출판편집자들이 포함된다. 근대문학의 탄생이 자유문필가와 출판편집자들의 대두, 무엇보다도 독자층의 형성과 궤를 같이했다. 독자층에 전문 독자층이 물론 포함된다.

---

10 목적[문학]을 이렇게 얘기할 때, 그간의 정치문학, 참여문학, 사회[적]문학을 포괄하는 목적문학의 외연이 넓어진다. 목적 없는 문학이 가능할 것 같지 않다. 저간에 목적문학의 저편에 놓은 순수문학(혹은 순수시)에 목적이 없을 리가 없다. 좌파(메링Franz Mehring)의 낭만주의 비판이나, 우파(?)의 낭만주의 비판에 대한 반비판에서 드러났듯, 순수문학에서 '목적'을 빼기가 아주 곤란하다.

3   등단 연도나 나이에 상관없이, 혹은 연공서열을 무시하고, 그러니까 공로상만이 아닌, 『시와반시』의 특화된 정신에 맞는 작품, 이를테면 '반시'가 표상하는 것에 접근하거나 도달한 작품을 발굴해내는 노고, 또한 그것을 견인해내는 용기를 『시와반시』가 발휘해주면 좋겠다. '시와반시문학상'은 또한 저자가 어느 매체를 통해 등단했는지, 혹은 어느 매체를 중심으로 주로 활동하는지에 관심 갖지 않으리라고 본다. '그러니까' 저간의 문학상 일반은 마치 후견인이 있는 듯, 미성년 상태인 듯, 자립적 존재라 할 수 없었다. 문학상의 주인이 주최 측의 '입장'(?)과 무관하게 이미(혹은 따로) 정해져 있는 듯했다. ['자립적 존재'는 '주인과 노예의 변증법'의 격률(Diktum) 중의 하나이다] 주인과 노예의 변증법은 헤겔에 의해 발설된 이래, 이후 코제브(Alexandre Kojève)-호네트(Axel Honneth) 그리고 재독 철학자 한병철 등에 의해 [이데올로기 재생산적으로] 꾸준히 재해석되어왔다. '주인과 노예의 변증법'에서 노예가 주인보다 한 수(?) 위를 말할 때 그것은 자립적 존재에 관해서이다. 첫째, 노예가 의-식-주 문제를 자립적으로 해결할 수 있는 능력을 가졌기 때문이다(비록 주인을 위한 '옷'과 '밥'과 '집'이라 하더라도 노예가 '손수' 옷과 밥과 집을 만들 수 있는 능력을 가진 것에 주목한다. 노동자는 예술가이다), 둘째, [주인에 의해] 언제 죽을지 모르는 상황이 만들어낸 것으로서, 노예가 죽음의 문제에서도 '죽음의 명수로서 능력을 가진 자립적 존재'이기 때문이다. [노예는 죽음을 고찰하는 시간을 상대적으로 많이 갖는 점에서 이미 철학적 존재자이다. 노동자는 철학자이다]

만들어지는 과정에 신경 쓰는 놈은 노동자다./모든 것은 노동자가 만든다./만든 것을 보고 시(詩)를 짓는 놈은 부르주아다./63빌딩 보고 높다는 놈은 부르주아다./성형외과 의사X는 부르주아다.

철로변에 서서 철로 끝을 한참 바라보는 놈은 노동자다./철근이 어떻게 저리 반듯하게 단련되었는가./노동자는 철학자(哲學者)이기도 하다.

갈릴레이는 부르주아다./그들에게서 돈을 받아 망원경을 만들었으며/그들을 위해/지구는 돌지 않는다 말해주었다.

시와반시문학상이 자립적 존재가 아니 될 리 없다. 의식주 문제에서도, 그리고 죽음의 명수가 되는 일에서도(죽음의 명수는 '죽음을 넘어서는 자'라는 뜻을 갖는다) '시와반시문학상'이 자립적 존재가 되리라 본다. 믿음이 바라는 것의 실상일 때 '시와반시문학상'이 벌써 자립적 존재이다.

『시와반시』와 '시와반시문학상'이 세월이 '흘러' 흘러가면서 내부 검열로부터/외부 검열로부터 자유로운, 아니 그런 검열에 반역해 더욱 단단해지는, 진정한 의미의 자립적 존재가 되리라 본다. 외부 검열보다 무서운 것이 내부 검열(innere Zensur)이다. '스스로 알아서 기는' 축자적 의미 그대로 '노예근성의 발로'에 의한 것이 소위 내부 검열이다.

노예와 주인의 변증법의 최종적 지점으로서, 주인에 의한 노예 해방이 아닌, 노예에 의한 주인 해방을 강조한다. 주인을 자립적 존재로 만드는 '주인 해방'을 노예와 주인의 변증법의 궁극적 의미로 간주할 때, '노예와 주인의 변증법'은 [외면상] 주인이 노예를 해방시키는 것으로 보이더라도 그것은 외면적인 것일 뿐 사실은 노예가 주인을 해방시키는 것이라는 역설적 상황을 함축한다(이 글 모토 ③). [주인이 노예와 '대등한' 자립적 존재가 되는 것을 노예에 의한 주인 해방에 '의한' 것으로 보는 것은 자립적 존재의 범인류적-범지구적 확산을 '신적 이성'[절대진리]의 목표로 보는 역사철학적 이해에 근거한다. 역사는 보다 많은 사람들이 자립적 존재로 사는 쪽으로 흘러가야 한다] '시와반시문학상'이, 진정한 의미의 주인이 아닌데도 불구하고 주인인 양하는, 즉 자립적 존재가 아니면서도 막무가내 자립적 존재인 양 행차하는, 소위 '메이저급 문학상'을 해방시켜, 그들 역시 자립적 존재가 되게 하는 [문학상 거개(擧皆)가 자립적 존재가 되게 하는] '자립적 존재의 뇌관'이 되어주기 바란다. 노예/주인 구도가 아닌, 이제 거개가 자립적 존재로서, 하여 거개가 자기 자신의 주인인 진정한 의미의 문학상이 되게 하는 계기가 '시와반시문학상'에서 개시됐으면 좋겠다. 미성년 상태가 함의하는 바 '후견인에 의(依)한 문학상'이 아닌, 스스로 집을 짓고 자기가 그 집에 들어가 사는 문학상, 자립적 존재 의식이 요구하는 바 스스로의 결단에 의한, 그러나 그것이 보편적 준칙에서 벗어나지 않는 진정한 의미의 '성인(成人)전용 문학상', 성숙 (性熟-成熟)한 문학상이 되었으면 좋겠다. [한국의 '문학상'들이여, 미성년 상태에서 벗어나 자기 자신의 오성을 사용할 용기를 내라!] '시와반시문학상'이 자립적 존재로서 보다 성숙한 문학상이 될 때, 이것이 벌써 '시와반시문학상'이 문학적 진지전에서 [승리의] 헤게모니를 거머쥘 것을 발언하게 한다.

보유 ① 역사가 보다 많은 사람들이 자립적 존재로 사는 쪽으로 흘러갔다? 실제 그러고 있지 않은 것은 분명하다. 바야흐로 업적사회-피로사회-위험사회로 대변되는 시대다. 바야흐로 청년 실업-비정규직-고령화[저출산]-양극화, 그리고 인구 10만 명당 최고의 자살률로 [대한민국이] 대변되는 시대다. 현금의 이탈리아 경제학자 마우리치오 라자라토(Maurizio Lazzarato)에 의해 명명됐고, 한 세기 넘어 전 이미 니체(『도덕의 계보학』)에 의해 예고되었던 '부채자본주의'라는 용어 또한 낯설지 않다. 부채자본주의는 현 시대[정황]에 대한 가장 설득력 있는 진단명(診斷名) 중의 하나이다. 금융자본주의가 채무/채권 관계라는 '부채 무대'를 자신의 본거지로 알렸다. 여기에서 임금노동자/비임금노동자, 정규직/비정규직/취업자/실업자, 생산자/소비자의 구분이 무의미하고, 오로지 부채 의식만이 유의미하다. [『부채인간*The Making of the Indebted Man*』(2011)의 라자라토의 견해에 동조하는 것이다] 2013~2014년에 대한민국 가계 빚이 1천 조를 돌파했다. 1인당 빚이 3,500만 원을 넘어섰다. 케이블TV에서 아주 자주 눈에 띄는 광고가 고리대금업자로 불러도 되는 제2금융권의 저축은행들에 의한 것이다. 그들의 대출 독촉 광고물들이다. 고리(高利)의 이자를 뜯어가는 '고리대금업자의 전면화-전경화'는 부채자본주의를 직접적으로 표상한다. 스탬피드 현상(Stampede Phenomenon)이 말하듯, 지금 '많은 인류들이' 자립적 판단력을 상실한 채 절벽 끝을 향하고 있는 것으로 보인다. 절벽 아래는 물론 낭떠러지이고 거대한 바닷물이다 ; 서구 문명의 몰락, 혹은 서구 공산주의[현실 사회주의]의 몰락에 이은 서구식 자본주의의 몰락이 멀리 있는 풍경으로 느껴지지 않는 까닭이다.

보유 ② 비상사태(모토 ④)를 단번에 분쇄하는 의미를 포함하는, 비상 사태를 단번에 내파시키는 의미를 포함하는, '진정한 비상사태의 선 언'이 필요하다. '일보-일보의 진보(Fort-schritt)'가 무의미한 지경에 이르렀다. 대파국에 관한 인식에 의한 것으로서, 문학예술이 대파국 을 선포하는 일이 필요하다. 비상사태의 인식 및 대파국에 관한 인식 에 이미 구원이 포함된다. 문학예술이 구원하는 일에 어떻게 동참하 는가? **몰락하는 시대의 예술이 몰락하는 예술을 의욕한다.** "이미 죽 은 것들을 일깨우는 식은 안 된다. 이미 부서진 것들을 결합하는 식 은 안 된다. 벤야민이 파울 클레(Paul Klee)의 〈새로운 천사〉의 새로운 천사(Angelus Novus)에서 보았듯, 천국으로부터 불어오는 폭풍이 천사 의 활짝 편 날개를 미래 쪽으로 떠밀고, 잔해 더미들을 하늘까지 치솟 게 하는 식. 파국은 '잔해로서 파국'이 아니라, 폭풍으로서 파국이고, 바로 이 '폭풍으로서 파국'에 진정한 의미의 진보가 내장된다." [대파 국에 관한 인식에 구원이 포함된다] 사회학자 울리히 벡(Ulrich Beck)의 격률 '해방적 대파국(emanzipatorische Katastrophe)'을 문학예술로 전이시 킬 때 이것은 몰락하는 시대의 몰락하는 예술에 관해서이다.

보유 ③ 유력 매체의 문화 담당 기자는 살아 움직이는, 생동감 넘치 는 문화권력이다. 최근의 문화권력 논쟁은 유력 일간지의 한 논설위 원이 잘 기억시켜준 대로(2015.6.30) 정확히 15년 전, 2000년에 점화된 것을 재점화한 것이다. [문화권력에는 문학권력, 출판·언론권력, 종 교권력이 포함됐다] 출판권력·언론권력에 대한 주요 안건(?) 중의 하 나가 평론과 출판상업주의, 나아가 언론권력과 출판상업주의의 유착

파울 클레, 〈새로운 천사〉(1920)

관계, 그러니까 이들 상호간의 연결고리를 끊어야 한다는 요구에 관해서였다. 평론과 언론권력은 상호 유비이다. 평론과 언론권력들이 행사하는 것이—문학예술에 한정시킬 때—이른바 주례사 비평으로서 '문화산업'에 도움이 되는 작가 · 예술가에 대한 무한한 애정 표시이다. 문학의 위기 담론이 계속 확대재생산되고, 아울러 실제 문학의 위기가 현실적으로 감지되기 시작한 때가 '문화산업'의 노골적인 등장 때부터인가? 출판상업주의, 넓은 의미에서 문화산업은 에둘러 말할 때 동일성 사유에 근거한다. 나에게 좋으면 모두 좋고, 나에게 안 좋으면 모두 좋지 않다. 동일자철학, 혹은 보편자철학에 뿌리를 둔 '문화산업'에 [최종적으로] 중요한 것이 '상업'에 의한 이득이다. 문화산업-문학산업 고위층들이 문학·예술가들의 문학예술을 500원 동전, 1천 원권, 5천 원권, 1만 원권, 5만 원권 등으로 값을 매긴다. [문화산업자들이 앞에 가고 작가-예술가가 그 뒤를 따른다(모토 ⑤ 참조)] 주지하다시피 무라카미 하루키 소설 값은, 문화산업체들의 '입도선매' 방식에 의한 것으로서(선인세에 의한 것으로서), 10억 원이 넘는 것으로 판명됐다(『여자 없는 남자들』과 『1Q84』는 번역 출간되자마자 베스트셀러 1위에 진입했다. '그들'에게서 뛰어난 미[학]적 감식안보다 뛰어난 상업적 감식안을 말해야 한다). 문화산업 담당자들에게 문제는 돈에 의한 가치의 구획이다. 돈이 되느냐 안 되느냐가 우선 문제이지, 새로운 것이냐 아니냐, 의미 있는 것이냐 아니냐가 우선 문제되지 않는다. 특별한 것-독특한 것(Das Besondere)이 '우선적' 고려의 대상이 아니다. 출판권력-언론권력은 이 점에서 '기득권이 무엇인가'에 관한 적절한 설명 중의 하나이다. [출판권력과 언론권력의 유착, 그러니까 상업주의를 노골적으로 드러내는 유력 출판사와 유력 언론[문화부]의 공고한 연맹은(모토 ①) 마치 중세시대 문장(紋章)과 제단의 공고한 연맹, 즉 귀족과 성직자의 공고한 연맹을 보는 듯하다. 귀족과 성직자의 공고한 연맹이 봉건사회에서 기득권을 상호 보장-유지해주는 역할을 했다. "부자가 천국에 입성하는 것이 낙타가 바늘귀를 통과하는 것보다 어렵다." 장원의 예배당마다 이런 목소리가 들렸다]

　　『시와반시』와 '시와반시문학상'이 동일자철학이 말하는 그런 길을 걷지 않기를 기대한다. 유력 출판권력들이 선인세 방식으로 그랬던 방식('선인세 방식'이 다 그렇지는 않더라도, 대체로 돈이 되느냐 안 되느냐를 문제 삼는 출판상업주의 행태의 모범적 예이다)이나 일반적 문화산업들에서 드러나는 방식, 즉 '금전'이나 대중성이 예술작품의 가치를 평가하는 절대적 척도가 되는, 요컨대 금전이나 '대중성'으로 작품을 계량화시키는 '그런' 방식을 따르지 않기를 기대한다, [『시와반시』와 '시와반시문학상'이] 상업적 가치로 환산할 수 없는 '개별적이고 특별한 성질의 작품'에 주목하는 방식을 따르기를 기대한다. 손이 아니라 '머리로 글 쓰는 방식'(머리로 '예술'하는 방식)을 근대의 새로운 글쓰기 방식으로 인식하고, 이것을 객관적 유머를 주관적 유머가 대체한 것으로 본 '헤겔'조차 오래됐다. 헤겔과 근대문학 또한 너무 오래됐다.『시와반시』와 시와반시문학상이 우선 주목하는 것이 '새로운 것이냐 아니냐', [문학예술사적으로—사회사적으로(sozialgeschichtlich)] '의미 있는 것이냐 아니냐'이기를 바란다. 동일성 사유에서 벗어난 이른바 비동일적 사유에 의한 것으로서, [묶어서 주목하지 말고] '개별적인 것(Das Individuelle)'들에 일일이 주목하기를 바란다.『시와반시』와 '시와반시문학상'이 문학융성의 첨병이 되기를 기대한다.

(『시와반시』, 2015. 가을)

역사 서술, 그리고 생명정치론
—김태암의 시집『박정희 시대』

빼앗기며 굴종당하는 가난한 인디오가 아니다
마야의 피라미드를 짓밟은. 잉카제국을 말살시킨
인디언들을 살육한 더 거룩한 문명의 후예
따뜻한 그의 양심에, 비참한 인디오의 희망에
총탄을 발사한 것은 이 시대에 준거된 生 일이다
잘못이었다, 십자가에 못 박아야 했다
사지에서 흘러나오는 뜨거운 피가
볼리비아~ 밀림을 적시고
아마존을 적시고 가슴을 적시도록

두루 얼싸안고 나누며 사는 세상을
차별~ 없는 세상을
쉽게 잊어버리도록 한 방으로 처분한 것이 잘못이다
순색으로 살아가려 하였으니 대가를 치르도록 해야 했다
천천히 아주 천천히 고통스럽게

사위어가는 인디오의, 세로리코 광부의 꿈처럼
십자가에 못 박혀야 했다
천천히 천천히 아주 고통스럽게, 그 방식

— 김태암, 「체 게바라」 전문

억압·불평의 세계에서 메시아주의는 유대교-기독교의 그 메
시아주의가 아니다. 체 게바라식의 그 메시아주의이다. 유물론적 메
시아주의로서 김태암식의 당파성을 분명하게 각인시킨다 ; "십자가
에 못 박"히게 하는 '희생제'를 치르게 한다. 희생양-조에(zoè)의 방식
을 사는 것으로서 '희생양-조에'와 유대감을 표현했다.

들어가며 — '집을 위하여(Pro domo)'

사회주의적 개혁의 상징 중 하나가 보험일 것이다. 의료보험-
연금보험-산재보험-고용보험들이 사회주의적 개혁에서 출발했다.
비스마르크에 의해, '사회주의자법(Sozialistengesetz)'의 울타리 안에서,
보험 제도가 실천에 옮겨진 1883년이 복지 선진국가 '독일'의 시작이
다.[1] 작금, 복지국가 개념에 질병-노인-실업 문제 등 이른바 '옛 사회
위험'의 시대 항목들 위에, 저출산율-노령화로 대변되는 '새 사회 위
험(new social risk)'의 시대 항목들이 추가되고 있다. 사회복지 차원에서
볼 때, 대한민국은 압축 성장의 대가로서, 지금 두 가지 문제에 다 걸

---

1 우리나라에서는 '박정희 시대' 1977년에 의료보험 제도가 처음 도입되었다.

려 있는 것으로 봐야 한다. 압축 성장의 결과로서 '독일'의 경우와 다르다. '선진국의 함정'이란 말이 바로 이런 국면에 대한 명명이다.

증세와 정부 지출 억제는 상호 모순이다. 증세의 목적이 '정부 지출'이라면 말이다. 모순이 아닌 것이 정부 지출이 공공사업, 이른바 사회간접자본을 향하는 것이 아니라, 사회복지에 정향되었을 때이다. '복지와 성장의 배리 관계'는 늘 상수이다. 2013년 미국에서 이른바 재정 절벽(fiscal cliff)을 말한 것이 이와 무관하지 않다. 재정 절벽이 부자 증세─법인세 인상 및 '정부 지출 제한'으로 인한 산업 발전 동력의 소진을 말한다. 정부 지출 제한은 물론 공공사업─사회간접자본 투자의 제한이다. '재정 절벽'이 성장 엔진이 가동하지 않는 것에 대한 은유이다.

사회주의적 개혁의 또 하나의 표상으로서, 수정자본주의로 명명되는, 1933년 이후, 루스벨트의 뉴딜[새로운 제안] 정책을 거론하지 않을 수 없다. [1930년대의 뉴딜 정책을 반면교사로 삼을 수 있다] '대규모 공공사업의 확충'이 견인한 뉴딜 사업의 결과는 우선 화려했다. 농민으로부터 [남겨진] 농산물을 정부가 사들이고, 노동자에게 최저임금제를 보장하고, 65세 이상 노인에게 연금 혜택을 주고, 실업자들에게 '수당'을 지불했다. 복지와 성장이 늘 배리 관계가 아닌 것은 '기초생활보장금'을 받는 계층이 소득 대부분을 '지출'에 쓰기 때문이다.

'복지국가 개념'은 사회주의에 대한 대응책(비스마르크)에서 시작했고, 자유방임주의적 자본주의에 대한, 즉 '자유방임주의적 자본주의의 결과로서 미증유의 세계대공황'에 대한 반작용(프랭클린 루스벨트)에서 정착했다. 뉴딜 정책은 '대공황'이라는 재정 절벽 상황에

서, 정부 지출을 통해, 즉 공공사업을 통해, 경제 회복을 이루고, 이를
바탕으로 '복지주의'에도 성공한 모범적 예로 꼽혔다. [뉴딜 정책은
'착한 성장'을 말한다] 복지주의는 사회주의와 자본주의의 수렴으로
서, '수렴이론'의 구체화이다. 뉴딜 정책이 존 스튜어트 밀(1806~1873)
의 사회적 자유주의, 이후의 페이비언 사회주의, 무엇보다도 케인스
(1883~1946)주의의 적극적 수용의 결과이다. [2]

　　천 년 쯤 전, 송(宋)의 신종(神宗) 시절, 왕안석(1021~1086)의 개
혁, 즉 사회주의적 개혁이 있었다. 왕안석은 계획경제주의자였다. 시
역법(市易法)-청묘법(青苗法)-균수법(均輸法)으로 표상되는 인센티브 시
스템, 즉 정층설계(頂層設計, Top-level design)에 의한 변법이 그 표상이
다. 왕안석의 신법이 궁극적으로 성공 반·실패 반으로 인식되게 된
것은 그 개혁이 요구하는 '증세'가 부유층(대상인과 지주)에서부터 중산
층(중소상인과 농민)으로까지 확대되었으나[성공 반이다], 종국에는 중
산층 및 부유층-관리 등을 설득하는 데 실패했기 때문이다[실패 반
이다]. [경제 투쟁이 정치 투쟁에 의해 좌절된다] 누가 누구를 탓할 수
없다. '설득이 안 되는 소통'이 있는 법. ['왕안석'을 말할 때 이상주의
와 현실주의의 괴리를 말해야 한다] 이상주의와 현실주의의 괴리가
늘 상수이다.

2　정부 지출은 증세에 의해서 가능하다 ; 고전적 자유주의의 입장에서 볼 때,
　　뉴딜 정책에 대한 평가는 정반대로 기운다. 자유주의자들은 대공황 상태가
　　8년까지 간 것을 정부 개입에 의한 '증세-정부 지출' 때문에 기업 투자 분위
　　기가 위축됐기 때문이라고 본다.

오바마가 '설득'에 의해, 혹은 '운7기3'에 의해, 건강보험 개혁의 시동을 거는 데 성공하였다? 건보 개혁 법안의 국회 통과를 오바마에 의한, 그 이전의 로버트 케네디에 의한 소통의 리더십으로 보는 것이 일반적이다. 2013년의 재정 절벽 역시 소통의 리더십으로 돌파한 것으로 기록될 것인가. [2013년 내내 미국 '연방준비제도이사회(FED)' 의장 벤 버냉키가 양적 완화 정책으로 돌파하려고 했다. 루스벨트의 뉴딜 정책과 유비이다] 소진된 산업 발전 동력을 다시 일으켜 세울 것인가?

1960년대~1970년대 박정희 시대의 [수입 자유화]-수출 주도형 경제-중화학공업 육성에서 모두 케인스 식 관치 경제를 말할 수 있다. 박정희 경제정책은 '정부 개입'만을 두고 볼 때, 본래적 의미의 자유주의가 아닌, 즉 '신자유주의'³라는 용어로 폄하되는 고전적 자유주의[시장경제]가 아닌, '사회주의'가 많이 가미된 '진보적 자유주의'였다. 요즘 진보 진영의 진보적 사유주의의 원소가 박성희식 관지 경제이다. 박정희 경제체제의 근본이 사유재산의 보호-시장 개방 정책이라는 점에서 '사회주의'와 물론 전혀 다르다.

'수출 주도형 경제'-'중화학공업 육성'에 의해 국부가 늘어났다 하더라도, 가시적 득을 본 것은 기업가이지 노동자가 아니었다. 수출 주도형 경제를 가능하게 한 것이, 진보적 자유주의자들에 의해 계

---

3 '신자유주의'가 애덤 스미스 식의 고전적 자유주의에 대한 비판적 별칭인 것은, 최근 1997년의 외환 위기 및 2008년의 금융 위기에서 보듯, 금융자본주의의 위기로서, 금융자본주의가 부채자본주의를 불러들였기 때문이다.

속 역설돼온 것으로, 이른바 저임금 저곡가 정책이었다. 노동자·농민의 희생 위에 당시의 수출 주도형 경제—중화학공업 육성이 가능했던 것. 국가 구성원 다수의 파이가 커진 것이 아니라, 소수 기업의 파이가 커진 것.[4] 이를 잘 나타낸 시가 있다.

> 파이를 키우자고 나누면 똥 된다고
> 모아서 키우자고 국제 경쟁할 수 있도록
> 참자고, 파이가 커지고 있다고
> 국산품을 애용하자고 저축하자고 파이가 커지고 있다고
> 졸라매자고 땀 흘리자고 좋은 결과가 희생이 필요하다고
> 파이가 커지고 있다고
> 수출이 제일이라고 수긍하고 수긍하고 기다리고 기다리고
> 모든 것이 최선이라고
>
> 찔러주고 넣어주고 바치고 놓고 가고 보내주고
> 서류봉투에서 골프백 사과궤짝 라면박스 차떼기까지
> 검—판사, 세무쟁이, 국회의원, 장관부터 기자까지
> 관이 덩그렁한 속물들 꿀맛 안 들인 놈 없으니
> 제가 전부 키웠다 나눌 수 없다 파이를 독차지하고

---

4 박정희 시대 이후, 수출 주도에 의한 '성장제일주의의 결과'로서, 서로 판이한 결과물을 말할 수 있다. 성장제일주의에 의해 경제협력개발기구(OECD)에 일찍 가입하게 되었고, G20 국가의 일원이 되었다. 특히 수출 부문 세계 5위가 견인한 것으로서 세계 10위권 경제 선진국이 되었다. 또 하나의 결과물로서 OECD 34개국 중 여러 가지 지표에서, 특히 '부정적 지표'에서 선두 다툼 및 꼴찌 다툼을 벌이는 국가가 되었다. 자살률 1위, 국민행복지수 끝에서 둘째, 산업재해 사망률 1위, 노동시간 2위, 출산률 꼴찌 등이다.

앞발로 차고 뒷발질하고 들이받으며 드잡이하는
코끼리 꼬리 터럭만 만지고
恐龍 재벌이 꼬랑지도 향그럽다 물켜는
모든 것이 최선이라고
　　　— 김태암,[5]「박정희 시대 11—서울의 캉디드 ; 낙관주의」 일부

　시가 길어 전부를 인용하지 못했지만 '압권으로서 시'가 분명
하다. '캉디드'는 '계몽주의의 아버지' 볼테르의 성장소설-풍자소설
『캉디드—혹은 낙관주의 Candide Or Optimism』(1759)에 등장하는, '소
박하다'는 뜻의 주인공 이름이다. 캉디드는 1755년의 리스본 대지진
을 경험한다. 문제는 소설처럼 시에 반어(反語)로 사용된 "캉디드 ; 낙
관주의"가 아니라, 라이프니츠의 '모든 세계 중 최고 세계(beste Welt aller
Welten)'라는 인식에 비판적으로 접근한, 계몽주의의 선두주자 볼테르
이다. 볼테르가 화자 김태암의 계몽주의적 세계관을 선도한다 ; '국
가 구성원 다수의 파이가 커진 것이 아니라, 소수 기업의 파이가 커진
것'을 말 그대로 웅변으로 말했다 ; 오늘날 진보적 자유주의자들이 박
정희를 특히 '욕'하는 것은 그의 유신 반포에 의한 독재 체제 강화-반
공주의 등 때문일 것이다. [진보적 자유주의자들과 대척점에 서 있는
자들이 정부의 시장 개입에 반대하는 고전적 자유주의자들이다] 고
전적 자유주의자들이 '박정희'와 입장이 다른 것은, 관치경제가 아닌,
순전한 자유주의적 시장경제가 한국을 더 발전시켰을 것이라는 가정
(假定) 때문이다.

5　이하 시 인용은 전부 김태암의 것들이다.

보수주의와 자유주의로 구분할 때 박정희는 무역을 중시한 점에서 자유주의 쪽에 접근한다. 보수주의와 자유주의의 공통점이 반사회주의, 혹은 반공주의인 점에서 박정희에서 물론 보수주의를 말할수 있다. 경제에 관한 한 박정희는 진보적 자유주의 쪽에 있었고, 정치에 관한 한 박정희는 보수주의 쪽에 있었다. [김일성주의-주체사상에서 '진보'를 말할 수 없다]

김태암의 '진리에의 의지'

쾨니히스베르크를 한 번도 떠난 적이 없는 철학자가 '초월적 변증론'에서 영혼[자아]-세계[우주]-신[조물주]들을 증명하려고 시도했다. 결론은 증명 불가능성이었다. 그의 충실한 계승자 쇼펜하우어가 『의지와 표상으로서 세계』에서 영혼-세계-신성(神性)을 이데아의 유비로서, 이념으로 명명하고, 이 이념들이 음악으로 표상된다 했다. [쇼펜하우어에 의한 음악 형이상학의 정립이다] 음악이 이른바 이데아의 가시화로서 에이도스의 유비가 된다. 음악이 초월성으로서 영혼-세계-신성이 내는 소리이다. 우주의 가장 안쪽에서 들려오는 소리라고 할 때, 우주음이다. 진리에 육박하는 선율—'본질적인 것에 집중하는 선율'—'뿌리로 돌진하는 선율' 등. 생로병사(生老病死)의 가혹성—희로애락(喜怒哀樂)의 변덕성에 대한 반주를 말할 때, '베토벤'이 '생로병사의 가혹성—희로애락의 변덕성'에 대한 광포한 반주가되고, '모차르트'가 '생로병사의 가혹성—희로애락의 변덕성'에 대한 잔잔한 반주가 된다.

'존재'가 말을 걸려고 하고, 존재자[사유하는 인간]가 그 말을 들을 준비를 하고 있을 때, '세계의 중심'을 표상하는 존재가 기필코 말을 걸고, 사유하는 인간이 기필코 그 말을 듣고, 그 말을 받아 적는다. '사유하는 인간'의 이름이 그때 시인(詩人)이다. '시인 중의 시인'이다. 이념―음악―존재 등이 동시에 말하는 것이 '진리' 같은 것이다. 진리 현현의 조건이 진리에 대한 간절한 욕구이다. 진리를 들으려는, 진리에 귀 기울이는, 엉거주춤한 자세가 시인의 첫 번째 조건이다.

①
분 냄새 향긋 떠밀려가는 명동에서
저마다의 진중한 발걸음은 어디로 가는 걸까
한 백년 지나면 모두들
Na_2CO_3, $CaSO_4$, 질산염이나 인산칼슘
혹, 기체 상태의 CH_4
재수 좋으면 반응 속도가 느린 칼슘 덩이 몇 마디
재빠른 C, H, O는 가로수의 잎으로
지렁이의 살갗으로
이 순간 적(敵)의 핵심적 DNA로
뻐겨봤자지
캄브리아기(期) 어느 바다 속에서 처음 생겨날 때부터
C, H, O, N, S, Ca, P, K……의 조합이었느니
네 것이 아니었느니라.

— 김태암, 「화학적 진단」 전문

②
화구 안으로 천천히 밀려들어가는 나를 본다

문틈으로 손 흔드는 가족들
손발 묶지 않았다. 머리 고정당하고 담요 덮혔다
물질이 된다 가공 당한다.
이상하고 묘한 bite 음향들이 뇌를 흔들어 스캔한다
헤집는다. 더듬는다. 저미어진 뇌수와 까만 수박씨

　　　　　　　　　　　　　　　　　　　　　—「MRI」일부

③
1835년 비글호가 갈라파고스에 가지 않아야 했다
찰스 로버트 다윈이 비글호를 타지 말아야 했다
갈릴레오 갈릴레이가 고문 틀 앞에서 그랬듯이
새가슴이여야 했다
갈라파고스 땅거북이 눈 2개 콧구멍 2개 발톱이 5개라는 거
보지 말아야 했다 말하지 않아야 했다
이구아나 발가락 손가락이 감히 5개씩이라니
한 틀에 대고 찍어낸 것인지,
덮어두어야 했다
1859년 산통(算筒) 깨뜨려서 안 되었는데
돼지 멱따고 배 가르니까 허파와 위장 간장 염통 신장과 지라
충수염 일으키는 맹장까지 인체 해부도 같은
암퇘지와 수퇘지 쾌감에 젖은 다음, 돼지 닮은 돼지 새끼들
고사상 위 돼지머리, 머릿속에 돼지의 영혼(靈魂)이 있다는 거.

　　　　　　　　　　　　　　　　　　　　　—「다윈」전문

④
시(詩)는 언어들을 미분한 도함수다
사랑과 슬픔, 행복과 죽음, 가난, 환희, 그리움, 분노들을 미분하면

우울과 두통, 연민이리라
미분한다는 거, 함수의 기울기를 나타내는 것
한 점에서 존재의 방향을 알려주는 지표
기울기는 + 쪽일 수 있지만 −일 수 있다
혼돈 속을 찾아 헤매는 양수(羊水) 속의 기울기

도함수를 미분하면 2계도함수다
기울기의 변화율이다 세상 흔들림 크기다
형태 없어진 언어의 뼈
새벽종처럼 울려오는 전율
대양(大洋)의 밑바닥을 달리는 해령(海嶺)의 목소리
파울 첼란의 시(詩)
23.5도 기울어진 엇나감에 사계(四季)가 있듯
두통으로 밀어올린 핏빛 절인 반항 덩이

시(詩)를 읽는다는 거 도함수를 적분하는 거
초기함수를 알아보는 거
원소(元素)를 찾아가는 거다
가까이 갈 수 있지만 애초의 함수를 찾지 못한다
절편값 'C'가, 읽는 사람의 몫이기 때문이다
지평선 위에 내려진 y축, 태초부터의 무한순열
공간 내의 좌표부터 비껴 지르는 궤적(軌跡)까지
제각기인 깊이와 높이
살아온 길이 다르기 때문이다,

— 「혜초(慧超)에게 시(詩)를 묻다」 전문

① 김태암의 '진리에의 의지'가 잘 드러난 시. 인간이란 무엇인

가? "Na_2CO_3, $CaSO_4$, 질산염이나 인산칼슘/혹, 기체 상태의 CH_4"!
라고 말한다. 102년 전 간행된, '인간이란 무엇인가?' 묻고 '피와 살의
덩어리!'라고 대답한 벤(G. Benn)의 첫 시집 『시체공시소 · 기타』(1912)
를 떠올리게 한다.[6] 다시, 인간이란 무엇인가? 김태암이 묻는다. 탄
소-수소-산소-질소-황-칼슘-인-칼륨 등의 조합, 즉 "C, H, O, N,
S, Ca, P, K……의 조합"이라고 간단히 말한다 ; 생물이란 무엇인가?
김태암이 다시 묻는다. '유전자 "DNA"의 집합'—유전체!라고 말한
다. 현대는 바야흐로 사회생물학의 시대이다. 에드워드 윌슨, 리처드
도킨스 등이 '생물학을 통해 세계를 설명하는 시대'의 도래를 알렸다.
유전자 정보 만능주의의 세력이 만만치 않다. 인간보다 더 뛰어난 지
능을 가진 생명체가 있다고 치고, 그가 지구에 왔다고 치고, 그가 인
간-생물을 알려 할 때, 그 생명체가 맨 처음 분석하는 것이 인간-생

---

6 벤의 『시체공시소 · 기타』는 제1차 세계대전 전후에 있었던 '역사적 표현주
   의'의 대표적 시집이다 ; 리글(Alois Riegl)-보링어(Wilhelm Worringer)-벤야
   민이 몰락하는 시대를 말할 때, '몰락하는 시대'가 표현주의 시대이다. 몰락
   하는 시대가 새로운 문학예술을 요구한다. 그들의 말을 요약할 때, '몰락하
   는 시대의 예술이 몰락하는 예술을 의욕한다.' 김태암의 여러 시편(詩篇)들이
   '몰락하는 예술'을 의욕한다. 전통적 시의 특성이 '상호 긴밀한 내적 긴장 관
   계'가 말하는, '작품으로서 완성도'일 때, '김태암'이 이와 거리가 멀다. 「혜초
   (慧超)에게 시(詩)를 묻다」-「다윈」-「MRI」-「화학적 진단」 들에서 몰락하는 예
   술의 범례를 말할 수 있다. 「혜초에게 시를 묻다」-「화학적 진단」은 정말 절
   창들이다. '몰락하는 시대로서 이 시대'를 거꾸로 '몰락하는 예술을 의욕하는
   예술'에서 감지할 수 있다 ; 하나의 예에 불과하나 부채자본주의 시대가 이
   시대를 몰락하는 시대로 알린다. 이 글 ??쪽 "'자본주의의 끝'—부채사회"
   참조. 이 글 각주 16 후반부 참조.

물의 유전체(genome)라는 말이다. 위 시가 전하는 것이 그리고 인간중심주의에 대한 부정이다. 인간이 "기체 상태의 CH_4"–"반응 속도가 느린 칼슘 덩이 몇 마디"–"가로수의 잎"–"지렁이의 살갗"에 대비해 별로 "뻐"길 게 없는 존재로 나타난다. 생명을 '생명 전체에서 보는 것'을 생태주의라고 할 때, 이 시는 생태주의의 한 갈래이다.

② 마찬가지로 '인간이란 무엇인가?'의 그 철학적 인간학에 합류하는 시. '살과 피의 덩어리' 대신 "저미어진 뇌수와 까만 수박씨"가 인간을 "물질"적 존재로 알린다. 물질적 존재이므로 또한 "가공당"하는 존재이기도 하다.

③이 말하는 것이 더 적나라하다. "돼지 멱따고 배 가르니까 허파와 위장 간장 염통 신장과 지라/충수염 일으키는 맹장까지 인체 해부도 같은/암돼지와 수돼지 쾌감에 젖은 다음, 돼지 닮은 돼지 새끼들/고사상 위 돼지머리, 머릿속에 돼지의 영혼(靈魂)이 있다는 거." 인간이 돼지와 별로 다를 바 없다는 것. '고사상 위 돼지머리' 이하가 말하는 것이 좀 의미심장하다. 돼지에게 돼지의 영혼이 있고, 인간에게 인간의 영혼이 있다. 생명을 생명 전체에서 보는 관점이므로 역시 생태주의적이다.

④ '진리에의 의지'나 '시의 진리'에 대한 의지이다. 첫째 연이 윤리학의 범주로서, 윤리들을 아우르는 것으로, 이를테면 인생에 대한 모차르트 식의 잔잔한 반주이거나, 베토벤 식의 광포한 반주를 말한다. "언어들을 미분한 도함수"의 '도함수'가 말하는 것이 음악의 음표가 말하는 것과 같다. "사랑과 슬픔, 행복과 죽음, 가난, 환희, 그리움, 분노들", 그리고 그 미분[소리가 들려옴]의 결과로서 "우울과

두통, 연민"이 말하는 것이 바로 '광포한 선율/잔잔한 선율'이다. 플러스"+"선율/마이너스"−"선율이다. 둘째 연이 시가 멜로디−선율이라는 것을 분명히 밝힌다. [문학의 음악 종속성이다] 시란 무엇인가? 질문이 계속된다. "세상 흔들림 크기다"가 말하는 것이 멜로디로서 시이고, "형태 없어진 언어의 뼈" 역시 멜로디로서 시를 말한다. "새벽종처럼 울려오는 전율"에서 특히 주목되는 것이 '새벽종'이고 '전율'이다. 시가 새벽종 같은 것이어야 한다 했을 때, 이것은 시가 '진리의 고지자'라는 것을 알리는 것이다. '전율'이 직방 말하는 것이 '진리로서 이데아−이념'이다. 진리는 대답질이 불가능한, 그대로 수용해야 할 어떤 것, 즉 전율 그 자체이다. 마치 "대양(大洋)의 밑바닥을 달리는 해령(海嶺)의 목소리"와 같다. 누가 그 소리를 외면할 수 있는가? ─김태암이 묻는다. 셋째 연에서 특히 눈에 띄는 것이 끝의 세 행 "공간 내의 좌표부터 비껴 지르는 궤적(軌跡)까지/제각기인 깊이와 높이/살아온 길이 다르기 때문이다"가 말하는 것으로 서로 다른 관점으로서 세계관−인생관이다. 김태암은 김태암식대로 이데올로기 재생산을 말한다. 김태암이 살아온 '궤적'이 다르기 때문이다, 즉 김태암이 '살아온 길이 다르기 때문이다.' 김태암은 첫 시집『박정희 시대』를 통해 김태암의 이데올로기를 재생산하려고 한다. 사실 '이데올로기 아닌 것이 없는 것'과 '이념 아닌 것이 없는 것'이 말하는 것이 서로 같다. 저마다 이데올로기−이념이 다르고, 나아가 저마다 그 이념−이데올로기를 재생산시키려 한다, 널리 유포시키려 한다. 이데올로기와 이념이 다르게 보일 때가, '다르게 살아온 길'을 말할 때(이데올로기)이고, '우주 가장 안쪽에서 들려오는 멜로디'를 말할 때(이념)이다.

단조롭게 흘러가는 물길에 맞추어서
노 젓는 법을 알아보는 거다. 천천히 천천히 조금씩
종로와 세종로 명동에 강물이 흐르고

빠름과 망각이 비례한다고 했다.

— 「종로의 밀란 쿤데라」 부분

　　누가 진리에 관심이 없을까? 늘 거기에서 거기이나, 늘 "단조
롭게 흘러가는 물길"이나, 늘 진리에서 관심을 거둘 수 있을까? 예술
가들을 구도자라고 부르는 경우, 그 진리에의 도저한 관여 때문 아닌
가. 김태암이 묻는다. "노 젓는 법"이 세상 건너가는 법을 말하고, 이
를테면, '우주를 건너는 법'-'사막을 건너는 법'을 말하고, "빠름과 망
각이 비례한다"가 포함하는 것이 '느림과 기억이 비례한다'이므로,
'빠름과 망각이 비례한다'가 말하는 것이 느리게라도 노를 저어 '잃어
버린-잊어버린 기억'이 표상하는 진리를 기필코 붙잡으려는 의지이
다. '잃어버린-잊어버린 기억'이 표상하는 진리? 김태암의 역사적 진
리에 대한 강한 집착-집념으로 보인다. 역사적 진리이든 초역사적 진
리이든, 진리를 듣고 진리를 기록하는 것이 시인의 사명이다. '시인
중의 시인'은 진리를 듣고 진리를 기록하는 것을 그의 사명으로 간주
하는 자이다.

김태암의 관점주의 — 계몽주의적 정치철학

　　'박정희'에게 비상사태를 차단하는 일이 과업이었는가? 비상

사태라는 이름의 한계상황에 봉착했을 때, '군주'에게 한계 개념의 표상인 절대주권(Souverränität)을 완전히 이양하는 것이 이른바 '비상사태론'의 첫 걸음마이다. 비상사태론의 전제는 물론 적과 동지의 확고한 구분이다.[7] 비상사태를 차단하는 것이 '적'을 차단하는 것이다. 슈미트의 『정치신학Politische Theologie』(München-Leipzig 1922)[8]에 의한 '비상사태(Ausnahmezustand)'의 테두리에서 박정희 시대의 유신 반포 및 일련의 긴급조치 발령, 그리고 개발독재(수출 주도형 경제-저임금 저곡가 정책)를 얘기하는 것은 박정희 시대의 '비상사태론'을 정당화하려는 것이 아니다.[9] 일제 식민지-한국전쟁-'건국'-4 · 19혁명-5 · 16쿠데타-6 · 3

---

7 "모든 종교적-도덕적-경제적-인종적 대립 및 그 밖의 대립에서 그것이 인간을 적과 동지로 분류하기에 충분하게 강력할 경우 그것이 정치적 대립으로 변한다."(슈미트(Carl Schmitt), 『정치적인 것의 개념Der Begriff des Politischen』, 1927~1932) ; 정치적 대립의 범주쌍을 '적과 동지'로 확고하게 구분했다 ; 사실 적과 동지가 구분되기가 쉽지 않다. 많은 경우 '적'과 '동지'를 함께 구비한다. 친구이면서 적인 프레너미(frenemy)라는 신조어가 애매하지 않다. 학문-도덕-예술-종교-경제 분야에서 진/위 · 선/악 · 미/추 · 성/속 · 손/익을 범주쌍으로 말하는 것이 훨씬 애매하다. 칸트 시절이라기보다 포스트모던 시절이다.

8 본래 제목이 『정치신학 : 주권론에 대한 4개의 장(章)Vier Kapitel zur Lehre von der Souveränität』이다. 슈미트의 정치신학론은 토마스 아퀴나스의 계승으로서, 교회를 국가로 대체한 것이다. 성 토마스에 의할 때, 국가의 제1과제가 평화 유지이고, 제2과제가 복리 증진이다(『신학대전』) ; 성 토마스의 정치철학이 윤리학의 구체화로서 아리스토텔레스의 자장권에 있다. 그러나 아리스토텔레스의 정치철학은 대상을 비오스, 즉 폴리스 내의 '정치적 존재'에 한정시킨 점에서 도시국가적 차원의 정치철학이었다. 이 글 각주 13) 참조.

9 2016년 9월 9일 5차 핵실험까지 감행한 북한을 국가 보호를 최우선에 놓은,

사태-3선개헌, 그리고 '푸에블로 납치-1 · 21사태-울진삼척 공비 침투-판문점 도끼 만행 등으로 대변되는 북한의 끊임없는 도발', 그리고 유신 반포[국회 해산]-긴급조치-'인혁당'-동아 · 조선 광고 사태-김지하 투옥-부마항쟁-10 · 26사태-광주항쟁-5 · 17정변-6 · 29선언 등으로 이어지는 숨가쁜 비상 상황에서, 이른바 산업화와 민주화를 동시에 달성했다고 하는 민족주의적 자화자찬 또한 아니다.[10] 이명박정부 이후 강화된, 3김(金)시대의 지역주의 할거 때보다 더욱 심화된, 물론 승자 독식의 제왕적 선거 제도 때문이기도 하지만, '전국민적 권력 투쟁'은 '이에 대해'[일련의 숨가쁜 비상 상황에서 이른바 산업화와 민주화를 동시에 달성했다고 하는 민족주의적 자부심에 대해] 말문을 닫게 한다.

김태암의 관점주의가 있다. 김태암의 박정희 연작시들을 볼 때[11] 슈미트의『정치신학』에서 개진된 '비상사태론'에 의한 박정희 시대의 이해는 일고의 고려 대상이 아니다. 김태암의 정치공학적 관점주의는 우선 칸트 이후의 계몽주의적 정치철학에 충실하다. 미성년 상태로 표상되는 농노가 있고, 미성년자를 돌봐줘야 하는 후견인이 있다. 정치경제적 후견인으로서 귀족이 있고, 정신적 후견인으로

즉 국가 이성에 아주 충실한 국가로 간주할 때, 박정희 시대의 비상사태론이 전혀 정당화될 수 없는 것만은 아니다.

10 민족주의적 자화자찬은 역설적으로 19세기의 제국주의에 맞서는 민족자결주의(defensive nationalism)의 극단적 변형인 주사파 수준과 유비이다; 주체사상은 자본주의와 관련 없고, 사회주의의 본령과도 관계없다.

11 필자는 김태암 시인에게 시집 제목을 '박정희 시대'로 할 것을 권유했다.

서 성직자가 있다. 1784년의 「계몽이란 무엇인가?」라는 유명한 문건에서 칸트는, 봉건주의에 대적(對敵)하는 것으로, '가장 혜택 받지 못한 계층' 농노들을 향해 Sapere aude!, 즉 '너 자신의 오성(悟性)을 사용할 용기를 지녀라!'라는 격문을 들이댔다. 「계몽이란 무엇인가」가 루소의 「인간 불평등 기원론」(1754)–『사회계약론—정치적 법률의 원리』(1762)–『에밀—교육론』(1762)[12]과 함께 앙시앵 레짐과 프랑스혁명을 가장 잘 설명해주는 문건이다. 국가는 국민 자체로서 시민의 의지에 인도된 '사회적 계약(contract social)' 이상의 것이 되어서는 안 된다. 『에밀』의 첫 문장이 다음과 같다. "조물주의 손에서 생겨난 모든 것이 선하다. 인간의 손 아래에서 모든 것이 타락한다(entartet)." 농노/귀족 · 성직자 간의 이항 관계 · 적대 관계 이전에 관한 것으로서 아감벤(1942~)의 조에/비오스 간(間)의 이항 관계 · 적대 관계에 관한 통찰이 있다.[13] 조에와 비오스에 관한 통찰은 아감벤에 의할 때, 근대 시민사

---

12 칸트는 서재에 루소의 초상화를 걸어두었고, 루소의 『에밀』을 읽다 '산책 시간'을 몇 번 놓쳤다.

13 폴리스 내에서 정치적 비호를 받는 자가 비오스, 폴리스 밖에 있는 자들, 그러니까 정치적 보호를 받지 못하는 자가 조에이다 ; 아리스토텔레스–플라톤은 그 시대의 한계에 갇혀 있었다. 이를테면 "동등한 사람에게 동등한 권리가 적용되어야 하며, 그리고 권리에 반(反)하는 헌법은 지속되기 힘들다"(『정치학』 H, 14)가 아리스토텔레스의 생각이라 하더라도, 이것은 자유민(Freier)에 한정된 것이었다. 아리스토텔레스는 기본적으로 조에로 표상되는 노예제도를 인정했다. 플라톤은 주로 『국가』에서 드러난 바, 정치학–윤리학의 초점을 '보다 고귀한 자들'에 맞추었다. 스토아의 에픽테토스에서 플라톤–아리스토텔레스의 능가를 말할 수 있는 것은 그가 인간의 형제애를 인정하고 노예들의 평등을 설파했기 때문이다.

회에서 '근대 시민사회의 내면 투쟁'을 촉발시키는 계기가 된다. 조에와 비오스 간(間)의 이항 관계·적대 관계에 의한 투쟁이 아니라, 정치적 존재[비오스]로서 생존하려는 '전 민족적 권력투쟁'이다. '내면 투쟁'이 전체주의 시대의 자기 검열과 유비 관계이다. '호모 사케르'[벌거벗은 생명]으로 전락―유지(?)할 것인가? 법적 보호를 받는 '정치적 존재'로 유지―상승할 것인가? 문제는 유동성이다. 특히 벌거벗은 생명으로 갈 가능성이다. 인프라노마드(Infranomad)로 갈 것인가. 비록 '비즈니스 클래스'[하이퍼노마드(Hypernomad)]와 거리가 멀더라도 자영업자 수준의 중간 노마드에 머물 수 있을 것인가. 비오스의 두려움은 언제든지 '조에의 나락'으로 떨어질 수 있는 '사태'에 근거한다. 'IMF 시대' 이후 '생긴' 노숙자들을 보시오!―김태암이 말한다. 비오스는 '벌거벗은 생명의 힘'(!)을 스스로 억압한다. 벌거벗은 생명의 힘을 검열한다. '원형 감옥'이 말하는 바와 같고, '병영―학교―공장―병원' 등이 말하는 바와 같다. 이른바 자발적 복종에 의한 현상 유지(status quo)이다.

①
어느 틈에 이만큼 왔는지, 압구정동에 서니까
삐까뻔쩍한 언니들의 하의 실종에서
십구공탄 난로에 손 녹이며 미싱 돌리던
유니폼 홑바지에 갇혀 떨던 언니, 늘 창백하던
배경으로 처리되고 실종된.
　　　　　　　　　　　　　　　　―「박정희 시대 1」 부분

②
사직서 쓰는 손이 중심 잃으면서 떨리고
표정 잃은 웃음이 저리는 듯 쓸쓸하고
돌배기 잔치가 엊그제였는데, 간암 말기

키 크고 활달한 체격, 소 같은 눈을 가진 김반장
생고무에 아세톤을 부어, 휘저어
고무풀 만드는 일이 그의 떨면서 쓸쓸한 몫이고

반장이 되고, 쇠꼬챙이처럼 말라가고
불 잘 붙는 인쇄 잉크 톨루엔, 아세톤에 벌겋게 취해
술값 들이지 않고 술 취해서 비틀거리고

죽음에 이르게 하는, 우리가 한참 지난 나중에 알았던
유기용제 증기가 간에 머리에, 치명적인 거
서울대 화공과를 졸업한 실장이 말해주지 않은
            —「박정희 시대 2—24세 김반장의 죽음」 전문

③
도시 밑바닥에는 숨통 매이는 지하철이
먹이사슬 밑바닥에는 팔딱거리는 나비들이
…(중략)…
깔깔거리는 빨대들의 호사를 받쳐 든 나비의 비명이야
준거된, 먹는 자의 일상일 뿐, 먹히는 자의 고통일 뿐
똑똑한 대가가 상속된 자본이 존중되어야 한다고

풀죽 쑤어 먹던 러시아의 농노, 가쁜 숨 내쉬는 도시의 나비

번듯하게 키워낸 재벌, 기저를 나비들의 시신이 쌓은
보이지 않게 뻗히는 문어발이 여지없이 옥조이고
　　　　　　　　　　　　— 「박정희 시대 4—도시의 농노들」

　　① 이항 관계―적대 관계가 드러났다. 김태암의 관점주의가 우
선 이항 관계―적대 관계를 드러낸다. 미리 말하지만 김태암은 조화―
화해―균형―절제를 말하지 않는다. [부정의 변증법이다] 관조―해탈
의 음조와 거리가 멀다. 날것으로 김태암은 느끼고, 날것으로 김태암
은 말한다. 상호 모순을 아름다움으로 호도하지 않는다. "압구정동"
의 "삐까뻔쩍한", "하의"가 "실종"된 "언니들"과 "십구공탄 난로에 손
녹이며 미싱 돌리던/ 유니폼 홑바지에 갇혀 떨던", 그리고 "늘 창백하
던/ 배경으로 처리되고 실종된", 암전 처리된, "언니"를 전지자적 시
점에 의해 적대적 이항 관계로 드러냈다.
　　①에서는 이항적·적대적 관계가 통시적으로 다뤄졌다. 요컨
대 청계천 평화시장 시대와 압구정 패션 시대의 이항 관계이다. ②에
서 이항적―적대적 관계가 공시적으로 다뤄졌다. 피후견인/후견인,
혹은 조에/비오스의 유비로서 "김반장"과 "서울대 화공과를 졸업한
실장"이 등장한다. ②의 서사가 충분히 개연적인 것이 그 당시 '생태
주의', 혹은 '산업재해'에 대한 인식이 거의 전무했기 때문이다. 그럼
에도 '서울대 화공과 졸업 실장'을 '적'으로 등장시킨 것은 화자의 계
몽주의적 세계관 때문이다. 18세기 계몽주의 표어 중의 하나가 '같이
아파할 줄 아는 인간이 가장 좋은 인간'이었다. 비극 장르에서의 연
민을 아리스토텔레스는 존재론적 연민 연습으로 이해했고, 레싱은

'이웃에 대한 연민 연습'으로 이해했다. 화자 김태암은 '가진 자/못 가진 자'를 '배운 자/배우지 못한 자'의 '대물림' 때문이라고 이해했다.

③ "도시의 농노"가 "도시의 나비"로 표상됐다. '"먹히는 자"로서 나비-농노'의 상대역이 "상속된 자본"이다. 부르주아 재벌이 상속된 자본으로 표상됐다. 농노·프롤레타리아와 재벌·부르주아의 대치. 화자는 김태암. ['옛 사회주의적 리얼리즘'의 세 가지 큰 물줄기인 반영론-당파성-민중 연대성의 입각점이 마련됐다] 반영론인 것이 '생산력과 생산 관계의 모순'을 떠올리게 하기 때문이다. 화자의 당파성-민중 연대성에 관해서는 설명이 불필요하다. 노동자 문학(Arbeiterliteratur)이 노동자가, 노동자의 일을, 노동자의 세계관으로 드러내는 것을 말할 때, 김태암의 시에서 노동자 문학 또한 말하게 한다. 김태암이 스스로를 노동자로 자처하는 것으로 볼 때 그렇다. 사회주의적 리얼리즘의 주요 방법론 중 하나가 '마르크스주의적 세계관-프롤레타리아 혁명론'인 점에서, 마르크스주의적 세계관의 결핍을 말할 수 있다. 대신, 우리가 광고나 흔히 목도하는 것에 대한 반대로서, 부정성을 긍정성으로 호도하지 않고, 부정을 부정 그대로 노출시킨 점에서 '미메시스의 변증법'을 말할 수 있다. 부정의 미학으로서 '생산 미학과 영향 미학'의 변증을 말할 수 있다. 요컨대 '부정의 변증법'이다.

김태암의 관점주의 ─ '군주로서 박정희'

박정희의 경우, 문제가 군주주권의 유지인가? 아니면 국가주권의 유지인가? 후자일 때 슈미트(1888~1985) 쪽에서 평가하는 것이고, 전자일 때 마키아벨리(1469~1527) 쪽에서 해석하는 것이다. '김태암'에서 박정희의 경우는 슈미트가 아니라, '마키아벨리'에 가까운 것으로 보인다.[14] 특히 '안보 장사를 했던 박정희'라는 아젠다에 충실할 때이다. '안보'가 국가 비상사태에 관한 것으로서, '박정희 독재'가 안보를 위한 것일 때, 이것은 슈미트 쪽에서 평가하는 것이다.[15] 안보 장사라고 했을 때,[16] 안보 장사가 군주주권 유지와 관계하는 것으로서,

---

14 슈미트의 정치철학과 마키아벨리즘이 말하는 것이 서로 다르다. 마키아벨리(Niccolo Machiavelli)의 『군주론』(1513)은 간단히 말해 군주권 유지에 관한 얘기다. 특히 15장의 다음과 같은 말 : "군주는 자신을 보존하고자 할 경우 악인이 되는 법을, 필요에 따라서 악인으로 행동하는 법을, 배워야 한다." ; '군주는 어떤 식으로 신앙을 가져야 하는가?'라는 제목을 가진 18장의 한 부분 : 군주에게 자기에게 이득이 될 경우 신앙[약속]을 지킬 것을, 이득이 되지 않을 경우 신앙[약속]을 지키지 말 것을, 심지어 신앙[약속]을 버릴 것을 요청한다.

15 국가는 어원적으로는 폭력(혹은 힘)에 의해 세워진 정치조직을 말한다. 국가를 의미하는 the state나 der Staat들은 모두 라틴어 stare[서다, stand]에서 왔다 ; 국가의 國 속에 있는 口는 성곽을 뜻하고 口 안의 위 아래 있는 一은 논밭을 가리킨다. 戈는 창, 혹은 전쟁을 뜻한다. 국가는 성곽과 논밭을 무력(창과 전쟁)을 써서 지키는 정치 · 군사 조직이다.

16 사실 안보 장사라는 '아젠다'(?)는 박정희 시대에만 적용된 것이 아니라, 언필칭 군부 정권, 혹은 보수 정권이 들어설 때마다 사용, 이용됐다. 혹은 '대선'이 치러질 때마다 사용, 이용된 용어이다. '안보 장사'에 상대방을 무력화시키려는 전략적 함의가 담긴 것을 부정할 수 없다. '북한에 의한 KAL기 폭파 사건' 부인-'북한에 의한 천안함 폭침 사건' 부인을 안보 장사라고 말할 수 있다면, 이 또한 상대방 진영에서 역안보 장사라고 비난할 수 있으리라. 이른바 진영 논리이다. 진영 논리에 관한 한, 1980년대의 NL식 판단[식민지-반자본주의론]/PD식 판단[신식민지-국가독점자본주의론]이 그나마 품격이 있었다. 진영 논리에 관한 한, 지금 한반도 남쪽은 '전국민적 권력투쟁'

이것은 마키아벨리즘에서 해석하는 것이다. '박정희 독재'에 의해 국가주권이 지켜질 수 있었는가? 물론 이 경우 김태암으로부터 '아니올시다'라는 대답이 응당 돌아올 것이다. '박정희의 유신 반포–긴급조치 발령들이 아니더라도 국가주권은 지켜질 수 있었을 것이다.' '인혁당으로 표상되는 사법 살인이 없었을 때, 국가주권은 더 잘 지켜질 수 있었을 것이다.' 역사는 생물(生物)과 같아서 역사를 가정적으로 유추해보는 것은 사실 망상이다. 생물은 나이를 먹거나 죽기 때문이다. 군주에게, 혹은 권력자에게, 결단이 요청되는 것은 자명한 것으로서 자명하다. 문제는 군주주권을 위한 결단과 국가주권을 위한 결단이다. 히틀러의 1933년 의회 해산–정권 탈취, 1939년 뮌헨 협정 파기에 대한 평가 및 해석이 망상이 아니다. 정권 탈취–뮌헨 협정 파기 등이 '권력의지의 흔한 일', 혹은 권력자의 흔한 일이다. 히틀러가 부정적 평가로 도배되는 것이 이후 일어난 인류 미증유의 대량 학살 때문이다. 홀로코스트가 히틀러–스탈린의 결단들을 국가주권이 아닌, 군주주권을 위한 것으로, 나아가 군주 개인의 성향 때문인 것으로, 광속(光速)으로 판단하게 한다.

에 매몰돼 있다. 비상사태를 말하고 싶을 정도이다 ; 몰락하는 시대를 다시 말하자. 기존 세계질서에 도전하는 국가가 발생했을 때, 그것이 혁명적 상황으로서 이미 '몰락하는 시대'를 포함한다. 이를테면 제1차 세계대전을 몰고 온 '영국'/독일의 상황이 이것을 말했고, 작금의 일본/중국, 혹은 미국/중국의 상황이 이것을 말한다. 한 국가 안에서 상호 도전적 세력이 팽팽하게 맞설 때, 그것이 혁명적 상황으로서 또한 몰락하는 시대를 포함한다.

①
2011년 11월 17일 안산에 사는 62세 여인네가 종북 빨갱이라고
서울시장 목덜미를 내리쳤는데,
대한민국 한복판 서울, 종북 빨갱이가 서울시장으로 뽑힌 건가
내가, 우리가 빨갱이인가

얼마나 더 찢겨져야 하는지. 떠내려가야 하는지
여자의 순한 눈을 뒤틀리게 만든, 바퀴벌레
철되면 때마다 나라 걱정하는 듯, 공갈빵처럼 부풀린
온공과 반공으로 60년 우려먹어 재미 본

나라가 그들에 의하여 지탱된 듯, 애국하는 양
얼굴 없이 일해 온, 많은 사람들의 노고 가로채고
뒷전 시궁창, 야금야금 챙기고, 지키려고
정당화한 독재, 빨갱이로 몰아붙여 재미 본, 시궁쥐

분단을 아이스크림으로 팔아먹는, 눈 귀 홀려 권력을 슬쩍하는, 독
버섯
거들먹거리는 돼지들, 꽃으로 장식한 꽃 돼지,
춥고 배고픈 사람, 위하는 것이 빨갱이라는 건지.
　　　　　　　　　　— 「박정희 시대 3—빨갱이 서울시장」 전문

②
전기 고문봉에 사지를 파들파들거리다 커진 그, 천당에 갔겠지
목욕탕 물속에 머리를 처박던 고문기술자, 천당에 갔을까
만나서 용서하고 화해하고 어깨동무 할까
비둘기 돌리기, 관절 꺾기, 칠성판 태우기, 전기 지지기

돌려주고 있을까, 돌려받고 있을까
그 고통, 갚음이 있어야 하지 않겠소, 그래야
지구라는 거, 기울어지지 않고 평평할 거니까

높은 법대, 법복으로 무장하고 사형선고 내린 유신—판사들이 어디
로 갔을까
무죄 판결 받은 그린마일 걸어간 사람들이 되돌아와야 할 터인데
유신이었으니 한마디로 얼버무리기에는
기득한 칼날이 너무 서슬하고
역사의 등줄기에, 피고름이 흐르는데
휘두르며 누려온 사람들, 아직 죽지 않고, 속죄하지 않고, 치마폭
밑에서 휘두르려 하는
있으나 마나한 벼락, 찌질한 역사의 바퀴
그때, 거기 누구 없었소, 개패이듯 두들겨 맞아 정신이 꺾였을 때,
말이요.
　　　　　—「박정희 시대 8—남영동 분실—거기 누구 없었소」전문

③
100억 불 수출 달성 위해 필연이라고, 10월 이후 고통 받던 눈물,
고문 받던 민주가,
100억 불 수출 달성을 반대한 불순한 양심이었다고?

아무렴요, 기생파티에서 총질하다 독 깬, 군화발은 그 문턱이 아니
올시다. 시니피앙이 다릅니다

어떻게 여기까지 왔는가, 알갱이가 꺼멓게 쉰, 풋풋한 지성이, 용
기가,

유신을 들이받던 붓끝이, 뼈마디의 아픈 기억을 거역하는지, 추하
게 뭉개지는지

봄이 그냥 왔을까, 권욕(權慾)을 필연이라 찬양하다니
빌딩만 드높이고 기득들이 비리 붙어 누리려 하고.

             — 「박정희 시대 9—유신이, 유신이 아니라네」 부분

  ② 사법 살인 중 기억에 남는 것이 재심 청구에서 무죄로 판
결난 이승만 자유당 정권 시절의 조봉암 사형 집행(1959)이고, 박정희
공화당 정권 시절의 인혁당원 사형 집행(1975)이다. 최근 인혁당 사형
집행이 사법 살인-정치 살인에 의한 것으로 선고됐고, 나머지 긴급
조치 위반 사건들에서도 긴급조치가 위헌으로 선고된 것으로 해서,
당연 이에 연루된 사람들에게 무죄가 선고됐다. 시 「박정희 시대 8—
남영동 분실—거기 누구 없었소」는 이에 대한 김태암의 통렬한 각성
이고 통렬한 고발이다. 그렇다 하더라도 박정희 시대의 비상사태에
대한 판단이 군주주권을 위한 것이지 국가주권을 위한 것이 아니었
다, 이렇게 간단히 말하게 하지는 못한다. '이북 김일성'에 대한 얘기
가 없기 때문이다. "노예상태 1천만 동포"(박정희가 1963년 12월 대통령
취임사에서 한 말)에 대한 얘기가 없기 때문이다. 현재의 '세계 5대 공업
국-7대 무역국-세계 10위권 경제'에 대한 얘기가 없기 때문이다.
  ② 김태암의 '박정희 시대'에 대한 증오는 무엇보다 '10월 유
신'에 대한 증오, "10월 이후"에 대한 증오이다. 목적이 수단을 정당
화하지 못한다. "100억 불 수출 달성"이라는 목적이 "고통 받던 눈물,
고문 받던 민주"를 정당화하지 못한다. 필연이 우연에 의해 관철된

다? 아니다, 적어도 김태암에게는 아니다. 우연이 '독재와 폭압'을 포함할 때, '10월 이후' "유신"–"권욕"을 "필연"으로 미화–"찬양"할 수 없다. 그것은 "기득"권에 의한 미화–찬양이다. 우연이 권욕을 포함할 때—여기에서 김태암의 박정희 시대, 특히 박정희의 '10월 유신'을 보는 태도가 명확히 드러난다. 10월 유신은 군주주권 강화용이지 국가주권 강화용이 아니다—100억 불 수출 달성에 대한 "반대"가 "불순한 양심"이 아닌 것으로서, 정당한 일이었다. 김태암의 필봉이 지금–여기에서 "유신을 들이받던 붓끝"을 대신한다. "뼈마디의 아픈 기억"을 되살려낸다.

　　① "종북 빨갱이"라는 용어에 대해, 화자 김태암은 선천적이라는 느낌이 들게 할 정도로 증오 의식을 갖고 있다. 분명하게 말하자. 종북 빨갱이에 대한 증오 의식이 아니라, 종북 빨갱이라고 욕하는[말하는] 자들에 대한 증오 의식이다. 그렇더라도 화자가 소위 '종북 빨갱이'에 대해 관대한 태도를 보이는 점을 부인할 수 없다. 시 「박정희 시대 3—빨갱이 서울시장」 끝 행 "춥고 배고픈 사람, 위하는 것이 빨갱이라는 건지"에서 화자의 '부드러운 당파성'을 본다. 춥고 배고픈 사람을 위한 것이 빨갱이일 때 그 빨갱이는 옳은 빨갱이이다. 갈릴리의 예수도 춥고 배고픈 인류를 위해 공생애를 보냈고, 설산(雪山)의 붓다가 춥고 배고픈 사람을 위해 열반(?)을 자초하셨다. 카를 슈미트에 의할 때, 군주의 주권론으로서, 비상사태를 차단하는 일에 "반공"을 포함시키는 것이, 그리고 '빨갱이'를 잡아들이는 것이, 당연한 일일 것이다. 북한의 주체사상과 북한의 대남 혁명 노선이 대한민국 정통성의 부인을 전제로 하기 때문이다. 물론 화자를 종북주의–'빨

갱이'로 말하는 것은 부당으로서 부당하다. 화자의 과녁은 "독재"를 "정당"화하기 위해 '반공'을 "60년 우려먹어 재미 본" '박정희'로 대변되는 그동안의 보수정권이다 ; 분명한 것은 화자의 관심이 춥고 배고픈 사람에 가 있고, 화자의 관심이 그들의 추움과 배고픔의 해소에 있는 점이다. 또 한 가지 분명한 것이 추움과 배고픔을 해소시키는 주체가 누구인지 중요하지 않은 것으로 보는 점이다. 김태암의 흑묘백묘론이다. [역사를 가정하는 것은 인생을 가정하는 것처럼 망상이다. 일회성─비가역성이 인생─역사의 큰 법칙 중의 하나이다] 김태암이 문학예술을 통해 할 수 있는 것은 폰 랑케(Leopold von Ranke)식(式)의 역사 기록이고,[17] 또한 크로체(Benedetto Croce)식(式)의 역사 평가이다. 잊지 않게 함으로써, 경우의 수를 가시화시켜, 실수(?)를 되풀이하지 않게 하는 것이다. 김태암의 역사 서술이 평가 대상이 되는 사실들(facts)을 중시하는 점에서, 즉 사실 선별에 이미 평가가 들어 있는 점에서, 폰 랑케의 가치 중립적 사실 나열식의 역사 서술보다는 크로체의 가

---

17 아리스토텔레스의 『시학』 9장이 또한 의미 있는 것은 역사가와 시인의 차이점을 말하고 역사가의 처지와 시인의 처지를 분명히 한 점이다. 역사가는 실제 일어난 일들을 정확히 기술하고, 시인은 이에 반해 일어날 수 있는 일들을 말한다. [시문학(Dichtung)은 역사 기술보다 더 철학적이고 따라서 더 의미심장하다. 시문학은 보편적인 것에 관해서, 역사는 개별적인 것에 관해서 말하기 때문이다] 팩트 위주의 충실한 기술을 역사가의 채무로 말한 점에서 랑케식(式)의 실증주의적 역사 기술의 원형이 아리스토텔레스에 의해 제시되었던 점이다(졸고, 「니체의 비극론『비극의 탄생』과 아리스토텔레스의 비극론『시학』」, 『예술가』, 2014. 겨울, 255쪽 참조).

치 평가적 역사 서술에 더 접근한다.[18] 김태암은 크로체식 역사 서술 관점에 의해 한국 현대사 최대의 문제적 인물 박정희를 파헤친다.

'자본주의의 끝' — 부채사회

꿈이 인도해주던 시대는 행복했었다. "그 시대가 복 되었도다, 하늘의 별이, 갈 수 있고, 가야만 하는 길의 지도가 된 시대, 그 길을 별빛이 환히 비춰준 시대. 모든 것이 새로웠으나, 그럼에도 친숙한 시대, 모험적이었으나 그럼에도 도달(Besitz)할 수 있던 시대."(루카치, 『소설의 이론』, 1916)

---

18 역사 기술에 있어 역사적 사실이 중요한가. 아니면 역사가(historian), 그러니까 '역사가의 입각점'이 중요한가? 해묵은 질문이 있을 때, 해묵은 대답이 있기 마련. "역사적 사실이 임의의 역사적 사실일 수밖에 없으므로 역사적 사실들을 상호-대화하게 해야 한다." E. H. 카의 입장이다. 역사가의 입각점[가치 평가] 또한 임의적-한계적 역사적 사실에 의한 임의적-한계적 역사 평가일 수밖에 없으므로 역사가 또한 과거의 역사적 사실들과 계속적으로 대화해야 한다. 역시 E. H. 카의 입장이다. 벤야민은 평가 대상이 되는 팩트들이 '한쪽에 치우치는 것'에 대한 대응으로서, "범례적인 것"에 대한 조사(照査)를 권한 바 있다(「크로체가 본 예술장르」, 『독일비애극의 원천』, GS I-1, 1923-1928, 224). [벤야민의 '범례적인 것'에 대한 발언은 칸트의 천재론에 힘입은 바 크다] 김태암이 힘없고 쓸모없는 자에 대한 관심에서, 즉 '혜택 받지 못한 자'에 대한 관심에서, 역사를 평가할 때, 이것은 폰 랑케식(式)의 역사적 팩트에 의한 역사 기술보다, 크로체식의 역사가의 입각점에 의한 역사 기술의 중시이다 ; 비상사태를 차단하는 일을 군주의 역할로 보는 점에 대해서도 김태암은 김태암 고유의 역사관을 갖고 접근한다. 박정희 시대가 이를테면 비상사태를 차단하는 일을 말하고, 비상사태에 대해 반공을 강조한 것은, 정권을 유지시키는 미명으로서, 마키아벨리즘의 책략에 더 가까운 것으로 본다.

어머니, 청계천 그 머나먼 땅에 꽃이 피지 않았습니까.
재료, 기술, 공장 없던 찌든 그날, 꿈만 있었어요

닛뽄을 이길 수 있고 아메리카와 나란히 할 수 있겠어요
꿈이 보였어요 알록달록한 꿈

— 「박정희 시대 7 — 꿈만 있었어요」 부분

작금, 꿈이 인도해주는 시대를 말하기보다 파국이 인도해주는
시대를 말해야 할지 모른다. 현대는 글로벌 자본주의 사회, 특히 리먼
브라더스 파산 사태가 알려주듯, 글로벌 '금융'자본주의 시대이다. 금
융자본주의를 뒤집을 때, 그것이 부채자본주의를 말한다.[19] 부채관계,
즉 채무–채권 관계가 글로벌 자본주의 사회에서 가장 근본적 사회관
계가 됐다. 사실 투자사회[투기사회]가 부채사회를 예고했었다. 예컨
대 부동산 투자–증권 투자–선물 투자들이, 주택 담보 대출–역(逆)모
기지 등을 비롯한 온갖 파생상품들이 '부채'를 위험으로 알려왔다.[20]

---

19 부채사회를 말할 때 리먼 브라더스 파산 사태, 곧 '비우량주택담보대출'로
촉발된 2008년의 글로벌 금융 위기를 먼저 말해야 한다. 동명의 책 제목도
있는 '빚으로 지은 집(House of Debt)'이 당시의 글로벌 금융 위기를 요약한
다. [미국의 아티프 미안 프린스턴대 교수와 아미르 수피 시카고대 교수의
공저『빚으로 지은 집』, 2014]

20 울리히 벡(Ulrich Beck)이 『위험사회Risikogesellschaft』(1986)의 '위험사회론'에
서 중요하게 말한 것이 사회적 불평등 문제였다. 최근의 저서『장거리사랑
Fernliebe』(2011)에서 '금융 위기에 의한 위험'을 포함시켰다. 인프라노마드
에 결혼 이주 여성–가사도우미가 포함된 것도『장거리사랑』에 의해서이다 ;

일반경제/제한경제를 넘어, 경제 일반을 말해야 할 때, 부채경제, 즉
채무/채권 경제를 말해야 한다. [채무관계로 경제를 얘기할 때, 그동
안의 공간경제/시간경제 및 제한경제/일반경제 담론이 일체 무색해
진다]21 [소비자본주의 담론이 일체 무색해진다] 문제는 채무 의식이
다. 잉여 에너지에 의한 잉여 의식은 간단히 해소될 수 있었을지 몰라

런던정경대학 교수 앤서니 앳킨슨은 50여 년간 '불평등 이념'에 천착했다.
'인류'의 여러 항목 중 '평등/불평등 이념'만큼 난해한 것이 있을까? 신 이
념-'영혼 이념'만큼 풀기 어려운 문제이다. 비교 기준이 다르지만 부조리학
파 카뮈는 가장 까다로운 수학 문제가 '자살 여부' 문제라고 했다. 카뮈는 형
이상학적 실존론적 차원에서 자살 여부를 말했다. 물론 넓은 의미의 평등/불
평등 문제를 말할 때 자살 여부 또한 정치경제적 평등/불평등 문제에서 자
유로울 수 없다. '우리나라 노인이 매일 23명 정도 자살하고 실종된다.' 사회
적-경제적 문제 때문 아닌가? 2014년을 뜨겁게 달군 피케티 논쟁 또한 평
등/불평등에 관해서이다. 파리경제대 교수 토마 피케티는 『21세기 자본론』
에서 현재의 선진 자본주의 양상이 100여 년 전 19세기 말에 있었던 세습 자
본주의의 재판이라며 이를 해결할 방안으로 부유세(최고 5~10퍼센트)를 신
설하고, 특히 [국민 전체 소득 20퍼센트 가까이를 차지하는] 상위 1퍼센트에
게 소득세를 최고 80퍼센트 부과할 것 등을 제시했다. 앳킨슨 교수는 보다
온건해서 그의 평등/불평등 해소 방식은 최저임금 보장, 누진세, 상속세, 부
유세, 자녀수당 등에 관해서이다. 특히 소득의 불평등에 관한 것으로서 모두
가 원원하는 최저임금 인상을 중시한다. 임금이 올라가면 업무 능력 향상이
이루어진다는 게 그의 지론이다.

21 대한민국 가계가 진 부채가 2013년 말 기준으로 1021조 원에 육박한 것으
로 금융당국과 한국은행에 의해 집계됐다. 가구 수로 나눌 때, 가구당 부채
가 5,836만 원 꼴로, 9년 전 2004년의 가구당 부채 3,452만 원과 비교할 때
2,384만 원 불었다. 문제는 1,012조 원이라는 가계부채 규모가 아니라, 부채
가 소득보다 더 가파르게 늘고 있는 점이다. [소비 자본주의가 저물고, 부채
자본주의가 온다] '빚에 익숙한 세대(Debt friendly Generation)'의 탄생이다.

도,[22] 채무 의식에 관한 한 간단한 해소가 불가능하다. 부채사회에서 부채 탕감은 전혀 고려의 대상이 아니다.

　마르크스가 생산력과 생산 관계의 모순에서 파국을 봤었다. 종극에는 프롤레타리아 혁명으로 표상되는 '구원으로서 파국'을 봤었다. 작금, 생산력-생산 관계의 모순으로서 자본에 의한 노동의 착취를 근본 위기로 말할 수 없다. 채무/채권의 계급투쟁을 말해야 할지 모른다. 이것은 『부채인간*The Making of the Indebted Man*』(2011)의 마우리치오 라자라토(Maurizio Lazzarato)의 견해에 동조하는 것이다. 금융자본주의가 채무/채권 관계라는 '부채 무대'를 자신의 본거지로 알렸다. 여기에서 임금노동자/비임금노동자, 취업자/실업자, 생산자/소비자의 구분이 무의미하고, 오로지 부채 의식만이 유의미하다. [채권자는 재무자에게 적대적 의식을 갖는다][23] 철학적으로 말할 때, 부채 의

22　바타유(Georges Bataille, 1897~1962)는 예술-에로티즘-낭비[사치] 등에 의해 '잉여 에너지-잉여 의식'이 해소될 수 있는 것으로 봤다(「일반경제의 법칙」, 『저주의 몫*La part maudite*』, 1949).

23　자본주의의 필연적 수순으로서 '부채 관계'에 관해 니체가 『도덕의 계보학 *Zur Genealogie der Moral*』(1887)에서 진단한 바 있다. [채무 관계가 교환 관계를 대행한다] "손해를 당한 채권자(Gläubiger)의 분노 및 공동체의 분노가 채무자-범죄자를 지금까지 받은 보호 상태가 아닌 곳으로, 법률의 보호에서 제외된 곳으로, 되돌려보낸다: 공동체가 채무자를 쫓아낸다—이제 채무자에 대한 모든 종류의 적의가 허용된다. 이런 문명 단계의 '형벌'은 간단히 말해 적(敵)에 적용되는 일반적 조치의 모사이고, '흉내(Mimus)'이다. 모든 권리 및 보호만이 아닌. 모든 은총을 상실한 적, 증오의 대상인 적, 무장해제되고 패배한 적 ; 그러니까 모든 무자비성 및 잔인은 '패배자는 가련하다(vae victis)!'가 모토인 군법에 의한 것이고, 승리의 축제에 의한 것이다—이 지점

식이 내면화되면서 삶을 통제하고 삶을 황폐하게 한다. 작금의 한국의 경제 문제는 크게 볼 때 하우스 푸어로 표상되는 '부동산 위기'에서 심화됐다. 요컨대, '금융 거버넌스의 문제'이다. 채무를 개인적 차원이 아닌, 구조적 차원에서 접근할 것을 요구한다. '부채 의식으로서 인간'! 철학적 인간학에 한 항목이 추가됐다.

①
발길 끊긴 갈보집처럼, 철거를 기다리는, 어쩌다 녹슨 양철지붕 조각을 덜거덩 덜거덩 바람이 지나가는, 길 떠나지 못한 도둑고양이 몇 마리가 골목 주인 되어 싸다니는, 재개발 바람이 휩쓸고 지나가니까 삐까번쩍한 고층 아파트가 자리를 차지하고 왕년의 왕십리, 싸요싸요 외쳐대던 1980년 쉰 목소리가 흔적 없이 묻히겠다.

　　　　　　　　　　　　　　　— 「박정희 시대 10—상왕십리」 부분

에서 자명한 것이, 역사 안에서 형벌이 등장할 때, 전쟁 자체(전쟁의 희생물을 바치는 제례를 포함해서)가 그 모든 형식을 부여한 점이다."(Ⅵ-2, 323-324) ; 인용 전체에서 '채무자'를 '폴리스 밖에 있는 조에'와 유비로 말하고 있다. '법률의 보호에서 제외된 곳으로 다시 되돌려보낸다'는 '폴리스 밖으로 다시 쫓아낸다'이다. 채무자는 '범죄자'-'적'과 같은 것으로서 공민권 박탈의 대상이다. '희생물'이고 '신의 은총'에서도 제외된 자이다. [채무경제 시대에 대한 탁월한 선취이다] ; 죄(Schuld)의 파생어가 채무자(Schuldner)이다. 죄(Schuld)를 복수형으로 쓸 때(Schulden) 대개 빚-채무의 뜻을 갖는다 ; "명예란 전적으로(schlechthin) 상처받기 쉬운 것이다."(헤겔, 『미학강의 Ⅱ』, Werke in 20 Bdn., 180) ; 명예는 […] 개별적 주체의 인정과 추상적 불가침성을 위해 투쟁한다."(헤겔, 같은 곳, 172) ; 벤야민식으로 말할 때, 니체에 동의하는 것으로, 그러나 "명예를 잃은 자는 법의 보호를 받지 못한다(Der Ehrlose ist vogelfrei)."(「명예」, 『독일비애극의 원천』, GS Ⅰ-1, 266) ; 현대판 '명예를 잃는 자'가 바로 부채 의식에 시달리는 자로서 채무자이다.

그냥 먹을 리 있을까? 먹었으면 대가를 치러야지, 양심이 있지-그렇지
먹었으면 물 켜야지- 그게 양심이지- 그래? 양심이 있으니까
…(중략)…
돈 준 넘~~~~~~~~~~무죄
돈 받은 넘~~~~~~~~~~무죄
돈 받았다고 떠든 놈~~~~~~~~~~~유죄인가? 무죄인가?
아- 아- 대 한 민 국
아- 아- 우 리 조 국, 잘나가는 우리조국

검사(檢事)라는 게 본래 떡값이라는 거를- 받아먹는 거니까
그래 사법고시라는 게 어렵다는 까닭.

— 「떡값 ; 반들반들거리는 낯짝」 부분

① 공간경제/시간경제의 시대가 아닌 것을 알리고 있다. 물론 제한경제/일반경제의 시대를 말하려는 것도 아니다. 한국에서 유별난 "고층아파트"는 '시대'를 금융자본주의의 시대로 알리면서 동시에 부채자본주의의 시대로 알린다. 아파트에 부채 없이 입주하는 경우가 기이한 현상으로 간주된다. 부동산업자 및 자동차 영업사원이 부채 없이 깨끗한 등기부 등본을 보고 깜짝 놀란다. 금융자본주의와 함께 부채자본주의가 시작됐다.

② 여러 해석이 가능하나, 그중 하나가 '부채사회', 즉 채권/채무 사회에 대한 은유로 보는 것이다. 대한민국은 "돈 준 넘"의 사회이고 "돈 받은 넘"의 사회이다. "잘나가는 우리조국"은 반어(反語)일 것이다. "무죄" 또한 돈 받은 쪽에 관한 한 반어일 것이다. 돈 준 쪽에

관한 한 '무죄'는 반어가 아닌, 역설이 된다. 역설적 진리가 된다. 부채사회의 갑(甲)으로 표상되는 '은행'이 늘 무죄이다. [금융자본주의—부채자본주의에서 은행은 뱅크스터(bankster=banker+ganster)이다] 문제는 "먹었으면 대가를 치러야지, 양심이 있지—그렇지/먹었으면 물 켜야지— 그게 양심이지— 그래? 양심이 있으니까"라고 한 부분이다. 공짜 없는 사회, 즉 거저가 없는 사회, 요컨대 대한민국 사회가 '부채사회'로서 부채를 갚아야 하는 사회인 것을 명시적으로 밝힌다. 부채 의식이 "양심"과 관계있다. 부채를 감당하기 힘들 때, 그는 우선 양심범으로서 부채 의식에 시달려야 하고, 부채를 감당할 수 없을 때, 그는 벌거벗은 생명—조에로 굴러떨어진다. 파고다공원으로 표상되는 인프라노마드를 시간 문제로 말해야 하는 까닭이다.[24]

나가며 — 김태암의 생명정치론

푸코가 그의 생명정치론에서 '비정상적' 인간의 출현이 18세기인 것을 알렸고—이른바 '역사적' 비정상적 인간의 출현이다—지라르(René Girard)가 '만인의 일인에 대한 투쟁'[전 국민적 권력투쟁]의

---

24 김태암은, 자신이 최하층민으로 태어날 수 있을 가능성에 대한 은유인, '무지(無知)의 베일(veil of ignorance)'(롤스John Rawls, 『정의론』, 1971)을 쓰고 세상을 바라보는 시인이다 ; 무지의 베일이 말하는 것이 '누구나 최하층민으로 태어날 수 있을 가능성'일 때, 가장 바람직한 사회가 최하층민도, '가장 혜택받지 못한 계층'(사르트르, 『지식인을 위한 변명』, 1965)도, 최저 인간다운 생활을 보장받는 사회일 것이다.

결과로서 '희생양'의 출현을 알렸고(『폭력과 성스러움Violence and the Sacred』
-1972), 아탈리(Jacques Attali)가 일련의 유목민 중 하이퍼노마드의 대
척점에 있는 '인프라노마드'의 출현을 알렸고(『호모 노마드L'homme No-
made』, 2003), 아감벤(Giorgio Agamben)이 '죽여도 처벌받지 않고, 신의 은
총도 기대할 수 없는' 현대판 조에의 표상인, 이른바 벌거벗은 생명으
로서 호모 사케르의 출현을 알렸다(『호모 사케르Homo Sacer』, 1995). 문제
는 누구나 치명적 계기로 인해 '병원' 안의 비정상적 존재자가 될 수
있는 점이다. 희생양-인프라노마드-조에 등 사회의 타자로 전락할
수 있는 점이다. 복지 대상자-복지 수혜자를 말할 때, 그것은 '사회의
타자'를 지목하는 것이다. [사회의 타자를 지목하는 것이 만인이 일인
에 대해 말하는 태도와 다를 바 없다] 복지 혜택을 부여하는 일과 그
타자 혹은 타인의 지위(?)를 공고하게 하는 일이 동전의 양면 관계이
다. 문제가 간단하지 않다. 모두가 잠재적 희생양-잠재적 인프라노
마드-잠재적 조에라는 점이다. 정상인과 비정상인의 차이가, 즉 인
간적인 삶과 비인간적인 삶의 차이가, 종이 한 장 두께이다. 김태암의
궁극적 관심은 '복지 대상으로서 타자에 대한 관심'이 아니라, 복지
대상 자체에 대한 관심이다. 일러 '인프라노마드-조에'들을 타자로서
보는 그런 관심이 아니라, 동류로서 보는 그 관심이다. 수직적 유대관
계가 아닌, 수평적 유대관계를 말한다.

①
　목표는 하나다, 돈 많이 버는 거다 강남에 조그맣더라도 빌딩을 사
　는 거다 달달달 외워 잘 찍어 명문 대학 들어가 돈 많이 준 직장 가

는 거다 학원가의 그 많은 셔틀버스들, 투자가 자본의 필수, 최대
이윤이 자본의 꽃
월세 받아 평수 넓은 아파트에서 먹고 싶은 것 하고 싶은 것 보고
싶은 것 다 누리고 사는 거다
불안하고 두려우니까 헌금을 배불리 하고
기술자 예술가 변호사 사업가 정치가 종교가
너와 나의 욕망이 다르지 않으니
음식점 주방에서, 양복점 재단실에서, 밤늦도록 흘리는 진덤진덤한
저 땀이 무엇이더냐
고산자 김정호 부르튼 걸음걸음이 명리를 위한 투자였느니라.

— 「나비가 나는 곳」 부분

②
쏠린 눈금의 반대쪽이 을(乙)이다. 자리를 바꿔도 을 쪽이 올라가는
먼저 올라탄 갑(甲)의 무거움이 꼬랑지가 을의 대가리에 앞선다

꼬시라지려는 푸른 잎의 비명이 3차부터 마지막까지 쓸개를 빼놓게
한다
입이 있되 말할 수 없는 날선 기울기
을의 요구사항이 빈칸이다
마른명태처럼 쪼그라들어 있어야 한다

힘든 자, 수고하는 자, 벌거벗은 자다

— 「을(乙)」 부분

③
뿌릴 씨앗 없어 밭갈이 포기한 농부 슬픔이 있었다 붙잡아줄 지푸

라기 없고 지푸라기를 바랄 수 없었던 날, 호남선 완행열차가 막 도
착한 꼭두새벽 서울역 앞에서
가방 하나 들고 막막히 서 있어본 적 있었다
젊은 꿈들이 공부하고 있을 수많은 서울의 전등 불빛을 의식하면서
늦은 밤 야근으로 지친 막— 공원의 늘어진 육체를 이끌고 불 못 지
핀 허름한 자취방에서 주먹으로 눈물 닦으며 책 읽다 잠에 빠져본
적 있었다
하얀 눈밭 위에 자지러지는 기침으로 쏟아낸 선홍빛 꺼져가는 생명
을 보며 '정말 다했는데 이렇게 끝내야만 하는가', 사라져가야 할 억
울함을 분노하며 절규해본 적 있었다

— 「박정희 시대 6—게 맛을 아는가」 부분

④
나를 내쫓아 주셔요. 소멸 시켜주셔요
결핍이 있—는 곳으로 보내주셔요
아프리카로 보내주셔요. 볼리비아로 보내주셔요
인간냄새 떠들썩한 순대국집 가까운 양지바른 곳으로

— 「구체적으로, 딱딱하게 구체적으로」 부분

① 현대인 모두가 자본의 욕망을 좇는 자본주의 사회의 일원
이라는 것을 확실히 하고 있다. "너와 나의 욕망이 다르지 않"다 말한
다. 특이한 것이, 주목되는 구절이, 밑에서 두 번째 행, "음식점 주방
에서, 양복점 재단실에서, 밤늦도록 흘리는 진덤진덤한 저 땀이 무엇
이더냐"라고 영탄하는, 혹은 질문하는, 행이다. '음식점 주방' 및 '양
복점 재단실'을 조에들의 장소로서 특별히 언급한 것으로 보는 것, 즉
시인의 자기 이데올로기 재생산 행위로 보는 것이다.

② "힘든 자, 수고하는 자, 벌거벗은 자", 즉 벌거벗은 생명, 조에를 명시적으로 말한다. 벌거벗은 생명에 대한 유대가 먼저이고, 벌거벗은 생명에 관한 시, 「을(乙)」의 탄생이 나중이다.[25] ③이 화자가 조에를 타자로 보는 것이 아닌, 동류로서 보는 것을 간접적으로 보증한다. 조에에 대한 수평적 유대관계가 시인[화자]의 숙명인 것을 간접적으로 알린다. ④ 화자가 조에를 타자로 보는 것이 아닌, 동류로서 보는 것을 직접적으로 보증한다. 조에에 대한 수평적 유대관계가 시인[화자]의 숙명인 것을 직접적으로 알린다. 김태암의 생명정치론이다 ; 김태암은 완전한 소멸의 조건이 '충분한 삶'이라고 본다. [충분한 삶이 구원을 담보한다 본다] 체 게바라가 쿠바 혁명을 이루고도 볼리비아 내전 속으로 들어간 뜻은 '충분한 삶'이 구원인 것을 알았기 때문이다. 체 게바라가 햄릿이었다 ; "소멸 시켜주세요/결핍이 있―는 곳으로 보내주세요/아프리카로 보내주세요. 볼리비아로 보내주세요/인간냄새 떠들썩한 순대국집 가까운 양지바른 곳으로"는 표현주의적 절규에 가깝다. '형이상학적 소멸 의식(意識―儀式)'보다 더 가슴에 와닿는 것이 '결핍―아프리카―볼리비아―순대국집'이 표상하는 조에의

---

25 을(乙)의 행위를 유전자 결정론으로 말할 수 없다. 행동이란 유전되는 것이 아니라, 당대에 습득되는 것이라는 것을 '스키너 상자'(비교심리학자 스키너 Burrhus F Skinner)와 '바나나의 방'(인지심리학자 쾰러Wolfgang Köhler)이 알렸다. 스키너 상자가 쥐가 시행착오에 의해 '목표'에 도달하는 '연관 학습'을 보여줬고, '바나나의 방'이 침팬지가 통찰에 의해 목표에 도달하는 '통찰 행동'을 보여줬다. 을의 행동은 동물행동학이 말하는 것과 같은 것으로서 자본주의적 사회구조에 의한 '자발적' 연관 학습 및 통찰 행동에 의한 것이다. 후생유전학이 말하는 바와 같다.

세계에 대한 수평적 유대감이다. '조에의 세계'에 대한 수평적 유대감에 구원이 있는 것으로 보는 의식(意識-儀式)이다. '아프리카-볼리비아-순대국집'을 양지바른 곳으로 말했기 때문이다. '양지바른 곳'이 구원 맞다.

'죽은 나무가 나무다'
—항복의 형이상학

1 삶을 감당하기 힘들다 했을 때 이는 정치적-경제적-사회적 문제에 의한 것만이 아니다. '예상치 못한 문제'로서 예상하지 못한 행운에 의한 것이기도 하다. '예상하지 못한 행운' 문제와 사회적-경제적-정치적 문제가 다른 범주에 있는 것이긴 하나, 둘에서 다, 인간에 의한 것으로서, '감당할 수 있고 없고'를 말할 수 있으므로, 둘 다 철학적 인간학이라는 보다 큰 범주에 수렴된다.

  감당 능력 여부가 심리학적 차원을 넘어 존재론적 불평등을 말하기 시작할 때, 이것은 분명 가장 큰 이념 중의 하나인 '평등/불평등 이념'과 무관하지 않은 것으로서 평등/불평등 이념의 영토를 확장시키는 것으로 보아야 한다. '예상치 못한 행운'을 감당할 수 있는 사람이 있고, 이에 반해 예상치 못한 행운을 감당할 수 없는 사람이 있는 것을 말할 때, 이것은 존재론적 평등/불평등에 관해서이다. 사회적-경제적-정치적 문제를 말할 때 이것은 주로 '평등' 이념에 관해서

이다. 평등 이념은 신(神)이념–우주 이념–자아 이념들보다 결코 작지 않다.[1]

2　　어느 용량이 큰 사람은 행운을 살 줄 알고, 심지어 행운을 배가시켜 살 줄 알고, '어느' 용량이 작은 사람은 행운을 '살' 줄 모르고, 심지어 그 행운을 축소시켜 살려 애쓰다, 결국은 인생을 망친다. 후자에게 행운은 매번 지옥이었다.

3　　'예상치 못한 행운과 조우했을 때 이것을 감당하기 힘들다.' 내 것이 아닌 것으로서 내게 어울리지 않는다는 느낌에 사로잡히고, 심지어 죄를 지은 듯한 느낌에 사로잡힌다. 예상치 않은 행운이 아니고, 필연적 결과가 분명해도, 그러니까 행운이 아닌, 인과관계에 의한 필연적 결과가 분명해도 석연치 않은 느낌은 마찬가지이다. 문제가 '좋은 형태로서 행운'인 것이다. [그것이] 필연이든 필연이 아니든 문제가 좋은 형태인 것이다. 나쁜 형태는 나쁜 형태가 말하는 바 문제가 되지 않는다. 아니, 나쁜 형태가 자신을 '깊이' 성찰하는 기회를 주는 점에서 나쁜 형태가, 깊은 곳에서, '좋은 형태'로 간주된다. '나쁜 형

1　칸트가 '초월적 변증론'에서 신 이념–우주 이념–자아 이념 등을 가상 큰 이념으로서, 그리고 증명 불가능한 것으로 말했을 때, 새삼 의식하게 된 것이(?) 제(諸) 이념들의 증명 불가능성이 아니라, 그 이념들이 모두 초월적 이념이었던 점이다. **초월적 이념 대신 내재적 이념을 말할 때, 그리고 내재적 이념에서 가장 큰 이념 중의 하나로서 증명 불가능한 것을 말할 때 그것은 평등 이념에 관해서이다.**

태가 꼭 나쁜 것[기분]만은 아니다.' 나쁜 형태에서 힘을 더하는 힘을 말하면, 좋은 형태에서 힘을 빼는 힘을 말하면, 나쁜 형태가 환영의 대상이 되고, 좋은 형태가 사절의 대상이 된다. 요컨대, 하나이고 전부가 기분이 아니란 말인가? [좋은 인생이 아니다] ; '너 자신의 오성을 사용할 용기를 내라!'[Sapere aude!]—좋은 인생이 아니다.

4   감당 못 하는 것은 나다. 나를 괜찮다 생각할 때 괜찮게 생각하는 나를 감당 못 하는 것이 아니라, '괜찮은 나'를 감당하지 못한다. [괜찮게 생각하는 나가 앞에 가고, 괜찮은 나가 그 뒤를 따르므로, 사실은 '괜찮게 생각하는 나'를 감당 못 하는 것이 된다] 타인[타자]이 지옥이 아니라, 내가 지옥이다. '그나저나 나는 쓰레긴가 보다'라고 할 때 이는 내가 나한테 하는 소리이다. 아니, 저절로 얻은 죽음 충동이므로 억세게 운이 좋은 놈인 줄 모른다. '완전한 죽음 협회' 회원이 될 수 있다. 인생이 부담스러운 것으로 해서 죽음이 부담스럽지 않게 되었으니 말이다.

　　추신 : 괜찮은 나를 감당하지 못하거나 '나를 괜찮게 생각하는 나'를 감당하지 못하거나, 감당하지 못하는 것은 나—'나 자신(自身)'이다. '나를 괜찮게 생각하는 나'를 부정하는 것은 이중적 의미의 부정이다. 나는 괜찮지 않다는 부정이 첫째 부정이고, 그리고 첫째 부정이 그 조건으로서, 이런 괜찮지 않은 나를 괜찮게 생각하는 나에 대한 부정이 둘째 부정이다. 괜찮은 나는 본래적인 나에 관해서이고, '나를 괜찮게 생각하는 나' 또한 '판결하는 나'로서 역시 본래적인 나와 관계하는 나이다. 나는 괜찮거나 괜찮게 생각하는 나다. 그런데 이 둘

다가 부정되는 것이다. 그것도 나라는 이름하에. 괜찮은 나와 괜찮게 생각하는 나, 둘 다를 감당하기 힘들어하는 것은 나 자신에 대한 정상적 부정이거나(부정할 만해서 부정하는 것이거나), 정상적 부정이 아니거나(부정할 만해서 부정하는 것이 아니라, 병적인 부정으로서, 혹은 병적인 부정이 아닐 수 있는 것으로서, 나를 무조건 부정하는 것이다. 나는 무조건 부정의 대상이다. 이 경우, '요컨대 내가 싫다'가 말하는 바다) 둘 중에 하나이다. 문제는 '정상이냐/비정상이냐'이거나 혹은 '정상적 부정이냐/비정상적 부정이냐'이거나이다. 아니면, 정상 너머 비정상 너머, 정상적 부정 너머, 비정상적 부정 너머 '무엇이 있는 거냐'이다.

안경의 형이상학

안경을 샀다. 세상과의 얇은 차양막, 잠시 견딜 만했다. 견딜 만했다기보다 감당할 만했다. 잠시 감당할 만했으니, 좀 더 감당할 만하기 위해서 좀 더 굵은 차양막을 필요로 했다. 색깔 들어간 안경이 더 굵은 차양막이 되어주어 세상과 더 격리된 느낌을 주었다. 세상을 좀 더 감당할 만하게 되었다. '보(補)안경'이라고 했다. 아니 눈은 좋은데 햇볕 알레르기 때문이라고 했다. 2.0이라는 좋은 눈이 '늘' 색안경을 썼으므로 아주 필요 없는 변명이 아니었다. 외부로부터의 격리이기도 하고, 내부로부터 격리이기도 하다. 타인의 시선으로부터 격리와 나의 시선으로부터 격리가 같은 것은 그동안의 나가 '타인에 의한 나'였기 때문도 된다. 나(Ich)라는 인생은 '생활-현실이라는 전차'에 의해서, 넓은 의미의 타인[타자]에 의해서, 잠식되는 인생이었고, 빈

곤해진 인생이었고, 곧 자기를 주체할 줄 모르는 인생, 즉 '자아 상실 단계'가 될 인생이었다. '자아의 빈곤'이 그 표상인 멜랑콜리로의 진전은, [자아 망실 직전의] '타인으로서 삶'으로부터의 도망 단계에 의한 것으로서, 곧 [색]안경으로 표상되는 단계에 의한 것으로서 그 속도가 늦춰졌다. 나를 키운 것의 하나로서 [색]안경의 중요성의 의미가 강조되었더라도, 보다 자유로운 삶을 말할 수 있게 되었더라도, 그게 말 그대로의 자유가 아닌 것은, 아이러니이나, 바로 그 색안경 때문이다. 자유가 '인생의 반은 깡이다'의 그 자립적 깡에 의한 것이 아닌, 그러니까 자유가 '색안경이라는 비자연적 도구'가 의식시키는 것으로서 비자립적 겁에 의한 것이기 때문이다. 색안경이 감당하기 힘든 인생이었던 자아 상실의 시대를 끊임없이 상기시켜준다. 자아 상실의 DNA에 의한 자아 상실의 메커니즘을 완전히 부인할 수 없다. '자아 상실의 명수 DNA'를 타고난 '나'를 부인할 수 없다.[2] 그렇더라도, 그렇더라도, 색안경이 외부의 시선을 어느 정도 차폐시키는 역할을 하여—사실은 플라세보 효과 같은 것일지라도—보다 많은 것을 보게 하는 역할을 한 것을 부인할 수 없다. 수동적 삶이 아닌 능동적 삶을

---

2 '색안경' 또한 엄밀한 의미에서 본래적 자아(삶을 감당하지 못하는 자가 본래적 자아이다)를 차폐시킨 점에서, 즉 본래적 자아의 상실을 말할 수 있는 점에서, 색안경이 '자아 상실 의식'를 자기 의식적으로, 혹은 가시적으로 배가시키는 역할을 '하는' 것을 말할 수 있다. ['색안경'에서 자아 상실의 늦춤이나 단속(斷續)이 아닌 자아 상실의 배가를 말할 때 이것은 역설이거나 역설적 진단이거나이다] 자아 상실의 DNA, 자아 상실 DNA의 숙주가 어디 가지 않는다.

말할 수 있게 된 것을 부인할 수 없다. 표면적이나마 외부 시선에 의한 비자립적 삶이 아닌 내부 시선에 의한 자립적 삶을 살게 한 것을 부인할 수 없다.

> 비 오는 날 안경을 닦는다.
> 불빛이 더욱 낮게 흔들리고
> 어두워진 골목에서
> 무심히 뜬 사물을 본다.
> 다시 젖는 잎사귀들.
> 살아 움직이는 이끼처럼
> 안경을 닦는다.
>
> 닦다가, 닦다가
> 망원경을 사서 로마 추기경에게
> 권해본다.
> 비 오는 날,
> 지구가 태양을 돌아요.
> ──「갈릴레오 2」 전문, 『화장실에서 욕하는 자들』(1995)

자립적 삶은 보이지 않던 것을 보게 되는 것을 포함한다. "어두워진 골목에서/무심히 뜬 사물을 본다." 얼마만인가? 자립적 존재로서 더 잘 보기 위해서 "살아 움직이는 이끼처럼/안경을 닦는다." 얼마만인가? 안경을 "닦다가, 닦다가/망원경을 사서 …(중략)… 추기경에게/권해본다./비 오는 날,/지구가 태양을 돌아요." 타인을 의식하지 않은, 오로지 자기 자신의 관찰[봄]에 의한 것으로서 지동설이 관철되었다면 그 오로지 자신만에 의한 관찰은 얼마나 결정적인가?

완전한 죽음의 형이상학

세계를 나눌 수 있다. 생활[삶]을 어느 정도 감당할 수 있는 자, 혹은 타자의 시선을 어느 정도 감당할 수 있는 자와 생활을 감당하기 힘든 자, 혹은 타자의 시선을 감당하기 힘든 자로 나눌 수 있다. 두 세계를 달리 말하면 생활 충동이 승한 세계와 죽음 충동이 승한 세계에 관해서이다. 생활을 감당하기 힘든 세계가 죽음 충동이 승한 세계이다. 삶을 감당하기 힘들면 자연 죽음을 생각하기 마련이다. '자아 상실의 메커니즘'이 이른바 멜랑콜리의 메커니즘으로서 죽음 충동을 부담 없이 불러오는 것과 유비이다. **자아를 상실한 자는 자연스러운 죽음 충동에 의한 것으로서 죽음을 두려워하지 않는 자들의 모임인— 아니 삶을 두려워하는 자들의 모임인—'완전한 죽음 협회' 회원 자격을 얻는다.** '[색]안경'에서 외부로부터의 완전한 격리를 통해 그 종착점에 도달하게 되는 것을 말할 수 있다. 몰락 의지에 의한 것으로서 외부로부터의 완전한 격리 말이다. 이성적 죽음은 아니나, '제때의 죽음'이 말하는 것과 유비로서, 외부로부터의 완전한 격리 말이다.

결단의 형이상학

인간은 고통을 느낀다. 죽음 앞에서의 불안(혹은 죽음을 앞에 둔 자의 불안)이 다른 불안과 달리 처리[해소]되지 않는 불안으로서 특히 이것이 고통이다.[3] [불안이 고통이 아니라, '처리되지 않는 불안'이 고통이다] 불안이 없으면 고통이 없으나, 고통의 조건이 불안이나, 죽음 앞에서의 불안이 가장 큰 불안으로서, 처리되지 않는 불안으로서, 이 불안을 고통 중의 고통으로 말한다. [불안이 다 고통으로 이어지는 것이 아니다. 피할 수 없는 불안으로서 이른바 처리될 수 없는 불안이 고통으로 이어진다] 피할 수 없는 불안과 '피할 수 없는 불안이 유발하는 고통'이 둘 다 필연이라고 할 때, 즉 필연적인 불안과 필연적인 고통이라고 할 때 불안과 고통이 상호-호환적이다. 죽음 앞에서의 필연적인 고통을 말할 수 있고, 죽음 앞에서의 필연적인 고통이 처리-해소되지 않는 것으로 해서, 이것이 불안 중의 불안으로 이어지는 것을 말할 수 있다.

죽음 앞에서의 해결되지 않는 고통을 넘어가게 해주는 것으로 금욕주의를 말할 수 있다. 대개는 인도 지방의 금욕주의이고, 대개는 그리스도교의 금욕주의이다. 기독교가 믿음에 의한 구원의 전제로서, 즉 기독교적 구원의 전제로서 금욕주의, 혹은 금욕주의적 고통을 요구할 때 이것은 고통을 고통으로 넘어가는 방식에 관해서이다. 금욕주의를 고통의 일종으로, '큰 정신이 요구되는 금욕주의'로 이해하는 것이 계속 강조되어야 한다. 감당할 수 없는 것이 많다. 그 많은 감

---

3 불안 자체가 주는 고통이 있고, '제거되지 못하는 불안'이 주는 고통이 있을 때, 진짜 큰 고통이 제거되지 못하는 불안감이 주는 고통이다. 죽음 앞에서의 불안 자체가 고통이기보다 죽음 앞에서의 불안이 처리-극복되지 못하는 사실 자체가 고통이다. 고통 중의 고통이다.

당할 수 없는 것 중의 하나가 죽음 앞에서의 고통이다. [금욕주의, 혹은 금욕적 고통에서 '도피적 측면'을, 즉 죽음 앞에서의 대범하지 못한 측면을 말할 수 있다] 죽음 앞에서 대범하지 못하면, 대범하지 못해 살기가 어려우면, 삶을 사실대로 진행시키는 것도 한 방법이다. 죽음으로 인해 살기가 어려우니, 나날이 고통스러우니, 차라리 죽음이 낫지 않을까, 죽음을 택하는 것이다. 죽음이 감당할 수 없는 것도 되고 [고통스러운] 삶 또한 감당할 수 없는 것이 된다. 삶을 감당할 수 없는 것이 될 때 죽음을 결단하는 것이 안 자연스러운 일인가? 자연스러운 일인가?

금욕의 형이상학

'고통을 자청함으로써 고통에 의미를 부여하는 식(式)'에 금욕주의, 혹은 금욕적 이상이 포함된다. 금욕주의에 의해 고통은 더 이상 무의미가 아니라, 유의미 그 자체가 된다. 무의미의 고통에서 유의미의 고통으로의 '전회'이다. 고통의 무의미에서 고통의 유의미로의 전회가 기독교 사건을 요약한다. 금욕주의, 혹은 "금욕적 이상(das asketische Ideale)"[4]은 고통에 구조를 부여했다. 혹은 금욕주의, 혹은 금욕

---

4 『도덕의 계보학』(1887)은 니체 후기의 대표작이다. ③논문 「금욕적 이상은 무엇을 의미하는가?」, ②논문 「'죄', '양심', 그리고 유사한 것」, ①논문 「'선과 악', '좋음과 나쁨」 등 3개의 논문으로 구성되었다. 『반그리스도』(1889)로 이어지는 기독교 정신에 기반한 서양 정신의 비판적 고찰이다. 노예 도덕과 원한 감정이 체계적으로 전개된 곳도 여기에서이다.

주의적 이상이 무(無)에 구조를 부여했다. 여기에서도 비자연적 방법을 말할 수 있다. 기독교가 구제 형이상학인 점에서 기독교에서 비자연적 방법을 못 말할 까닭이 없다. 물론 비자연적 방법에 의한 구원이다. 그리스인들에게서 비자연적 방법으로서 이를테면 올림포스 산이나 그리스 비극을 말할 수 있었다. 인생을 살 만하고 견딜 만하게 할 때 이 또한 구원에 관해서이다. 유일신교에서 인생을 살 만하고 견딜 만한 것으로 만드는 것은 영원한 생명, 곧 영생이다. 십자가 사건에 의한 것으로서 영원한 생명, 곧 영생이 조건이 된다. 올림포스 산이나 비극예술에서 인생을 살 만하고 견딜 만한 것으로 만드는 것은 미적 가상에 의한 삶의 정당화이다. 미적 가상에 의한 삶의 정당화가 조건이 된다. 둘이 말하는 비자연적 방식이 물론 전혀 다르다.[5] 기독교적 이상으로서 금욕주의를 비자연적 방법에 의한 고통으로 이해하는 것은, 그러니까 금욕주의에 의해 본래적 고통을 감소시키고 극복하는 것으로 이해하는 것은 고통의 무의미를 고통의 유의미로 전환시키는 것에 관해서이다. [금욕주의, 혹은 금욕적 이상은 고통에 구조를 부여하는 일이다. "무(無)"에 구조를 부여하는 일이다. 이른바 무의미한 허무에서 유의미한 허무로의 전회이다. '금욕적 이상'이 '니체' 이전 서양정신의 최초의 승전가–최후의 승전가였다. 니체에 의한 신(神)의

---

5 유일신교에서의 구원과 올림포스에서의 구원은 분명 다르다. 후자가 세계 내부에서 오는 구원을 말하고(신들의 삶이 인간의 삶을 정당화시킨다), 전자가 세계 밖에서 오는 구원을 말한다. 궁극적 구원을 말할 때 그것은 유일신교들에 의해서이다.

부재 선언 이후 '진정한 존재론의 개시'가 이루어지면서, '존재-신-론(Onto-Theo-Logie)의 정점으로서 금욕적 이상'이 종말을 맞았다] 『도덕의 계보학』 마지막 전언은 다음과 같다.

> 인간은 '아무것도' 의욕하지 않는 것보다 오히려 무(das Nichts)를 의욕하고자 했다(③논문, 28장)

금욕주의적 이상이 '무를 의욕하는(das Nichts wollen) 일'이다. 무에 대한 의지-'무에 대한 의욕(Wollen zum Nichts)'이 가시적으로 천명되었다. 무에 대한 의욕으로서 금욕주의적 이상을 말할 때 이는 소극적-수동적 니힐리즘에 관해서이다. 금욕주의는 소극적-수동적-부정적 니힐리즘의 표상일 뿐이다. 금욕주의의 의미, 그러니까 금욕주의적 이상이 고통에 의미를 부여하는 것이라고 할 때, 그러니까 무에 의미를 부여하는 것이라고 할 때, 여기에는 '금욕주의의 의욕 자체'가 구제되는 것이 포함된다. "의욕[의지] 자체가 구제된 점이었다(der Wille selbst war gerettet)."(같은 곳)

금욕주의적 이상이 도달한 곳이 의욕 그 자체만의 구제에 의한 것으로서 '무에 대한 의욕'이었다. [금욕주의는 오로지 무에 대한 의욕에 의해서만 정당화된다] 적극적-능동적 니힐리즘의 표상을 말할 때 이는 금욕주의적 이상이 말하는바 구제된 의욕 자체에 의한 것으로서 무에 대한 의욕이 아니라, 구제된 의욕 자체에 의한 것으로서 '무에 대한 의욕'을 뺀 '나머지 일체에 대한 의욕'을 말한다. 욕망의 파노라마가 펼쳐졌다. [적극적 능동적 니힐리즘의 자세가 금욕의 대상들을 오히려 욕망하는 자세이다] '대지를 긍정하는 것 말고 무엇이 있겠는가'(물론 '신의 부재'가 조건이다) 묻는 자세로서, 금욕주의에 의해 부인된 "인간적인 것"–"동물적인 것"–"물질적인 것(das Stoffliche)"을 긍정하는 자세이다. 인간–동물–물질 일반에 대한 무한한 긍정을 니힐리즘의 절정으로 알린다. 『도덕의 계보학』③논문, 「금욕적 이상은 무엇을 의미하는가?」에 따를 때 금욕주의가 그 표상인 '무에 대한 의욕'은 "관능에 대한, 이성 자체에 대한 혐오", 무엇보다도 "행복과 아름다움에 대한 공포"를 포함한다. 주목되는 것은 행복–아름다움에 대한 공포를 기독교적 인간학의 주요 항목으로 말한 점이다. 인간이란 무엇인가? 행복–아름다움에 공포를 느끼는 존재! 이어서 니체는 "모든 가상, 변화, 생성, 죽음, 소망, 요구 자체에서 벗어나려는 이러한 욕망"을 "삶에 대한 적의", "삶의 전제인 기본 명제들에 대한 거부", 즉 "무에의 의지(Wille[n] zum Nichts)"로 명명한다.

　　금욕주의적 의욕이 힘을 빼는 의욕인 데 반해, 니체 고유의 '힘에의 의지(Wille zur Macht), 혹은 권력의지'가 힘을 주는 의욕이다. 힘에의 의지는 힘을 주는 의욕에 관해서이다. '힘에의 의지'에 거슬리는 것으로서 기독교의 금욕주의적 의욕들을 말할 때 이것은 주로— 쇼펜하우어의 『의지와 표상으로서 세계』 종반부에서 명확하게 드러났듯—'개인 의지의 부인'에 관해서이다(니체는 1886년 덧붙인 『비극의 탄생』 「서문」에서 "생명 부인의 의지Wille zur Verneinung des Lebens"라는 말로 '개인'을 부정하는 일체의 의지들을 요약했다). 일체의 '개인'을 부정하는 의지는 동포애(혹은 연민), 노동에 대한 집착, 무엇보다도 '욕망 단념'으로 나타났다. 이 글의 논의와 관련한 『도덕의 계보학』의 중요한 의의가 철학적 인간학의 주요 항목의 하나로서 '무에의 의지', '삶에 대한 적의', 무엇보다도 '행복과 아름다움에 대한 공포(Furcht vor dem Glück und Schönheit)'를 인간이 가진 본래적인 성향으로 말할 수 있도록 한 점이다. [행복과 아름다움이 부담스럽다] 부담스러운 행복과 부담스러운 아름다움을 말할 때 이것은 단지 '개인의 문제'로만 다룰 것이 아닌, 나아가 종교적 원죄 의식 문제로 국한시켜 다룰 것이 아닌, 범(凡)인류학적 차원에서 다룰 것을 요청한다.

재채기에 관하여

부담스럽다. 인생이 부담스럽다. 인생이 잘해주면 더 부담스럽다. 부담스러울 때, 가장 쉽게 떠오르는 것이 '죽음'이다. '생명 충동이 앞에 가다, 그 뒤를 죽음 충동이 바짝 따라간다'에 동의하는 일이다. 벌써 1920년에 '쾌락 원칙을 넘어' 비(非)쾌락 원칙을 인생의 준거로 이야기한 빈의 정신분석학자를 떠올리는 일이다. 죽음 충동에 리비도가 작용하는 점에서, 죽음 충동(Todestriebe)—죽음 본능에 리비도 집중까지 얘기할 수 있는 마당에서, 죽음 충동에 쾌락이 제외되는 것은 물론 아닐 것이다, 나름대로 전제하면서, 혹은 짐작하면서 죽음 충동에 안도하는 일이다. 에로티즘을 '죽음까지 파고드는 삶'이라고 했지 않은가? 되묻는 일이다. 죽음 충동과 생활 충동이 '에로스=삶 충동'의 극단에서, '에로티즘이라는 극단'에서 마주치는 것을 말할 때, 죽음 충동이 생활 충동의 결말 아닌가? 별로 대수롭지 않은 투로 넘겨보는 일이다. 문제는 인생의 질이다. '삶의 질이 훨씬 좋아졌을 텐데'에서 말하는 그 질이다. 그 어두컴컴한 질에 관해서이고, 그러니까 그 사사건건 부담을 느끼는 성격에 관해서이다. 사사건건 부담을 느끼는 '부담의 명수'에 관해서이다.

재채기에 관해 얘기한 적 있다 : 재채기를 감당할 수가 없다. 재채기가 가슴을 뚫어주기 때문이다. 신체가 느끼는 몇 개의 황홀경 중 하나가 아닐 리 없다. 문제는 황홀경이고 기쁨이다. 기쁨과 황홀경(이하 기쁨)이 부담으로 작용한다. 기쁨을 감당할 수 없다. 내가 재채기를 해내다니……. 재채기 기쁨이 감당할 수 없는 것으로 판명난다. 재채기 기쁨이 터지려는 순간 기쁨은 부담스러운 것이므로, 기쁨을 감당할 능력이 안 되므로 재채기 기쁨을 멈춘다. 재채기 기쁨을 감당할 능력 없음이 재채기 기쁨을 멈추게 한 것이 분명하다. 외면적으로 재채기 기쁨을 못 느낄 줄 모른다는 불안감이 그렇게 시킨 것으로 보이지만, 사실은 재채기 기쁨을 누릴 줄 모르는 '능력'에 기인한다.[6] 아, 나는 왜 재채기 능력이 없는가? 재채기 기쁨을 누리질 못하는가? 영탄하는 것이다 ; '재채기가 안 나와도 좋다!', 대범하게 대응하면 재채기가 나올지 모른다. 나름대로 수를 써보지만, 이 수는 이미 다른 데서 써먹은 듯, 통하지 않는다. 짐짓 재채기를 자연 발생적이 아닌 비자연 발생적으로, 그렇더라도 의도를 가급적 드러내지 않으며 시도해보지만, 가끔 성공할 뿐이다. 간파당한 수가 더 이상 수가 아닌 것이다. 상호 대립적인 의식과 전의식에 관해 생각한다. 의식 밑바닥에 학

---

6 업적사회가 '재채기'에서도 능력을 얘기하게 했다고 보면, 재채기 불능이 [자기]소진증후군(Burnout-Syndrom)의 첨예한 표상이다.

습된 수는 더 이상 수가 아니다. 의식과 '의식 밑바닥'의 대립에 관해 생각한다. 재채기가 '의도의 중지'인 것은 분명하다. 육체가 배반하는 것이 아니라, 의도가 배반한다.

자아 상실의 형이상학

봄이다, 누군가를/무언가를 기다리고 싶은 '환장한' 날씨의 봄이다, 도대체 무슨 상관이란 말인가? 넘어갈 수 없는 능력에 관해서이다. 환장한 날씨의 봄을 수용할 수 있는 큰 공력은 언감생심 바라지 않더라도, 인생의 빛나는 부분을 일러주는 저 푸른 하늘 저 환장한 날씨의 봄을 아무렇지도 않다는 듯 넘어가는 능력에 관해서이다. 푸른 하늘과 네가 무슨 상관이란 말인가? 내가 푸른 하늘이 아닌데, 왜 푸른 하늘에 관해 말하지? 왜 환장한 날씨의 봄, 환장할 만한 봄에 걸려 아무런 일도 하지 못하는가? 자책하는 일이다. 아무렇지도 않게 넘어가는 능력 '부재'에 환장하게 절망하는 일이다. 요컨대 '환장하게' 부담을 느끼는 일에 관해서이다.

행복을, 부담스러워하거나,
미안해하거나
자격이 없다거나―부끄러워하거나,
평생 그렇게 사셨죠?

이제 그만, 하시죠?
　　　　　　　―「이제 그만, 하시죠!」 전문(『북극점』 수정본』, 2013)

이 시를 떠올린 것이 다행이긴 하다. 너무 노출시킨 것이 흠이다. 자격이 없는 인생, 부끄러운 인생, 평생 그런 생각하며 산 인생, 결국 행복조차 부담인 것으로 판명 난 인생, 더 뭐하러 사나? 이제, 그만, 하시죠! 하는 것이 '이네 그만 사시죠!'라고 한 것으로 보인다. 결정됐다. 그래, 인생이 '인생 상실로서 자아 상실'을 부르짖는다. 부담스러울 인생이 남아 있지 않다. 사실대로 말해, 죽은 인생에 더 쪽날 것이 뭐 있나? 묻는다. 대답이 나와 있는 수사적 질문. 예스, 난 없다, 난 죽었다, 부담스러울 것 없는 인생. 너만 모르고 다 아는 사실, 너가 벌써 죽은 인생이라는 걸. 나는 네가 생각하지 않는 곳에서 생각한다, 나는 너를 아는 나다, 나를 잊지 마라. [시 「이제 그만, 하시죠!」의 '발생'엔 '칭찬에 약하다!'라는 것이 모티브가 됐는데 액면가 '칭찬에 약하다'는 완전히 빠졌다. 그렇다고 품위가 있어 보이는 것도 아니고……. 품위를 말하려는 것도 아니고……]

제목을 '이제, 그만, 하시죠!'라고 했더라도, 스타카토식 명령문으로 마치 요청의 형이상학인 듯, 응당 그렇게 해야 하는 것처럼 정언명령식 지상명령식 명령을 내렸더라도, 일생을 그렇게 평생 산 자, 행복 같은 것을 부담스러워하면서 산 자에게 그것을 고치란 쉽지 않은 일일 것이다. 왜 그랬을까? 그저께도 그제도 오늘 오전에도 왜 그래야만 했을까? '너는 행복을 누릴 자격이 없다'는 역공으로서 정언명령이 언제 내려진 것일까? 학습된 초자아의 위력이라고 말한 지가 벌써 어느 세월인가? 무엇을 해도 하늘식 꾸중만 들은 것이 이유일 것이라고 위로한 지가 벌써 한 세월 아닌가? 나는 이미 상실된 자아로서 자아 상실을 살고 있었던 것이다, 이렇게 선고하면 된다.

고목(枯木)의 형이상학

인생이 부담스럽다. 제일 좋은 일로 떠오르는 것은 정언명령에 의한 것으로서 도덕적 인생을 사는 것이다. 다음 좋은 일로 떠오르는 것이 '아무것도 뉘우치지 않을란다'이다.[7] 그다음 좋은 일이 미리 상실해 있는 것이다. 부담스러운 인생이 말하는, 매번 푸르른 봄 햇빛에 걸려 쓰러지는 것이 말하는, 매번이므로 자아 상실의 명수가 말하는 것으로서, 왜 미리 자신(自信) 상실—자신(自身) 상실에 가 있지 못하는가, 자신(自身) 상실이 너의 일이라고 선포하지 못하는가? 묻는 일

---

7 부끄러움을 왕조의 유물에 빗대어 [부끄러움을] 최상급으로 표현한 1942년 「참회록」의 윤동주가 있었다. "파란 녹이 낀 구리 거울 속에/내 얼굴이 남아 있는 것은/어느 왕조의 유물이기에/이다지도 욕될까."(윤동주, 「참회록」 부분) ; 부끄러움을 '죄인'의 부끄러움으로, '천치'의 부끄러움으로 승화(?)시켜 부끄러움을 일상의 값으로 표현한 1935~1941년 「자화상」(『화사집』)의 미당이 있었다. "세상은 가도 가도 부끄럽기만 하더라./어떤 이는 내 눈에서 죄인을 읽고 가고/어떤 이는 내 입에서 천치를 읽고 가나/나는 아무것도 뉘우치지 않을란다."(서정주, 「자화상」 부분) ; 부끄러움에 관한 한 미당과 윤동주 모두 명수들이다. 윤동주는 "죽는 날까지 하늘을 우러러/한 점 부끄럼이 없기를" 인생으로부터 바랐고, 미당은 '세상은 가도 가도 부끄럽기만 하다'고 인생을 후회했다. 미당이 문제적인 것은 "나는 아무것도 뉘우치지 않을란다"(「자화상」)는 선언조의 문장 때문, 무엇보다 「자화상」 끝의 "병든 수캐마냥 헐떡거리며 나는 왔다"에서 드러나는, 스스로를 용납시키는 식의 문장 때문. 그리스도교의 속죄 요구나 노자 『도덕경』의 속죄 요구에 누가 더 부합하는 인생일까? [그리스도를 본받아] 부끄러움으로 평생 살라? [태어난 게 죄 아니고?] 그렇지 않아도 생활이 구차하여 생활이 퍽 부담스러운 판에. 초인간에의 요구가 간 데 없고, 영원회귀 사상에의 요구 또한 간 데 없는 판인데.

이다. 나는 이미 없다고 선포한 적 없었나?

    지리산 장터목의 고목(枯木)은 말한다.
    나무가 자라서 나뭇잎이 펄럭인다고 나무인가.
    바람일 뿐, 바람 표시일 뿐.

    한번 가면 다시 안올 그딴 노래는 부르지 마라.
    새들의 속삭임
    새들의 가벼운 날개를 위해
    잔가지를 치지 마라.

    살아 있다는 것은 졌다는 것이다.
    다시 말할까.
    항복했다는 것이다.
    한 점의 살, 한 방울의 피까지 다 뺏겼다는 것이다.

    겨울이 와도 봄을 기다리지 않는다.
    봄이 와도 싹을 틔우지 않는다고 노래부른다.
    모든 바람에게 길을 터주는
    그는,

    노래 부른다. 죽은 나무가 나무다.
    영원히 나무다.
        ─「죽은 나무가 나무다」 전문(『화장실에서 욕하는 자들』, 1995)

"죽은 나무가 나무다"라고 선언해주었다. "살아 있다는 것은
졌다는 것이다 …(중략)… 항복했다는 것이다"는 '지는 일', '항복(降

(伏)인 일'이 인생의 일, 마치 '진리로서 인생의 일'인 양 말한다. 결국 죽은 나무가 나무다. 죽음이 일이다, '죽음이 인생의 일이다'라고 시 인시킨다. 그렇다고 내가 인생이 부담스러울 때 이걸 꺼내보는 것은 아니다. 인생이 부담스러운 자가, '이미 죽은 자를 요청하는' 인생을 부담스러워하는 자가, 뭐가 아쉬워서 이것을 만지작거리겠는가?

모자나무의 형이상학

「죽은 나무가 나무다」가 있고, 「죽은 소나무」가 있고, 「모자나 무」가 있다. 「모자나무」로 들어가기 전에 「죽은 소나무」를 본다. 생태 주의적 충동 아래 써졌으나, 지금은 그렇게 읽지 않는다.

> 소나무는 누가 가까이 오는 것을 싫어하는데도 사람들은 자꾸 다가
> 가 만진다 배로 차고 등으로 찬다 싫어한다는 걸 알릴 방법은 죽음
> 뿐이다
> 높은 바위 위에 뿌리 내린 소나무들도 독하다
> ─「죽은 소나무」 전문(『나비를 보는 고통』, 1999)

후반부 "싫어한다는 걸 알릴 방법은 죽음뿐이다/높은 바위 위 에 뿌리 내린 소나무들도 독하다"를 주목하는 것. 절이 싫으면 중이 떠나야 하는 법(法), 절보고 떠나라고 할 수 없지 않나? 인간에게는 '싫어하는 자유(自由)'와 동일하게 '몰락하는 자유'(?)가 있다. '싫어하 는 것을 알릴 방법에 [스스로에 의한 것으로서] 몰락이 있다.'

모자가 걸려 있다/중절모 바스크모 빵떡모 베레모

할아버지 증조 할아버지/할머니 증조 할머니/외할머니 외할아버
지/어머니 외삼촌/모자가 걸려 있다

사만 명의 유보트 대원 중 삼만 명이/돌아오지 못했다/삼만 개의 하
얀 모자도 걸려 있다

나의 중학교 교모도 걸려 있다

죽은 사람의 모자를 거는/모자나무/죽은 사람의 눈에만 보이는/모
자나무

살아 있다고 다 살아 있는 건 아니다

— 「모자나무」 전문, 『모자나무』(2006)

모자나무에 걸린 모자들은 죽은 사람들의 모자로서, 그들이
'죽은 자들의 세계인 모자나무'에 합류한 것을 알린다. 어머니의 모자
가 걸렸고, 할아버지의 모자가 걸렸다. 누가 죽었는지 살았는지 알고
싶으면 모자나무에 가보면 된다. 그의 모자가 걸렸는지 안 걸렸는지
확인하면 된다. U-Boot 대원들을 지시하는 하얀 모자, 그 삼만 개의
하얀 모자가 모자나무에 걸렸다는 것은 U-Boot 대원 중 "삼만 명이/
돌아오지 못했다"는 것을 알린다. 어느 구석(?) 이백만 명의 모자가
걸린 것을 알렸다면 이것은 아마 폴란드 아우슈비츠에서 귀환하지 못
한 유대인들에 관한 것. 문제는 화자가 화자의 모자를 모자나무에 걸

게 한 점이다. 혹은 화자의 모자를 모자나무에서 발견한 점이다, ["나의 중학교 교모도 걸려 있다"] 화자는 중학교 때 이미 죽은 것이 된다. '중학교 교모'는 그 이전과 그 이후에 관한 것을 많이 짐작하게 한다. 지금의 화자 방식으로 살아 있어도, 살아 있는 것이라 할 수 없다("살아 있다고 다 살아 있는 건 아니다"). 갑충으로 변한 그레고르 잠자에서 예전과 같은 삶을 말할 수 없다. 잠자가 갑충으로 변했을 때 그의 몰락은 갑충만큼의 몰락으로 이미 확정되어 있었다. [다른 말이 가능하다 : 잠자가 가계 재정에 기여하지 못하고, 더구나 가계 재정 생활양식(간단히 자본주의적 생활양식)에 대한 참여가 불가능한 것으로 드러났을 때, 갑충(Ungeziefer) 잠자의 몰락이 더 일찍 찾아왔다]

중학교 교모가 표상하는 것이 '중학교 죽음'이라면 중학교에 관해 물을 필요가 있다. 무슨 일이 있었는데? 무슨 일로 중학교 때 죽었는데? ; '살아 있다고 다 살아 있는 건 아니다'를 중학교에 적용시킬 수 있다. '살아 있다고 다 살아 있는 건 아니다'라고 느낄 만한 일이 있었을까? '살아 있다고 다 살아 있는 건 아니다'가 요약하는 것이 자아 상실일 텐데……. 중학 시절 자아 상실의 계기가 있었다—실제 '자아 상실'로 이어졌다—그래서 중학교 교모가 모자나무에 걸렸다—그리고 지금까지 자아 상실로 살아왔다[죽은 채로 살아왔다]. 문제는 중학교 때 죽음에 이르게 하는 무슨 일이 있었고, 중학교 때 자아 상실이 있었다는 점이다. 화자가 중학 시절에 이미 죽었다는 점이다. 그리고 그것이 현재까지 이어지고 있는 현재 상황인 점이다. 나는 살아 있는 나가 아니라, 죽은 나이다. '죽은 나의 단서'는 모자나무에 걸린 내 모자에게도 요청하지만, 또한 지금 그 모자를 보는 나에게도 요청한다. '그런 나'에서 현존재를 말할 수 없다. 나는 유령인가? 유령이라고 할 수밖에 없다. 한 번 죽은 자로서 그 죽은 힘에 의해, 죽은 힘을 쓰고, 죽 살아온, 그러니까 역사화된[얼어붙은] 자아 상실의 표징이라고 할 수밖에 없다. 물론 죽은 자의 표징으로서 더 이상 극도의 자아 빈곤감(Ich-Armut)이나 자아 상실감(Depersonalität)에 시달리지 않는다. 그는 정말 죽은 자이다. 죽은 자의 가장 확실한 단서가 모자나무에 걸린 중학교 교모인 점이 계속 강조되어야 한다. 그는 중학교에서 죽었다. 물론 자아 상실이었고[계속 강조되어야 한다] 그는 이제 얼어붙은 자아 상실의 표징으로서 더 이상 자아 빈곤감이나 자아 상실감에 시달리지 않는다. **죽은 자는 말이 없고, 죽은 자에게 자아 빈곤감과 자아 상실감이 없다—아마 이것이 노림수였을 듯, 「모자나무」의.**

삶을 감당할 수 있을 만큼, 공력이 깊고 도량이 넓은 사람이 있고, 삶을 감당하기 힘들어 삶을 벅차하는, 공력이 얕고 도량이 좁은 사람이 있기 마련이다. 후자에게 삶은 거대한 어떤 것으로서 매번 감당하기 어려운 것으로 다가온다. 그는 삶으로부터 도망친다. **삶을 감당하기 힘든 자가 삶으로부터 죽음으로 도망친다. '주여, 내 잔이 넘치나이다.' 넘치는 잔을 감당하기 힘들어 숨차하는 자가 자연히 도망을 떠올린다. 죽음으로 도망 말이다. 죽음 충동은 보편적이다. 죽음충동은 삶-인생을 거북해하는 자, 매번 삶을 감당하기 힘들어하는 자에 관해서이다.**

거두절미, 「모자나무」를 죽음 충동이 쓴 시이고, 그리고 이에 대한 이 글을 죽음 충동이 보편적이며 죽음 충동을 정당화하는 글이라고 할 수 있다. 죽음 충동이 보편적이다. 죽음 충동이 '중학 시절에 죽은 나'를 시인시킨 것으로 본다. 죽음 충동이 죽음을 앞당긴 것으로 본다. 그 죽음으로 그 후 죽 살아왔다, 그 죽음의 미분/적분 합으로 말이다.

보유

'예상치 못한 행운'을 감당할 수 있는 사람이 있고, 이에 반해 예상치 못한 행운을 감당할 수 없는 사람이 있는 것을 말할 때, 이것은 좁은 의미의 존재론적 평등/불평등에 관해서이다.[8] 좁은 의미의 존재론적 평등/불평등을 말할 때 이것은 일반적으로 죽음을 감당할 수 있는 능력 여부에 관해서이다. 그동안 정치적-경제적-사회적 불평등/평등을 말했고, 존재론적 불평등/평등을 말하지 않았다. [존재론적 불평등/평등을 말할 '새'가 없었다] 사회적 경제적 정치적 혁명에 의해 사회적 경제적 정치적 평등 이념이 달성되고, 존재 혁명에 의해 존재론적 평등 이념이 달성된다. [존재 혁명의 가시적 예가 신(神)의 부재가 그 조건인, 니체가 모색한 것으로서, 초인간 사상, 그리고 이의 연장선상에 있는 영원회귀 사상 등이다. 니체의 초인간 사상의 기

---

8 넓은 의미의 존재론을 말할 때 이것은 사회적-경제적-정치적 존재론을 포함한다. 넓은 의미의 존재론은 엄밀한 의미에서 '실존적 존재론'이다. 실존적 존재론이 소위 탈존(Ex-Istenz) 의식으로서, [혹은] '이미 세계-내-존재' 의식으로서, 존재론적 구역질과 사회정치적 구역질 둘 다를 포함한다.

대와 희망에 대한 요구가 1차적으로 인간 자신에게 향하는 것일 때, 이는 칸트의 계몽운동의 표어, '후견인에서 벗어나 자기 자신의 오성을 사용할 용기를 가져라'와 상호 유비이다. 존재 혁명에서 계몽주의적 존재 혁명을 못 말할 이유가 없다! 존재 혁명은 죽음을 넘어서는 것을 가장 많이 포함한다. 소위 '완전한 죽음'에 관해서이다. '신 없는' 세계의 개시(開始)가 존재론적 평등/불평등이 인생의 주요 안건이 된 것을 알린다. 인류 역사상 처음으로 '신 없는 세계에서 어떻게 살 것인가?'라는 미증유의 질문이 나온 것을 말해야 하고, 그리고 인류는 이에 대한 대답을 해야 하는 사태에 직면한 것을 또한 말해야 한다. 양자물리학에서 세계 외적 존재자로서, 그리고 최고 존재자로서 유일신을 말하기가 매우 곤란하다. 양자물리학의 상상력은 세계 내적 존재자에서, 그리고 일반 존재자에서 그친다. 세계 외적 존재자로서 유일신에 관심이 없고, 세계 내적 존재자로서 만유인력–전자기력–[약한]핵력–[강한]핵력에 관심이 있다. 세계 외적 존재자와 세계 내적 존재자의 필연적 관계에 관심이 없고, 나아가 필연성으로서 세계 내적 존재자에 관심이 없다. '모든 것의 이론(theory of everything)'에 관심은 있으나, 결론은 내지 못하게 될 것이다. 인간이 우연의 산물인 것을, 지구를 다시 진화시킨다 가정할 때 인간이 나올 확률이 제로인 점을 감수해야 한다. 우주의 목적이 '인류=관찰자'의 생성이라는 목적론적 세계관(혹은 신중심주의의 유비로서 인류중심주의)의 '되풀이'에 관심이 없고, 인류는 우연히 우주 관찰자가 되었으며, 또 우연히 우주에서 퇴출될 것이라고 말해야 한다. [인류라는 종도 고정된 것도 아니고 영원한 것도 아니다] 칸트가 신 이념–우주 이념–자아[인간] 이념을 증명 불가능으로 알린 것은 여전히 유효하다. 밝혀지지 않은 것이 아직 많더라도 우주를 설명하는 '최종이론'은 나오지 않을 것이다. 인류가 최종적인가? '모든 것의 이론이 나오기 전에 인간-인류가 멸종한다'고 인간-인류가 인간-인류의 멸종을 애석해하는, 어리석은 생각을 하지 않기를 바란다.

정치적 경제적 사회적 평등 이념과 존재론적 평등 이념이 상호 절연 관계에 있지 않다. 이른바 '주인과 노예의 변증법'에서 정치적-경제적-사회적 불평등과 존재론적 불평등이 상호 긴밀한 관계에 있는 것으로 나타난다. 노예는, 노예의 숙명에 의한 것으로서, 자주 죽음의 문턱에 있는 존재, 따라서 죽음에 관해 숙고할 시간을 상대적으로 많이 가진 존재, 죽음이 내면화된 존재이다. '노예'에서, 상대적 차원인 것이긴 하나, '죽음의 명수'를 말할 수밖에 없다. 주인이 적어도 '노예만큼'의 죽음의 명수가 되려면 정치적-경제적-사회적 우위를 포기하고 '노예의 처지'가 되어야 한다. [주인/노예 체계는 해체되어야 한다] 액면 그대로 주인이 노예가 되는 것을 요청하지 않는다. 노예에 의한 죽음의 명수가 정치적-경제적-사회적 비자립적 존재에 의한 죽음의 명수이므로, 진정한 의미의 죽음의 명수, 그러니까 자립적 의미의 죽음의 명수인 점을 말할 수 없다. 주인이 노예가 되는 것을 말할 때 이것은 '죽음의 노예로서 인간'이 되는 것에 관해서이다. '죽음의 노예로서 인간'이 인간 상수인 점을 깨닫는 일이다. 주인이 정치적 경제적 사회적 우위에서 해방될 때, 그리고 이것이 죽음이라는 숙명에 아주 가까이 처해 있는 '인간'이 되는 것을 말할 때 이것은 벌써 주인/노예 체제의 해체에 관해서이다. '인간'에 처해서 죽음의 명수가 되는 것은 '노예와 주인의 변증법'에서 노예에게도 마찬가지로 요구된다. '노예'라는 죽음의 명수가 '주인/노예 사회'의 파생물일 때, 그러니까 정치적-경제적-사회적 비자립적 존재의 부산물이지, 온전한 자기 자신이라는 조건에 의한 것이 아닌 것일 때, 그 노예에서 제한된 의미의 죽음의 명수, 제한된 의미의 존재의 명수를 말할 수 있을 뿐이다. [주인/노예 사회는 해체되어야 한다] 노예가 '주인/노예'의 그 노예가 아닌 주인-노예[인간-인간]의 그 인간이 될 때, 노예의식에서 벗어났을 때, 노예는, 온전한 자기 자신에 의한 것으로서, 제한된 의미의 죽음의 명수가 아닌, 완전한 의미의 [명실상부한] 죽음의 명수가 된다.

작품, 도서명, 인명

Zeitgeist and Humanistic Criticism

시대정신과 인문비평

박찬일

세계는 '흘러가는 강 속에' 있다.

생성되는 것으로서, 늘 새롭게 연기되는 환영 같은 것으로서,

결코 진리에 접근할 수 없다 :

그럴 것이 진리란 존재하지 않기 때문이다.

— 니체